島田莊司
星籠之海 ㊦

郭清華——譯

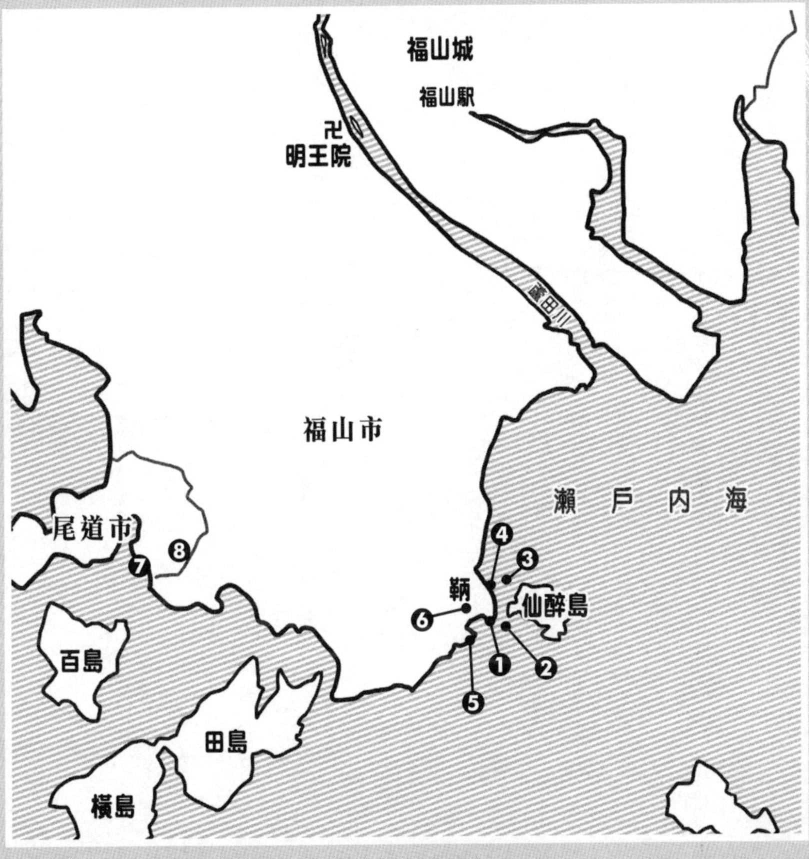

❶ 對潮樓（福禪寺）
❷ 弁天島
❸ 敷見岩
❹ 鷗風亭
❺ 淀媛神社
❻ 鞆町小學
❼ 境濱 Marina
❽ Bella-Vista 境濱

目錄

第七章 406
第八章 438
第九章 572
第十章 679
第十一章 694
第十二章 699
第十三章 722
尾聲 737
【附錄】海與人與星星的浪漫 743

第七章

1

「弘君，你不要緊吧？」

智弘聽到忽那的聲音，抬頭看時，就見到忽那朝著自己走來，然後坐在自己身旁的鋼管摺疊椅子上。

「嗯。我好像感冒了。」智弘說。

「感冒了？有發燒嗎？」

「嗯，喉嚨痛，而且想吐。」

智弘說。忽那伸手去摸智弘的額頭。

「確實有點發燒。」忽那說：「還想吐嗎？這樣不行呀！小小年紀就發生了這麼多事，也難怪要生病了。可以堅持到結束嗎？」

「嗯。因為川本先生都幫我做了。」智弘說。

這裡是殯儀館。智弘獨自坐在殯儀館的角落。今天是母親宇野芳江出殯的日子。

忽那從口袋裡拿出手機，遞給智弘。

「唔？這是什麼？」

「剛才教團的人來了，叫我把這個手機交給你。這好像是你母親的手機。」

智弘有氣無力地收下忽那遞給他的東西。

「裡面的資料全部刪除了。你用過手機嗎？」

智弘搖搖頭。

「那麼，就先記下我的號碼吧。手機先借我一下。」

接著，忽那就打開手機，說明操縱的方法。

「這樣做，然後按這裡，就可以打給我了。不過，沒有充電器。去買吧。」

「有充電器，在我媽媽的房間裡。」智弘說。

「有嗎？是嗎？那你隨時可以打電話給我了。因為我成為你的監護人了。」

「監護人？」

「嗯。」

「所謂的監護人，是做什麼事的？」

智弘問。忽那笑著說：

「監護人要做的事，就是給你飯吃。你今天吃過了嗎？」

智弘搖搖頭，說：

「我一點也不覺得餓。」

「那樣不行哦。等一下就去哪裡吃點東西吧！店裡的情形怎麼樣了？我是說幸福亭。」忽那問。

「有一個客人說會帶認識的女人來，讓那個女人經營媽媽的店，然後付我房租。」

忽那點點頭，問：

「這樣呀！說過要付多少租金了嗎？」

「沒有。就是那麼說而已。我也不是很清楚。」

「好，交給我吧。那個客人是誰？」忽那問。

「是川本先生。」

「嗯，我知道了。你如果覺得累了，就回家睡覺吧。」

「我知道。可是，我覺得我還是坐在這裡就好了。沒有問題的。」

智弘說。於是忽那站起來，低頭看著少年，說：

「弘君，發生了這樣的事情，你真的辛苦了。但是，只要堅持下去，再大的困難都會過去的。人生一定都會遇到困難的情形。我會全面協助你的。」

智弘低著頭點了一下，然後抬起臉，一臉困惑地說：

「忽那先生，殺死我媽媽的人是誰？」

忽那搖搖頭，說：

「還不知道。」

「我現在變成孤零零的一個人了。殺死我媽媽的那個人太可惡了。警察會去抓他嗎？」

「當然，警察一定會把那個傢伙抓出來的。」

忽那保證地說。

隔天下午，忽那正在忽那造船的小船塢裡工作時，事務所的女職員跑來叫他。忽那因為女職員的叫喚聲，而站在正在建造中的小型漁船的甲板上。

「社長。」

在女職員的再度叫喚下，忽那走到甲板的邊緣。他低頭往下看，問：

「什麼事？」

「您有客人。好像是學校的老師。」女職員說。

「學校的老師？」

「是的。」

忽那走進事務所時，坐在接待處旁邊沙發上的一位三十幾歲的男人在看到忽那時，立刻一邊站起來，一邊對忽那點頭致意。

忽那也點頭回應對方，然後朝著對方所在的沙發走去。

沙發旁邊有窗戶，從那個窗戶可以看到正在建造中的漁船。男人看了窗外一眼後，說：

「對不起，打擾您的工作了。敝姓土屋，是宇野君學校裡的導師。忽那先生您是宇野君的監護人嗎？」

忽那邊點頭，邊往沙發坐下。然後對著老師說明道：

「是的。他沒有父親，現在我就是他最親近的人。」

「是這樣的。今天早上的時候，宇野君在學校裡生病了。」導師說。

「生病了？」忽那嚇了一跳地說。

「是呀。他的意識雖然清楚，但是嘔吐、發燒，全身無力不能行走。剛才我開車送他到鞆町的福山市立醫院了。我想您是他的監護人，必須過來通知您一聲，所以才在這個時候冒昧打擾。」

「原來是這樣，太麻煩老師您了。」

忽那說。這時女職員送茶水來，把茶水放在桌子上。

「啊，不好意思，我馬上就要走了。」導師說。

「他發燒了嗎？」忽那問。

「是的。」

「知道他生的是什麼病嗎？」

「不知道。因為醫生好像很忙的樣子。今天我只是把他送去醫院而已。應該是感冒加重了吧！」

忽那點點頭，說：

「我明白了。等今天的工作一結束，我就會去醫院了解一下情況。」

導師表示了解後，就離開了。

但是，當天的傍晚，忽那在福山市立醫院的服務台，卻聽到了讓他大為吃驚的消息。

「不見了？」

忽那大聲地說。負責宇野智弘的護士說：

「是呀。那時他很安靜地躺在床上，所以我就暫時離開病房一下。可是，我再回到病房時，他就不見了。」

「在醫院裡怎麼會不見了呢？」忽那說。

「醫院裡已經都找過了，但是到處都找不到他。」護士說。

於是忽那走到醫院的玄關，站在石階的地方打電話給智弘，但只聽到手機沒電的「已關機」回覆。

黃昏的大片草叢裡，一輛油漆斑駁，已經殘破不堪的大型美國車孤零零地棲身在草叢的中央。夕陽已經沉落到遠處的林子裡，周圍的天色逐漸變暗，也起風了。

宇野智弘一個人坐在桌子前面的石頭上，承受著有點強勁的風。

智弘的身體慢慢往後，終於整個人躺在背後的草叢中。

他咳了幾聲，頭上冒著冷汗，先是注視著越來越暗的天空一會兒，才閉上眼睛。

他閉著眼睛，過了很長的一段時間，當他再度張開眼睛時，天空已經變成掛滿星星的夜空了，那種感覺好像在聽寧靜的音樂。

星座看起來好像緩緩地在移動，其實是黑色的雲層在移動。一條人影突然出現在黑色的雲層下。智弘嚇了一跳，微微地抬起頭。那影子開口說：

「你果然在這裡。還好嗎？我們回去吧！」

來的人是忽那。

「忽那先生。」智弘說。

忽那揹著智弘，走在星空下的山路上。

「為什麼要從醫院裡跑出去？」

忽那問。但智弘辛苦地喘著氣，沒有回答。

「怎麼了？弘君，為什麼要離開醫院呢？」

忽那又問了一次。於是智弘只好勉強地答道：

「因為我沒有爸爸，現在媽媽又死了，而且我也沒有錢，只會麻煩到忽那先生。」

「小孩子不要想那麼多，尤其是現在還生病了。」

忽那語氣嚴肅地說。

「因為我真的一直在麻煩忽那先生呀！」智弘小聲說著。

「你一直在想這種事嗎？」忽那轉頭笑著說：「我是社長唷！雖然經營的只是一家小造船場，但還說得上是個有錢人，所以你就不用太擔心了。」

稍微沉默了一會兒後，智弘又小聲說：

「我發燒或許和感冒沒有關係。」

「哦？」忽那說。

「或許是更糟糕的事情。因為是我自己的身體，所以我知道。」

「是嗎？既然是那樣，就更應該注意保養身體。」忽那說。

已經走到幸福亭的前面了。但是小酒館的招牌已經從「幸福亭」換成「小雪」了。新的經營者已經準備開始營業了。「幸福亭」的生意很不錯，所以新的經營者不想讓酒館有經營上的空檔，因為一旦有了空檔，客人就會跑掉了。

忽那揹著智弘經過酒館門口，轉進旁邊的巷子，拉開酒館側面的拉門，脫掉鞋子，跨過門檻，踩著樓梯要上樓。

「忽那先生，不重嗎？」智弘問。又說：「可以了，放我下來，我可以自己走了。」

「沒事，再一下子就到了，還是讓我揹著你進房間吧。我在鍛鍊身體。」

忽那說。就在他揹著智弘要上樓梯時，一張女人的臉出現在樓梯下。

「您是忽那先生嗎？」

「是。」

「我是小雪。小酒館可以明天重新開幕嗎？」

「當然可以。麻煩妳了。」忽那回答。

忽那揹著智弘進入房間，房間裡已經鋪著被褥了。他把智弘放在被褥上。

「躺著吧。」

忽那說。智弘仰躺著。

忽那看到垂吊在天花板上的蛇頸龍了。

「你把鈴木雙葉龍吊在這裡呀！」

智弘「嗯」了一聲當作回答。忽那轉頭環視房間，視線落在牆壁上的複製畫上。

「這是什麼？梵谷的畫嗎？」他問。

「嗯，那是《星空》，我很喜歡的畫。」智弘回答。

「唔。得換穿睡衣才行，睡衣在哪裡？」

「在壁櫥裡面。」

少年伸手指著。

「在這裡面嗎？」

忽那打開壁櫥，拿出睡衣。

智弘坐起來，慢慢地，好像有點困難地脫掉上半身的衣服。

忽那蹲在智弘的旁邊，問：

「弘君，這裡怎麼會這樣？是斑嗎？」

智弘白皙的肩膀和手臂的上半部，有藍色的斑。忽那指著那些斑，繼續問道：

「還是瘀青？撞到的嗎？」

「不是，是自然長出來的。」

智弘說。忽那用手指輕撫著他的皮膚，陷入沉思之中。

然後，忽那站起來，走到窗戶旁邊，打開窗戶，坐在窗台上，上半身靠著窗台的扶手。

「這個房間真不錯，可以看到港口。」

他笑著說，然後默默地看著港口和停泊在電燈泡下的成群漁船好一會兒。智弘也沉默著，一句話也沒有說。

忽那回頭看智弘，問：

「弘君，你不餓嗎？」

「有一點。」少年回答。

「今天晚上樓下的店裡還沒有東西可以吃。這樣吧！我去買熱呼呼便當⑩，好嗎？」忽那說。

「好嗎？吃得下吧？弘君。」

「嗯。」

少年猶豫了一下後，才回答。

「好，我現在就去買。等我回來哦。」

忽那離開窗邊，穿過房間。要下樓梯時，他又問：

「弘君要吃什麼口味的？」

「都可以。」少年回答，然後又說：「忽那先生，真的麻煩你了。」

「不要放在心上。我自己也餓了呀！」

忽那回答。

2

忽那在熱呼呼便當店裡，買了一個炸豬排肉餅便當和一個明太子便當，待便當做好，付了錢後，他才優閒地走回巷弄，往有著常夜燈與雁木的港口走去。

鞆町這個地方沒有寬敞的路面，每條路都窄窄的像是小巷子，汽車也只能勉強地行走在這樣狹窄的路面上。這樣的路面寬度或許從江戶時代——不，從日本的南北朝時代起就如此了；甚至是從更古早的古代，在道路形成時，就是現在這樣了。想想看，南北朝時代攜帶著火箭的武士們，就已經穿梭在這樣的道路上了。

因為有許多路的寬度，連讓兩輛小汽車擦身而過都顯得困難，所以經常發生塞車的情況，反方向的兩輛車總是要有一輛先後退、讓路，另外一輛才能通行。但是，偶爾也會看到不想退讓，為了搶先而呼嘯猛衝的車子。每當太陽下山後，那種搶先急著想要通過的無禮車子就會增加。

轟動全日本的鞆町架橋計畫問題，就是因為這種情況才會被提出來討論的。為了避免車子進入鞆町內的狹窄路面，在小鎮的外圍建造環鎮的道路讓車子通過，基本上是非常合理的想法。但是那樣一來，從古至今一直都被視為難得良港的鞆港，就會完全被浪費掉了。而且，架在鞆港海灣水面中央的大橋，在車流量最多的尖峰時段裡，就會看到成排的卡車在高架橋上，對著安政時代設置的常夜燈排放廢氣。

另外，因為有一個橋桁必須建在焚場的遺跡上，那就是要把水泥灌在貴重的古代遺跡上面，遺跡一旦被破壞就再也無法挽回。而鞆町的港口雖然小，但至今還能執行港口的任務，由此可知這個遺跡到底有多寶貴了。然而感覺到這個遺跡到底有多貴重的卻不是鞆町的居民，這實在是一件很諷刺的事情。

忽那提著裝了兩個便當的塑膠袋，來到雁木碼頭的道路時，遠遠地看到從幸福亭改名為「小雪」的少年家的門口，停著一輛不斷閃爍著紅色警示燈的救護車。忽那大為吃驚，心想一定是智弘出了什麼問題了，便小跑步跑了起來。

但是，情況有點奇怪。因為救護車並不是停在「小雪」的門口，而是停在稍微前面，和「小雪」隔了兩個店面，名叫「伊甸園」的小酒廊前面。救護車內的燈亮著。穿著藍色上衣，戴白色頭盔的救護人員正彎著腰，對一個像患者的人在進行急救的處置。

忽那提著便當袋，跑到救護車旁邊，從車子的側面窗戶窺看車內的情形。可是，他看不到患

⑩日本便當連鎖店ほかほか亭的便當，日文名稱：ほかほか弁当。

者的臉，於是便走到圍著車子，看起來好像是漁夫的一個白髮男子旁邊，問道：
「救護車裡面的病人是孩子嗎？」
忽那指著救護車說。
「不是，不是。是那個店裡的小姐。」
他指著店門口掛著寫有「伊甸園」字樣的方形紙罩座燈。燈罩裡的日光燈，散發出白色的光亮。
「店裡的小姐怎麼了嗎？」
「出車禍了。」他說。
「車禍……」
剛才忽那確實嚇了一跳，不過現在他鬆了一口氣了。還好出事的人不是智弘。
也難怪忽那擔心。從他去買便當到回來的時間雖然短，但少年出事的可能性還是有的，而且如果少年出事，恐怕還不見得會被發現。
「為什麼會發生車禍呢？」
忽那低聲地問，於是那位白髮漁夫便用右手指著右邊的方向。那裡是馬路上比較暗的一段。忽那順著他指的地方看，不禁嚇了一跳。原來那裡的地面上竟然有一灘血跡。站在一旁觀看的人，都自動地避開了那灘血。
方形紙罩座燈的光線照射到那裡時，光芒已經變得微弱，所以那灘血看起來黑黑的。不過，靠近看的話，還是可以看出那是紅色的血。
「是那個。」
白頭髮的漁夫轉身，又指著車尾朝著他們的一輛小廂型車。說：
「被那輛車撞到的。」

「被撞到的人是『伊甸園』的女侍？」

忽那問。白髮漁夫點點頭，說：

「她從『伊甸園』裡面跑出來時，這輛車正好開過來，所以就被撞得飛起來了。」

白髮漁夫說著說著皺起了眉頭。女侍的運氣實在太差了呀！

「速度太快了吧？」

可是，女侍為什麼會突然快速地從店裡跑出來呢？當時沒有先看看左右？

「你看到車禍發生時的情況了嗎？」

忽那問白髮漁夫。漁夫搖搖頭，說：

「沒有看到，但是聽到聲音了。那時我在那邊的船裡面，聽到好大的聲音。」

他指著停泊在岸邊的其中一條漁船說。那是他的漁船吧！

「聽到什麼樣的聲音？」

「不是慘叫的聲音。」

漁夫說。忽那點頭表示了解了。

現場的情況已經告一段落了，繼續待在這裡看的話，便當就要冷掉了。智弘還在等自己的便當呢！

忽那不想去看那灘血，便離開了圍觀的人群。他很慶幸自己沒有買番茄醬蛋包飯便當，或茄汁義大利麵。

當他要穿過圍觀的人群時，看到一個人和自己一樣，正以相同的速度，也朝著人群的方向走去。仔細一看，那個人是小雪。

「啊，小雪小姐。」

忽那出聲叫她。

「唉，是忽那先生呀！」

對方也看到自己了。小雪朝他走來，他也朝小雪走去。

「發生車禍了。」

小雪走到忽那旁邊時，忽那這麼說。小雪點點頭，本來掛著微笑打招呼的臉，很快換成了皺著眉頭憂傷的臉。

「是呀！太可怕了。」

她好像起雞皮疙瘩似的，雙手抱著自己的身體。

「是隔壁的『伊甸園』的小姐呢！」小雪說。

「妳看到了嗎？」

忽那沒有停下腳步，他邊走邊問。小雪也一邊走，一邊搖著頭回答。

「沒有。但是聽到聲音了。砰！——」

「噢。」

和剛才那個白頭髮漁夫說的一樣。

「聽到聲音後，我就從店裡跑出來看。剛才我去和『伊甸園』老闆娘打招呼。所以聽到他們在店裡的談話了。」

「那位女侍為什麼會忽然跑出來？」

忽那問。他好像對這點感到很好奇。

「怎麼說呢？他們好像是吵架了。」

「吵架？」

小雪點點頭，說：

「那時店裡還沒有客人。」

「噢。」

「他們談話的內容和工作有關。」

「哦？」

「那位女侍好像加入了宗教團體，於是經常鼓吹客人也入教，老闆娘便要求她注意自己的言行。不只如此，那位女侍因為將自己的收入大都捐獻給教會，結果生活出現了問題。她好像是為了在集體相親中能夠提高自己的位階，所以拚命捐錢給教會。」

「集體相親還有分位階？」

忽那覺得很訝異地說。小雪則直視著前方，點點頭，又說：

「好像是的。說服、拉人入教也算是一種業績，捐錢給教會當然也有高低的排行。那裡好像有很多規則呢！」

「哦。」

忽那覺得那實在有點過分了。相親的時候，誰都希望能夠遇到更好的人，教會利用這種人之常情來增加信徒與募集捐款，真的是太過分了。

「那位女侍的父母好像也為了這件事而煩惱不已。另外，『伊甸園』裡還有一對居比夫婦。」

小雪說。

「他們也是服務人員嗎？」

「嗯。居比太太也是女侍，但居比先生是廚房的工作人員，他負責調酒、做點下酒菜和洗洗碗盤的工作。夫婦兩人是從水呑來這裡工作的。他們兩個人也常勸那位女侍，說她被騙了，叫她離開教團。」

「嗯。」

「可是那個女侍已經完全被教團洗腦了，根本就聽不進別人的勸，還突然就歇斯底里地哭了起來，甩開了那對夫婦拉住她的手，就衝出店去。」

「啊，原來是這樣。」忽那說。

「原來也有會讓人犯罪的宗教呀！」小雪說。

忽那在店門前和小雪分手，此刻的他已經一點食慾也沒有了。

3

橫島的日東第一教會的修行室很像柔道的練習道場，是一間鋪著榻榻米的大廳。

修行室的正面牆壁上掛著一個大型的液晶電視，出現在電視畫面上的，是穿著異國風服裝，正站在傳道演講室講台上演說的尊師——尼爾森．朴。從左右的擴音器裡播放出來的，就是他演說的聲音。

穿著紫色襯衫、金色長褲，身體朝著電視畫面裡的尊師，雙手合十地跪在榻榻米上，並且上半身向前傾，額頭貼著榻榻米的信徒們，幾乎填滿了整間修行室。

信徒們把額頭貼在榻榻米上後，然後抬起頭、直起上半身、雙手合十、再彎曲上半身、再把額頭貼在榻榻米上。他們反覆地做著磕頭膜拜的動作。

大玻璃窗的外面，還有許多列隊在草坪上跑的信徒。

修行室旁邊的傳道演講室空間，比修行室更大。宛如小學體育館那麼大的演講室裡，鋪著擦得光亮的木質地板，還嵌入木製的長凳子。

許許多多的男女信徒坐滿了那些長凳子，在眾多大人中，智弘學校裡那三個欺負智弘的孩子，也很乖巧地坐在木製的長凳子上。

穿著好幾層滿是刺繡，帶著異國風的薄衣物的尼爾森．朴站在信徒們的前面。他的大批信徒們則是男子穿著紫色的襯衫、金色的長褲，並且繫著鱷魚皮的白色腰帶，女子穿紫色襯衫、銀色裙子。

演講室的牆壁上掛著孔子的肖像畫。空間裡流淌著無調性的音樂，牆壁上電視畫面裡幾何圖案緩慢地變化著。尼爾森．朴緩緩地張開他的雙手，平靜地展開演說。

「這個國家的美德已經墮落到地上了，已經墮落到無可再墮落的起步了。

「如今市面上更出現了誹謗我們日東第一教會的聲音，把我們日東第一教會說成是詐欺集團。有人甚至把我們基於神的旨意與我們的誠意，來為信徒挑選終身伴侶之事，說成是藉神的名義來詐財的行為。那些人完全不反省自己的想法膚淺，只是一味地漫罵和傳播惡意的謠言。

「那些人必須要趕快覺悟。否則不久之後必定會受到上天的懲罰。他們現在還不知道，那些罪孽深重的男男女女們就會得到嚴重的處罰。請各位不要忘了我現在說的話，並且仔細地看著他們，看生活在污穢之中的他們，會發生什麼樣的變化，和得到什麼樣的災難。你們一定要仔細地看。」

尊師走下講台，慢慢地走進信徒們坐的長凳子的通道之間。

「我經常對各位說那些在底層的世界裡蠕動的愚蠢人們，過的是什麼樣生活。支配他們的，只有金錢和宛如泥水般污濁的性慾。他們沒有繁衍子孫的崇高感情，只是在追求肉慾的滿足，那是低級的情慾。他們的腦子裡只有那樣的東西，他們所思考的事情，也只是低俗的想法。所以，他們是無法理解我們的，更不懂為高尚想法而活的我們。他們那樣的俗人，不懂我們與祈禱一起行動的崇高思想。我們應該為他們感到悲哀。

「因此，他們把我們的誠實作為，視為應該要唾棄、以金錢為目的的買賣女性的行為。他們不明白自己說出了多麼讓自己感到羞恥的言語；沒有注意到自己說出口的話是多麼地低級、多麼地暴露了自己愚劣的內在，而且都是在強詞奪理。

「就這樣，以前曾經受到我們的總尊師孔夫子對宇宙萬物充滿愛的指導，因那樣的意志而得到生命意義的這個國家，恐怕將再現混沌，淪陷至混亂的時代。

「如此長久下去，這個國家就會滅亡。這樣好嗎？我已經說過很多次了，這個國家會滅亡，一定會滅亡。因為這個國家的支配者們犯下了極大的錯誤，他們忘了百年前，或者是四百年前像母親一樣的半島或大陸給予這個國家的恩澤。這是極大的、無法彌補的錯誤行為。算總帳的時候終於到了。

「現在，能夠拯救在犯錯的路途上走得搖搖晃晃的軟弱國民的人，只有接受了天國引導的各位。除了各位之外，沒有人能夠拯救他們。」

尊師來到了走道的中間後站定，他緩緩轉動身體，來來回回地看著在場的信徒們。他的姿勢十分優雅，像一位舞者。

接著，他突然放開嗓門，大聲地說：

「各位——大家一起齊聲祈禱吧！救贖啊！救贖啊！救贖啊！救贖啊！」

於是演講室內響起了像是大合唱般的信徒們的齊聲祝唸。

「救贖啊！救贖啊！救贖啊！救贖啊！」

終於輪到擺放在演講室角落的大鼓出場了。大鼓配合著信徒一波波的祈禱聲，鼓聲也開始發出有節奏的聲響。

尊師繼續大聲喊著：

「救贖啊！救贖啊！救贖啊！」

好像在呼應尊師的聲音般，大鼓和信徒們的聲音撼動了整個空間。

「救贖啊！救贖啊！救贖啊！」

等這聲音一結束，尊師握緊拳頭，再一次地大喊：

「救贖啊！救贖啊！救贖啊！」

信徒們也再度呼應尊師的聲音，大鼓的聲音也越來越強。

「救贖啊！救贖啊！救贖啊！」

當信徒這次合唱的聲音結束後，尊師加入了這樣的教誨：

「已經失去目標的這個國家的人民，必須聽從真誠地吸收了九千年萬物智慧的光榮之民的指導，才能彌補前人所犯下的罪行。各位，一起祈求吧！救贖啊！救贖啊！救贖啊！」

於是，大鼓與信徒們的聲音，再一次有如狂潮般地響起。

「救贖啊！救贖啊！救贖啊！」

祈求的聲音一結束，尊師又說：

「讓我們一起走在光之迴廊，我們必須化身為救贖的戰士。這是生為這個國家的人民必須做的事。

「各位知道嗎？不久後，電視、報紙及種種傳播媒體失去意義的時刻就會來到。那時，也就是神開始顯示旨意給我們的時候。

「到了那個時候，我們絕對不能猶豫，因為知道清算的時間終於到了的人，只有各位了。那時各位再看看周圍的這個國家的人們，各位一定會感到驚訝，因為他們仍然是一臉的癡呆，表情呆滯地像一具具被抽掉靈魂的行屍走肉，只知道飲酒作樂、追求異性，像動物一樣地蹣跚行走在生命的道路上。他們之所以會那樣，就是因為他們還沒有發現算總帳的時間已經來臨了。」

低著頭、閉著眼睛傾聽尊師訓誨的信徒們深深地點著頭。

尊師緊接著又說：

「那時也是各位挺身而出的時候，各位必須拯救看不到真相的他們。然而……」

尊師豎起食指，不斷地轉動著身體，對著所有的信徒說：

「那時你們之中，還是會有人沒有發現真相，像愚昧而盲目的大眾，和看不到真相的人一樣，茫然不知所措。他們之中也會有那樣的人。你們知道為什麼會發生那樣的情形嗎？」

尊師又轉動自己的身體。

「那是因為修行得不夠。為了加強自己的修行，各位一定要每天每天不斷地努力修行。加強修行吧！加強、加強、加強！來吧，各位，齊聲呼喊吧！要加強、加強、加強！」

大鼓再度被有節奏地敲打，信徒們竭盡所能地大聲配合大鼓的節奏：

「要加強、加強、加強！」

尊師也更加大聲地喊著：

「要加強、加強、加強！」

配合信徒的大聲呼喊，鼓聲也如雷地咚咚響著。

「要加強、加強、加強！」

尊師開始放聲喊叫：

「要加強、加強、加強！」

信徒與大鼓的聲音繼續撼動著整個修行室的空間。

「要加強、加強、加強！」

尊師再度吶喊：

「要加強、加強、加強！」

信徒與鼓聲回應著：

「要加強、加強、加強！」

尊師指著天，叫道：

「要加強、加強、加強！」

所有信徒也豎起自己的食指指向天空，再以更加響亮的聲音齊聲叫喊：

「要加強、加強、加強！」

4

車身上寫有「忽那造船」的白色廂型車，停在福山市立醫院的玄關前面。忽那從司機席下來，繞到後座的地方，用環抱的方式，從裡面把智弘扶到外面。少年靠著忽那的肩膀，搖搖晃晃地走著，踏上了醫院的石階。醫院的門開了，護理人員從裡面走出來。

少年被帶到三樓的病房，並且被戴上面罩，躺在床上。

忽那坐在床邊的椅子上，說：

「不可以再從醫院跑出去。不必擔心醫療費的事。你有保險，而且，『小雪』從昨天晚上就開始營業了，她會付給你房租的。」

「嗯。」

智弘點頭回應。

「這裡是三樓，視野很好。」

忽那看著窗戶說。

「嗯。」

「也看得到一點海。你不會覺得無聊的。」

「嗯。」

「那麼，我要走了。我還有工作，傍晚的時候再來看你。」

「真的？嗯。」

「你有需要什麼東西嗎？我可以幫你買來。有嗎？」

少年想了一下，才搖搖頭，說：

「沒有。不需要什麼了。」

「沒有想要什麼吃的嗎？雜誌或漫畫也行呀！」

「沒有。都不需要。」少年說。

「這樣呀！」

忽那說著，然後點點頭，舉手對護士打了個招呼後，離開了病房。

還留在病房的護士對少年說：

「來，我們量一下體溫吧！」

護士說著，拿出溫度計。她把溫度計夾在少年的腋下後，便坐在椅子上等。

「那個人不是你爸爸呀？」護士問。

「嗯，他不是我爸爸。」少年回答。

「那個人真好。」

護士說。智弘只是點頭，沒有說話。

「我還以為你們是父子呢！看起來比父子還親。」

少年又是只點頭。

「之前做的血液檢查結果，應該傍晚的時候就可以看到了。」

護士笑著說。但這一次少年連點頭也沒有了。

傍晚的時候，忽那依照約定，走向智弘的病房。他的腋下夾著漫畫雜誌。

忽那從三樓的電梯口出來後，快步在走廊上走著的時候，一位穿白色醫生服的男人站在他的前面。忽那覺得奇怪地放慢腳步，然後在那個男人的面前停下腳步。

「是宇野君的監護人忽那先生嗎？」穿白色醫生服的男人說。

「是的，我是。」忽那回答。

「敝姓岡本，是宇野君的主治醫生。請到我的辦公室說話好嗎？請走這邊。」

醫生以手示意，然後轉身走在前面。

來到辦公室後，岡本坐在旋轉椅子上，伸出手示意，請忽那坐他對面的椅子。那張椅子好像是為看診的病人而準備的。

岡本醫生以急促的語氣，很快就讓談話進入主題。

「不好意思，我就直接問了。宇野君曾經住在福島嗎？」

「是的。他曾經那麼說過。」忽那說。

「福島的哪裡呢？」

「南相馬。」

忽那回答。醫生的臉色稍微一沉，然後說：

「離核電廠很近了呀！」

聽到醫生這麼說，忽那突然產生不安的感覺。

「他在南相馬住了多久？」

醫生接著又這麼問。

「一直都是住在那裡的吧！他是在那裡出生的，三年前才搬來鞆町的。所以說，他應該一直都是住在南相馬的。」忽那說。

「他在那裡時的生活型態呢？是喜歡整天待在家裡？還是經常整天在外面玩？」

「他說他喜歡挖掘化石，所以應該是經常在外面的時候比較多。那裡的大久川是發現蛇頸龍化石的地方，所以他常常去那裡尋找化石。」忽那說。

「會去海邊游泳嗎？」

「他說夏天的時候常去海邊游泳。」

聽忽那這麼回答後，醫生便低頭沉思了好一會兒。

「醫生，有什麼……」

忽那問。於是醫生抬頭說：

「他持續發燒到三十九度。除了高燒不退外，身體還出現跌打傷之類的瘀青痕跡，牙齦也有浸潤的現象。如果他長時間生活在南相馬，那麼吃的就是當地的農作物與牛奶，夏天還常在福島的海水中游泳。」

「牛奶好像是學校提供的。醫生，您的意思是……」

「白血病。我懷疑他得了急性的白血病。現在他已經在無菌室裡了。今天你就暫時不要去看他了。」

醫生很清楚地如此表示。

「啊！」

忽那無法置信地說。他沒有想到竟會聽到醫生這樣的宣告。

「那、那已經確定了嗎？」

忽那不得不這樣反覆地問。

「已經做過血液檢查了。」

醫生說。忽那茫然了。

忽那好一陣子說不出話，等情緒稍微平靜了後，才開口說：

「是因為受到核能發電廠的影響嗎……」

「不。」

醫生先是這麼說。他搖搖手，又說：

「我不那麼認為。我是醫生，只能說與醫療方面有關的事情，不便對和國家政策有關的事務提出異議。不過，因為我的周圍也有不少從事和放射線有關的同事朋友，所以難免會往那個方向去想。」

「核能發電廠果然是有危險性的吧？」

忽那問。醫生一邊搖頭，一邊說：

「我只能說那不是安全的東西。總之，那是很技術性的東西，談論那些和你無關的事情，對你一點幫助也沒有……」

「不，我的工作和技術有很大的關係。我從事造船業。」忽那說。

「你對技術的東西有興趣嗎？」醫生點點頭，說：「我學生時代曾經猶豫到底要學醫，還是要投入核能的世界。那時因為發生了一點意外，我想放棄學醫。於是喜歡讀書、做研究的我，便想轉學到工學院的科系去唸書，學習當時被認為是相當困難的原子核工。但是一直照顧我的恩師告訴我：別轉系，因為核能沒有未來性。」

「是嗎？」

「嗯。因為地球上的鈾礦資源，還不到煤礦的數十分之一。而且，核能發電會產生很多缺失。」

「缺失？」

「我的恩師說核能發電廠是種加熱海水的機器。因為核分裂後所產生的熱能只有三分之一可以轉換成電力，另外三分之二的熱能則把海水變熱了。」

「噢！」

「海水被引進渦輪的下方，冷卻了反應爐後，變熱的海水會再次流入大海。所以核能發電廠周圍的海水溫度，會比平常的海水溫度上升七度左右。」

「這就是所謂的海水污染嗎？」

忽那問。醫生以點頭代替回答。

「那孩子是因為長期在受到污染的海水裡游泳，所以生病了？」

醫生又點頭。忽那再次感到衝擊，他一時無言了。

「可是，那裡有那麼多人在那樣的海水裡游泳，為什麼偏偏只有他生病了？」

醫生又點了頭，然後說：

「所以我剛才說了，他的病不能斷定是核能發電廠引起的。」

那麼，是因為每個人體質不同的關係嗎？忽那這麼想著。

「要怎麼治療？……」

忽那才開口問，醫生馬上就搖搖頭，說：

「骨髓移植是個方法，但我不建議他動手術。」醫生又說：「他的體力沒有辦法應付手術。很遺憾，如果能夠早點發現、早點接受治療就好了。」

忽那茫然地看著半空中。

「我現在可以和他說話嗎？」

「他睡著了。等他醒了以後，讓他打電話給你吧。他可以使用手機。」

醫生說著，就站了起來。

「只能這樣了。對不起，還有別的病患在等我。」

忽那也站起來。

「醫生。」他叫住已經轉身的醫生。

「怎麼了？」醫生回頭問。

「宇野君……沒有救了嗎？」忽那問。

「他的家人呢？」

醫生反問忽那。

「都不在了。他已經成為孤兒了。」忽那說。「本來還有一個母親和他相依為命，但是前些日子他的母親也死了。」

忽那說到這裡，情緒波動起來：

「無論如何請醫生一定要救救他。他是個好孩子，那樣的好孩子如果死了……」

但醫生仍然只是搖搖頭，說：

「很難呀！請要有心理準備。」

聽到醫生的回答，忽那又是茫然地呆立在現場。突然，他注意到自己手中的雜誌。

「這本雜誌……」

「不方便。他現在在無菌室裡。」醫生說。

「醫生……那他還有多久……」

「或許……明年的櫻花都看不到了。」

醫生冷酷地回答，點頭示意後，轉身往走廊走去了。

忽那也無言地走到走廊上。

他一邊走向玄關，一邊把手上的雜誌丟進旁邊的垃圾桶。

忽那站在海邊的岩岸上，夕陽的餘暉已經映照在西邊的小島上了。他把手機貼在耳邊，慢慢地坐在岩石上。

「弘君，現在覺得怎麼樣？」

忽那問電話另一端的少年。少年有氣無力地回答：

「唔，不太好。感冒一直沒好，喉嚨痛，不太能說話。」

聽到少年這麼說，忽那盡量不讓少年聽到地嘆了一口氣。

「那樣啊……那就不要勉強說話吧！」

他只能這麼說了。

「聽說今天你來了？」智弘問。

「嗯，可惜不能看到你。」忽那說。
「我被關在一個奇怪的塑膠裡面，這東西很像夏天時用的蚊帳。」
「哦？那樣呀！」
忽那很心酸地回答，覺得眼淚就要飆出來了。少年的時間不多了，這個事情他開不了口。
「你特地來看我，卻看不到。對不起。」
「不要說了！」
忽那反射性地大聲說。不知不覺中他已經站起來了。
「從現在開始，你不可以再說什麼對不起的話了。」忽那生氣地說。
「絕對不可以那麼說了。」
忽那變得平靜了。
「為什麼？」少年問。
「因為……」
忽那想說，卻說不出來。他不知道自己能說什麼了。
「總之，你沒有對不起我什麼。我做的事情都是我自己喜歡做的，所以你完全不要覺得有負擔。」
「哦？」
「沒錯。就是那樣，是我自己願意的。我們又住得這麼近。」
「嗯。」
少年也沉默了。過了一會兒後，才小聲地說：
「謝謝。」
「不要說！」

忽那再次強硬地說。

「也不要對我說謝謝。」

強硬之後，是像請求一樣的誠懇。

「也絕對不要謝我，不要對我說謝謝。」

忽那一再地說。

「我不想要你感謝我。」忽那說。

「唔？」

少年覺得困惑了。

「讓別人對自己說謝謝，自己好像就變成功利主義者了。我不喜歡那樣。雖然我是一個偏離了世俗規範的人，但還不想墮落成功利主義者。」

忽那一邊說，一邊覺得淚水已經從眼眶流過臉頰了。

「總之，先把你的病治好了再說。」忽那說。

「治得好嗎？」

少年的聲音沙啞而低沉。

忽那語塞了。他的視線投注在海面上，一直看著已經慢慢接近小島的影子與水平線的紅色夕陽。

「也不要說這種話。」

他的語氣已經變得好像在懇求了。

「為什麼？」

「我會覺得很無力吧？如果連弘君自己都不覺得自己可以治好，那就麻煩了。」

「嗯。可是，我就是覺得提不起精神，覺得怪怪的。」

「正好相反。」忽那說；「你不是提不起精神，是不想提起精神，所以才會這樣。」
「我能恢復精神嗎？」
少年說。忽那再一次慢慢地坐在岩石上。
「我不是醫生，不能對自己說的話負責，但是……」
「上個月以前，我都還很有精神。」少年說。
「所以啦，所以你一定會好的。絕對會好起來的。」忽那說。
「忽那先生，你現在在哪裡？」
「在岩岸這邊。是你也知道的地方。離我的造船廠很近。」
「那裡呀！你看得到夕陽嗎？」
少年問。他好像在說自己已經永遠失去的東西般。
「嗯，看得到。現在正在看。」忽那回答。
「不知道我還能不能去那裡看夕陽。」少年說。
「當然可以。不要說奇怪的話。」忽那說。
「總覺得……活著好累呀！忽那先生。」
少年深有所感地說。
「哦？是嗎？」忽那說。
「因為我沒有爸爸，媽媽也死了……」
「弘君，別說這種話，我不想聽。」忽那說。
「我轉學來這裡後，就一直很孤單，老是被欺負。就是因為這樣，才會生病的。每天都覺得很辛苦。我做了什麼壞事了嗎？」

「你是好孩子，怎麼會做壞事呢？」

忽那這麼說。少年好像急著想說話似的，繼續說著：

「不對，我不是孤單的！因為還有忽那先生你陪伴我。」

聽到少年這麼說的瞬間，忽那說不出話了。他低下頭，咬緊牙，手機仍然緊緊地貼在他的耳朵，眼淚已經一滴滴地落到岩石上了。

人的體內有古代的海。忽那突然有了這種奇怪的念頭。而自己體內的古代之海，現在正在流回大海。他這麼想著。

「我，弘君，我、我……」

忽那心情大亂，但他覺得此時一定要說點什麼。為了這個孩子，為了這麼好的一個孩子，自己一定要說點什麼才行。

他努力地讓自己的情緒穩定下來，然後說：

「那個……弘君，你能向醫院請一天假，離開醫院嗎？」

少年感到訝異地問：

「唔？為什麼呢？」

「因為你很想回去自己的房間吧？你的房間裡一定有一些東西，是你想帶到醫院病房裡的吧？例如漫畫？書本？我可以幫你整理房間。」

「嗯，謝——」

少年好像突然想到什麼，說到一半就住嘴了。一定是自己叫他不可以再對自己說謝謝的關係吧！忽那馬上就了解了。

「我有個東西很想讓你看看。」忽那說。

「唔？是什麼？」

「以前就想給你看了。那個東西非常不得了，可以帶給你快樂，是大家絕對沒有見過，不像存在於這個世界的東西。」

「哇！那到底是什麼？」

少年的聲音變得開朗了。

「很久以前就想給你看了，所以下次一定要讓你看到。」

「嗯——」

智弘這麼說，但他的聲音卻變得有氣無力，呼吸也變急促了。

「你好像很不舒服呀？我們下次再說好嗎？」忽那說。

「嗯。對不起呀！忽那先生。」

聽少年這麼說，忽那又站起來，說：

「你又這麼說了！不行！不要對我說對不起。而且，生病也不是你的錯。是核能發電廠的錯。」

「嗯。那麼就下次再說吧！」少年虛弱地說著。

「好，下次再說。」忽那也說。

掛斷電話後，忽那仍舊低著頭好一會兒。夕陽已經沉到地平線下面了。天色變暗，風也變冷了。

他彎下腰，撿起旁邊的一顆小石頭。

「可恨呀！」

他說著，用力把小石頭丟得遠遠的。

第八章

1

翌日早上，我和御手洗、瀧澤助理教授，一起走在鞆町的路上，朝巴士站走去。這裡是鞆町的巴士起點站，公共汽車會從昨天造訪的對潮樓下面經過，開往港口的方向，走的是比較寬敞的馬路。

我們一邊走，御手洗一邊問助理教授：

「昨天晚上妳也住在這附近嗎？」

「是的。我的老家就在這附近，昨天晚上就住在老家裡。」

我和御手洗則被安排住在海岸邊，名叫鷗風亭的新飯店。

「妳的波斯龍貓呢？」

「帶回老家，暫時放在我母親那裡。」她說。

御手洗點頭後，接著問：

「那麼，我們今天要去哪裡？」

「福山的中央圖書館。圖書館在ROZECOM這棟建築物裡。那裡的三樓有一間歷史資料室，收藏著和阿部正弘有關的罕見文獻，屬於市政府文化課管轄。我剛才和那邊聯絡過了，那裡的吉岡說了，收藏的資料中有一些書信，內容非常值得去探索。」

「哦？那就很有意思了。」

「是呀。如果可以在那裡找到和『星籠』有關的訊息，那就真的是不得了的大發現。所以，福山歷史博物館的富永先生也已經到ROZECOM了，現在應該正在幫我和吉岡尋找那些書信了。」

「噢！」我說。

「原本在誠之館資料室裡的阿部正弘的資料，現在已經移到這邊了。」

「誠之館？是高中嗎？」

誠之館這個名字我以前聽過。

「是一所高中沒錯。是阿部正弘當年設置的藩校，也是我的母校。」助理教授說。

我們上了停在巴士站的公共汽車，三個人並排坐著，等待司機來開車。這是一輛一人服務的公共汽車。不久後，一個個子嬌小的年輕女性司機，拿著坐墊上車了。我感到訝異，不禁說道：

「啊！是女司機嗎？很可愛也很少見呢！」

助理教授好像也很感興趣似的，一直看著女司機。

「看起來和老師是同年齡的人呀！」我說。

「不，比我年輕多了。」助理教授說。

「福山有很多女性的公共汽車司機嗎？」我問。

「不，我也是第一次看到。」她說。

不久，我們就聽到女司機透過麥克風的聲音了。因為她的聲音像小女孩般高亢，所以我們還嚇了一跳。

「往福山的車子要開了。下一站是鞆浦。」

女司機開始操作車子，先關上了車門，然後踩了離合器，想要起動車子。但是車子便發出了「卡卡卡」的奇怪聲音，我有點不安了。

起動引擎時發出的巨大的聲響，但是聲音一下子就消失，引擎熄火了。於是她連忙點火，再度起動引擎。御手洗靠近我的臉，說：

「喂，我們可以安全抵達目的地吧？」

好不容易，車子終於開始前進，沿著馬路向左轉，行走在沿海的道路上。

本以為車子還會出什麼狀況，但車子一旦開始往前走後，就一路無事地前進著。我們也就鬆了一口氣地放心了。

看看窗外，右手邊是大海，是美麗的風景。回頭看時，第一天住宿的仙醉島就在我們右後方的海面上。

道路旁邊的廣告看板很有趣，我對御手洗說：

「你看！有立即生效的生髮劑耶！真的那麼有效嗎？」

「奇怪嗎？」

瀧澤助理教授看著我問。我說：

「真敢寫！竟敢在看板上寫立即生效！那種東西可能立即生效嗎？」

於是御手洗便說：

「難道要寫沒有什麼效果的生髮劑嗎？」

巴士每一次靠站，就有人上車，車內漸漸擁擠了起來。車子已經離開海邊的道路，穿過住宅，來到蘆田川的河岸邊。窗外的蘆田川河岸綠意盎然，景色十分美好。

「請問一下，我們要在哪裡下車？終點站嗎？」

我問瀧澤助理教授。

「不是，我們要在商工中金前站下車。ROZECOM 就在那附近了。」

助理教授回答。我點頭表示了解了。

一直看著車窗外的御手洗轉頭看我，說：

「這裡的地勢變高了呀——」

於是瀧澤助理教授便說：

「沒錯，因為車子現在走在蘆田川的河堤上。」

聽到這話，御手洗的表情立刻變得不安，說：

「萬一車子的輪胎在這裡脫落，我們都會掉到河裡吧？」

他這麼一說，我立刻強烈地感到不安。

「不會的。河堤上有護欄。」

助理教授說。可是御手洗又說：

「我們的車子是巴士，護欄攔不住的。護欄只攔得住小汽車。」

這時女司機的娃娃音透過麥克風播放，說：

「水呑站，水呑站到了。」

「啊，喂，車子要停了，別太靠左邊才好呀！」御手洗說。

可是，巴士還是慢慢地靠左停了下來。有兩、三個人在這一站上、下車。車子並沒有發生輪胎脫落或翻覆的情形。

「要開車了。」

女司機如此宣告著。

「快開吧！快開吧！拜託。」

御手洗說。此時車子又發出卡卡卡的聲音，女司機也連續重新起動引擎兩、三次，車子仍然在原地不動。

每次車子一發出卡卡的聲音，我和御手洗就不知如何是好地面面相覷，還緊張地咬著牙。

終於，車子一邊搖晃，一邊慢慢地向前走了，可是，下一瞬間，車子突然劇烈地傾斜了。

「哇！——」

「啊！——」

我和瀧澤助理教授都忍不住尖叫出聲。前面的乘客紛紛轉身，車內騷動起來了。不過，騷動的情形很快就恢復平靜。

「對不起，剛才左邊的輪子正好駛過坑洞。」

女司機的娃娃音說。

「啊！嚇死我了。剛才還以為車子會翻到河裡。」我說。

「商工中金前站還很遠嗎？」御手洗說。

「還有一半的路程吧！」助理教授說。

好不容易地，巴士終於開到了商工中金前站，我們步履蹣跚地下車。

「呼——好累，太恐怖了。我們先休息一下，去喝杯茶吧！」

我一邊走到護欄邊，腰靠著護欄，一邊說道。

「沒有時間喝茶。走吧。站起來，石岡君。」

無可奈何，我的腰只好離開護欄，說：

「受夠這巴士了，我覺得我的心臟好像要停止了。」

ROZECOM是一棟玻璃帷幕的現代化建築物，好像還曾經被建築雜誌介紹過。

我們搭著同樣是玻璃帷幕的電梯，一邊前往三樓，一邊聽瀧澤助理教授的解說。

「這裡只有收藏文件類的資料，培里送給阿部正弘的紀念品或美國人送的各種禮物，都不在這裡。」

「那些東西在橫濱的開港資料館裡吧？」我說。

「是的。那裡有一些，福山市裡也收藏了一些。」

「哦？福山市裡嗎？妳是說歷史博物館嗎？」我訝異地問。

「不，不在歷史博物館。在誠之館高中資料室裡。」

「啊，因為那裡是阿部正弘設立的藩校嗎？」

電梯來到三樓了。我們出了電梯，走到走廊上。瀧澤助理教授說：

「沒錯。正是因為那樣的因緣。」

「都是些什麼東西呢？」

走在走廊上時，御手洗這麼問。因為牆壁也是玻璃做的，所以低頭看時，就可以看到下面整理得像公園般的草地。

「還是藩校時的誠之館的館址，就是這裡。」助理教授說。

「哦？這裡？」

「是的。圖書館就建在原來誠之館的地基上。啊，對不起，剛才問誠之館資料室裡有什麼，是吧？那裡有渾天儀。可以把蠟燭固定在太陽的位置，然後藉此說明月亮盈虧的模型。」

「嗯。當時還沒有電燈泡，也沒有電池。」御手洗說。

「是的。此外還有天體望遠鏡……」

「美國人好像還送了真的可以走的蒸汽機關車，是嗎？」我問。

「是。不過，那輛蒸汽機關車被送到勝海舟的海軍操練所後，因為火災而燒毀了。」

「哎呀！太可惜了。」我說。

不知道為什麼，我從小就對蒸汽機關車非常著迷。那個行駛在鋪著鐵軌的橫濱海岸，車箱內乘坐梳著髮髻的武士的蒸汽機關車。

「幕府的後期是一個奇妙的時代，那時的日本武士還梳著髮髻，美國的紐約卻已經有高樓大廈；而石油雖然還沒有被挖掘出，卻已經有機械類使用的潤滑油了。」御手洗說。

「可不是嗎！」助理教授點頭深表同意。

「那些潤滑油是怎麼來的？」我問。

「當時大大小小的機械所使用的潤滑油，全都是鯨魚的油。當時的美國是捕鯨大國，而捕鯨的目的，不是為了鯨魚的肉，而是為了鯨魚身上的油脂。」

「哦？是那樣的嗎？」我說：「我竟然都不知道。」

「嗯。當時日本的近海是鯨魚最好的活動海域，吸引美國的捕鯨船前來，捕鯨船捕獲到鯨魚後，就在甲板上採取鯨魚油。培里率領黑船至日本要求開港的原因，就是為了調度捕鯨船烤肉炸油用的燃木。」

「噢，原來如此。」

「因為船上如果堆積太多燃木的話，船就會變得太窄了。」

「嗯，所以最好可以就地取得燃木。」

我明白了。

「要求開港的原因還為了救援海上遇難的難民、採取榭的植物、了解生產物消費的價值等等。不過，取得燃木還是最主要的原因。啊，吉岡小姐！」

看到認識的女性出現在走廊的前面，瀧澤助理教授立刻小跑步追上去，並且把我和御手洗介紹給那位女性。

「請跟我來。這邊走。」

她帶著我們，來到寫著歷史資料室的門口前。進了資料室的門，馬上看到的，就是供給一般參觀者參觀的展示區，水泥牆和窗戶前，灰色的展覽板繞著室內一圈，展覽板上是用毛筆寫的詩文與說明文字。

「現在正在舉辦阿部家的詩文展，這些是阿部正倫、正精、正寧寫的。收藏庫在這邊，請跟我來。」

她說著，馬上就轉身，率先走在前面。接著，她打開牆壁角落的一扇黑色金屬門。門內有許多由方木搭起來的架子，架子排放著一個個厚紙板箱。很明顯的，這裡不是給一般人進來的房間，整個房間像倉庫一樣，一點裝飾也沒有。不過，不管是厚紙板箱還是方木做的架子看起來都還很新，可見這個房間的設備應該是剛完成不久。

「對不起，這裡必須脫鞋才能進來。請脫鞋。」

吉岡說。於是我們便脫下腳上的鞋子，換了排放在門口的拖鞋。

我抬頭看，看到有一個人坐在門內盡頭的桌子前。那個背對著我們的男人站起來，轉身面對我們，並且急著走向我們。瀧澤助理教授進入房內，對那個男人點頭打了招呼，接著就介紹他給我們。

「這位是歷史博物館的富永先生。這邊是御手洗先生和石岡先生。」

我想起來了，曾經在電視新聞裡看過這個人。

「那我就先告退了。」

吉岡對我們點了頭後，轉身走往展示室。

「有什麼發現嗎？富永先生。」

瀧澤助理教授問。富永滿臉喜色地點頭說：

「哈，就是那樣，正好找到了不得了的東西。謝謝妳的提醒呀。啊，請進，請這邊來。」

富永說著轉身向右，走在我們前面，領我們走進房間的內部。

我們被引導走在方木架子的走道間，來到房間內部的桌子邊。

「真的是不得了的發現。我也沒有想到會有這樣的發現。」富永說。

「是什麼東西呢？書信嗎？」瀧澤助理教授問。

「沒錯，就是書信。」

富永回答，然後看著我們，開始做說明。

「有一個叫做篠崎仁左衛門的人，我在他書信裡，看到了一段有意思的敘述。篠崎是阿部正弘身邊的親信。我看到的是他寫給阿部正弘的信。」

「寫給阿部的信？」助理教授問。

「是的。」富永點頭，繼續說：「之前也給瀧澤老師妳看過了，最近發現的阿部正弘資料——《御出陣御行列役割寫帳》⑪裡面，也有篠崎這個人的名字。這個名字與『御近習』⑫這個文字一起出現，被寫在阿部的『御馬』的旁邊。」

「那是親信中的親信了。」瀧澤助理教授說。

「是。」

富永說著戴起了白手套，給我們看《御出陣御行列役割寫帳》的影印本。

「這就是《御出陣御行列役割寫帳》嗎……」

我對歷史很感興趣，所以認真地看著圖，並且提出問題。

「這個是馬。這個呢？是什麼？」

我指著陌生的印記問。

「這個叫梵天，是太閤檢地⑬時開始使用的測量器具。因為樣子好看，所以被拿來當作大名行列隊伍中的裝飾物。那是一支形狀細長，像槍一樣的棍子。當時的戰爭也會出現那樣的東西，所以以黑船為對手時，將軍出陣圖裡也畫上了那樣的東西。」富永為我們做說明。「可以把那樣的東西想成是撐場面的物品。」

「哦。」

我說。富永接著用戴著白手套的手，打開像卷軸般的書信。他小心謹慎地在桌子打開卷軸，一邊說道：

「非常抱歉，因為這是正本，所以請各位不要直接用手碰觸。」

我們點頭表示了解。

富永一邊用戴著手套的手指指著長長的書面，一邊說：

「這個——這一段只是一般時令上的問候之類的文字，與我們關注的事情無關，所以我就省略不說了。這個……啊，就是這裡吧？」

因為他這麼說，我們也就都把臉湊過去看他指的地方。

⑪將軍出征行列圖。
⑫將軍的隨從。
⑬太閤，狹義上是指對已經將攝政、關白等官位讓給子弟的前攝政、關白，史學家多把豐臣秀吉稱為「豐太閤」。所謂的「太閤檢地」，指的是豐臣秀吉從西元一五八二年開始，在日本全國各地推行的關於農地的測量——不包括山、林等地，及其收穫量的調查。

「就是寫在這裡的這段敘述。備後福山藩鞆地的焚場工匠忽那槽兵衛稱：天正之時，海賊之間盛傳村上武吉有妙法，能以三人操縱之小舟，於半沉之狀態中航行。福山藩的關根三郎聽聞忽家有意在幕府危急之秋的此時，將此一秘傳妙法的圖面呈給大人，遂向伊勢守進言……」

「欸——」瀧澤助理教授又發出夢幻般的感慨聲。「太厲害了……」

她喃喃低語，思緒似乎已經投入那超越時空的歷史真相中了。她的內心開始想像當時的情景。

「船在半沉的狀態下航行……是嗎？」

她小聲地，有點顫抖地說著。

「嗯，確實是這麼寫著的。」

富永回答，但語氣裡帶著不解。兩人的語氣都很隨意。

「關於這一點，我也覺得奇怪。有可能是寫的人寫錯，或聽的人聽錯了吧？」富永說。

「是呀！我也是這麼想的。船如果沉了，就不可能航行。」助理教授說。

「這一份書信裡，有『星籠』這個字詞嗎？」御手洗問。

「很遺憾……」富永回答。

「收藏在這裡的書信中，只有這段令人覺得奇怪的敘述。」富永繼續說：「不過呢，我剛才和阿部正道通過電話了。」

「和阿部正道先生？」助理教授覺得意外地問。

「嗯。」

然後，她轉頭對我和御手洗說明：

「正道先生是現在還活著的阿部家大家長。」

我們點點頭。

「他說他好像曾經在哪裡見過。」富永說。

「正道先生？」助理教授問。

「是的。」

「見過『星籠』這個字詞？」

「是的。」

「是在書信裡看到的嗎？」

「他說他記不清楚了。因為那是很久以前的事了，所以他只記得曾經見過。」

「嗯。」

「他說他覺得是在某個文獻資料裡看到的。」

「文獻……」

「是的。他又說：因為時間已經久遠，只記得看到那個字詞時，心裡覺得奇怪地想『是什麼呀』。」

「除了這份書信外，還有別的……」

助理教授問，但富永搖搖頭，說：

「沒有了，只有這份書信透露出與『星籠』這個字詞有關的氛圍。其他收藏在這裡與阿部有關的書信，我全部都看過了。」富永說。

「伊勢守指的是阿部正弘嗎？」我問。

「是的。」他回答。

2

富永說要回歷史博物館了。還說博物館裡也有一些與阿部正弘有關的資料，而且也有展示出來，請我們務必也去看看。在他熱忱地邀請下，我們便一起前往位於車站北邊的歷史博物館。瀧澤助理教授說她今天還有時間，所以也跟我們同行。富永是開車來的，所以我們便搭他的車，一起去博物館。

到了博物館後，我們從停車場走到後門，從職員專用出入口進入博物館內，然後沿著走廊前進，來到正面的大廳。富永一邊帶領我們，一邊說：

「各位難得來了，就讓我帶各位參觀一下吧！這個博物館裡收藏了許多關於阿部正弘和幕府末期的資料。瀧澤老師非常清楚這一點。」

助理教授笑著點點頭，然後說道：

「我先去一下洗手間，等一下會追上你們的。你們先參觀吧！」

說著，她從旁邊的通道消失了。我和御手洗在富永的帶路下，順著參觀路線前進。

不過，後來助理教授告訴我們，她進洗手間的時候，手機響了。當我們走到有海上大道之稱的瀨戶內海航路的照片展示區時，助理教授追上我們，並且告訴我們她剛才接到手機電話。我姑且以第三人稱的敘述方式，來敘述那通電話的內容。

助理教授推開女廁所的時候，她皮包裡的手機響了。她連忙把手伸進皮包中，拿出裡面的手機。因為手機的螢幕中沒有顯示來電者的姓名或號碼，讓她覺得不太愉快，很想不管這通電話。

但是稍一轉念，她還是接聽了這通電話。

「喂，我是瀧澤。」

她說，但對方卻不發一語。是信號接收不良嗎？

「喂，喂。」

她試著呼喚對方，但是對方仍然沉默著。

「喂，喂。」

她又試了一次。

「妳那裡沒有別人了吧？」

對方終於回話了。那是一個男人的聲音。

「咦？是藤井老師嗎？」

瀧澤助理教授驚訝地說。對方再一次問道：

「對。妳自己一個人嗎？」

「是。現在只有我一個人在這裡。」助理教授說。

「這裡？是哪裡？」

「歷史博物館的女廁所。」

瀧澤助理教授這麼說後，電話那頭傳出藤井助理教授鬆了一口氣般的呼氣聲。

「那你呢？你現在在哪裡？」

瀧澤助理教授問。藤井回答：

「我不能說。因為現在我是正在被警方搜索的人。我殺死了一個人。」

「藤井老師，這通電話是用公共電話打的嗎？」

瀧澤助理教授問。於是藤井說：

「用手機的話，只要透過基地台，一下子就會被找到了。」

藤井很了解他自己現在的處境。

「不會的，和我見一面吧！」瀧澤助理教授說。

「如果只有妳一個人的話，我會讓妳看到我。但是，如果是警察來了，我就會自殺。我有毒藥。」

藤井的話讓瀧澤大吃一驚。她不自覺地用強硬的語氣說：

「什麼？不可以那樣，你千萬不要衝動。」

於是藤井冷靜地說：

「我不會衝動。可是，我已經為了妳殺死一個人了。我看到新聞了。不管理由是什麼，一旦被逮捕後，就算不會被判死刑，絕對逃不了被關上幾年的命運。坐過監牢的人，就無法再回到大學裡教書了。」

「啊……」

瀧澤無言了。藤井繼續說：

「我已經絕望了。如果我被逮捕、服刑了，將來出獄之後，等著我的恐怕是只能過著在便利商店裡打工的人生，我不想要那樣的人生。」

「你千萬不要尋短。那你現在有什麼打算？」瀧澤問。

「我要去調查信長的大船和村上水軍，還有阿部正弘和星籠。反正我是上了船，回不了頭了。」

「我很高興你願意幫我調查，但是……」

「我已經調查到一些資料了，並且認為那些是還沒有被人發現的史實。我願意告訴妳那些資料的內容。」

「啊，謝謝你。」

瀧澤助理教授說。但藤井卻有氣無力地說道：

「等我出獄後，乾脆做一個研究鄉土歷史的專家吧！我想把我調查到的東西寫成書呀！要自費出版也可以。可是，我現在很想見妳。」

「我也想見你。告訴我，你現在在哪裡？」瀧澤助理教授說。

「等我更明白狀況後再告訴妳。」

「你現在一直躲也不是辦法。總之，你還是先去警察局吧！」

「如果我被關在牢裡了，妳會來看我嗎？」

「我會。」

助理教授毫不猶豫地說。

「嗯。可是，妳能一直一直來探監嗎？」藤井說著。然後露出苦笑，又說：「一個未來的大學教授可以三天兩頭就跑去監獄面會犯人嗎？世間的輿論是很可怕的呀！」

助理教授沉默了。

「在大學裡教書，是令人羨慕的職業呀！我現在還不能去警察局，調查還沒有結束。如果我看到警察，就會服毒自盡。這一點我說得很明白了，所以妳千萬不要想帶警察來捉我。我不想看到警察，只想看到妳。我想和妳說話，和妳一起生活。」

藤井話說到此，就斷然地掛斷了電話。

聽完瀧澤助理教授的敘述後，御手洗說：

「最好先和能島的資料館聯絡一下。按照妳所說的，我覺得他或許正要去那裡，也或者已經在那裡了。」

於是瀧澤助理教授認真地點了頭。

接著，我們便進入福山歷史博物最引以為傲，展示著草戶千軒遺蹟的立體模型室。因為今天不是假日的關係吧！來參觀的人並不多，所以我們可以很自在地參觀各個展覽室。

立體模型做得非常好，以仿照實物大小的手法，表現出當時的街道模樣。此外還做出了蘆田川河灣的風景，可以看見小船浮在水草之間的風景。

模型建築物看起來很簡陋，看起來就像是繩文、彌生時代的聚落。不過，除了都城之外，即使到了奈良、平安時期，甚至是進入江戶時代，一般日本居住的地方聚落的建築物，大致上都是那麼簡陋的吧！

富永對我們說明道：

「草戶千軒原本是從前蘆田川河原上的一個聚落，但現在已經消失、不存在了。在鞆還是福山玄關的瀨戶內海交通時代，位於內陸的福山則是鞆的尾端，當時也不過只是個偏僻的聚落。」

「福山城是很久以後才建的吧？」我問。

「沒錯，是很後來才建的。是到了江戶時期，因為一國一城令才開始興建的。有了福山城後，現今車站那一帶才漸漸成為這個地方的中心地區；而鞆城就那樣被廢棄了。」

「在福山建城之前，福山市的中心地區是草戶千軒嗎？」

「應該是吧！當時的草戶千軒是位於這裡以西的河原上聚落，都城那邊也聽說過這個聚落。據說古時素盞鳴尊⑭曾經溯蘆田川，來到這個地方。」

「哇！」

「不過，當時物資流通的主要據點還是鞆。總之，說到東西兩邊的交通要道，就像剛才我們所看的展示，主要還是海上的交通——也就是瀨戶內海的航運，其次才是陸地上的交通。所以，從都城運往福山市的物資，一定是經由瀨戶內海運到鞆，然後在鞆的碼頭分裝物資，換成小船後，再溯蘆田川送達福山市。從福山送往都城的物資也是走這條航線；小船順蘆田川而下，在鞆集中物資，再經過瀨戶內海到都城。」

「啊，蘆田川的河堤就是今天早上巴士走的堤防路吧！」

我一這麼說，富永馬上說：

「你們搭鞆鐵巴士來的嗎？」

「鞆是一個有名的地方吧？」

「鞆可以說從以前就是非常有名的地方了。最澄⑮在推動自己的佛教時，還把鞆這個地方，視為是僅次於大和的重要據點。」

我們在談論這些話題的時候，瀧澤助理教授獨自躲在一旁，小聲地講電話。

「是，是的。就是和村上武吉有關的信件，不是武吉本人寫的也沒關係，是他身旁的親信的書信也行。能島的資料館裡，有收藏書信類的資料吧？」

接著，她安靜下來，好像在聽著對方的說明。對方好像是能島的資料館的研究人員。在對方的說明好像結束了的時候，瀧澤又開始說：

「是的。我這邊要找的，就是和信長交戰時的東西。是的。尤其是與信長命令九鬼嘉隆打造的巨大鐵船有關的資料。嗯，那個很有名。是，是。」

她非常詳細地說明著。

⑭日本神話中著名神祇，其性格變化無常，時而兇暴時而英勇，最著名事蹟為斬殺八岐大蛇。
⑮日本平安時代僧人，是日本天台宗的開創者，也是日本著名的書法家。

「我想調查那個時代與村上水軍有關的信件。是，有提及關於鐵船的內容嗎……是呀，也正在接觸因島的資料館。

「是的，當然我也已經調查過這裡的歷史資料室，還有歷史博物館與誠之館的資料室。因為我正在調查幕府末期和阿部正弘有關的史料。是，沒錯，就是福山藩的阿部正弘。嗯，說來話長，但……

「是，是有找到好的資料了。但是，我有想要進一步了解的東西。那是『星籠』這兩個字，星星籠罩著夜空的『星籠』。曾經在和村上水軍有關的文獻中，看過這兩個字嗎？……是，是的，我正在找和這兩個字有關的文獻。歷史資料室的文獻裡，沒有看到這兩個字。」

瀧澤助理教授一邊聽著對方的聲音，一邊轉頭看我們這邊一眼，然後以手掩著通話口，悄悄地小聲說：

「那個……對不起呀！澀江先生，還有一件事情想請問你……是不是有一位藤井照高先生去你那邊調查有關村上水軍的資料呢？他是我們大學裡的老師，或許麻煩到你了。還沒有去嗎？……這樣呀？他很有可能會去你那邊。如果他去了，請不要讓他知道，悄悄地通知我。是的，是的，就是那樣。」

參觀完福山歷史博物館，我們回來鞆的鷗風亭。坐在鷗風亭引以為傲的木板陽台上，喝茶欣賞大海的風景。

坐在御手洗旁邊椅子的瀧澤助理教授放在膝蓋上的包包，此時發出了音樂的聲音。她連忙一邊拿出包包裡的手機，一邊站起來，往旁邊走了幾步後，才打開手機。

「喂，我是瀧澤。是，是，澀江先生。謝謝你。找到什麼資料了嗎？啊？不是找到資料？啊！」

隨著最後的一聲「啊—」，瀧澤助理教授挺起胸膛，茫然而立。看來是因為愣住而說不出話了。

她就那樣站著，一直聽對方說話。因為樣子奇怪，我們也就一直看著她。

「什麼？是，是，知道了。可是，還有一個小時……有點困難。嗯，我們討論看看。」

她側面對著我，靜靜地闔起手機，嘆了一口氣。接著，她轉身，垂著眼瞼走回到我們這邊，坐下。

「什麼事？」

我主動發問。發生了什麼事呢？

但是助理教授沉默不語，一味沉溺在個人的思緒中。御手洗也不說話，安靜地等待助理教授先開口。

「很難呀！這件事真的很困難……」

助理教授終於開口了。她低聲地喃喃說著。

我和御手洗仍舊不說話地等待她繼續往下說。

「可是，不說也不是辦法。」

她終於好像下定決心般地開始說了。

「剛才是能島村上水軍資料館研究員澀江先生打來的電話。他說藤井老師現身了。」

「在能島嗎？」我問。

「不是能島，在松山。藤井老師現在在松山市的埋藏文化財中心。他拿出福山市立大學的名片，請求在資料室查閱稀少文獻。但是，松山市的埋藏文化財中心再過一小時十五分鐘就要關門了……」

瀧澤教授說到這裡就不說了。

「所以呢？」

御手洗催促地問。但是助理教授還是不開口。

「藤井先生也和妳聯絡了吧？」

御手洗這麼說。助理教授終於慢慢點了頭，說：

「是的。」

「他想見妳？」

御手洗又問。助理教授帶著困惑的表情點了頭。

「他不想向警方自首？」御手洗再問。

「他說只要看到警察，他就會服毒自殺。還說不想在調查時被逮捕。」

「那就不能通知警方了。」

御手洗一這麼說，助理教授便大力地搖頭。動作之大讓我感到驚訝。

「可是，因為藤井老師是拿福山市立大學的名片去申請調閱資料的，所以埋藏文化財中心的人注意到是他後，就向松山署通報了。」

「啊！」

我忍不住發出嚇了一跳的聲音，看來藤井老師是逃不掉自殺之途了。

「藤井老師說他掌握到什麼了，並且願意告訴我他所掌握到的東西。可是，松山署的警察好像已經把埋藏文化財中心包圍起來了。警方正在等待藤井老師從埋藏文化財中心走出去，如果藤井老師沒有走出去，警方會在閉館的時候進入埋藏文化財中心。現在該怎麼辦呢？」

瀧澤老師的眼神充滿驚恐，輪流看著我與御手洗。御手洗沉默了。

「這樣下去的話，如果我不去，藤井老師就是死路一條了。可是，我不可能在一個小時內從這裡去到松山呀！沒辦法呀！」

「御手洗，上次我們搭的直升機呢？」

我說。但是御手洗搖頭，說：

「不可能。直升機光是準備來到這裡，就要一個小時以上的時間。鞆這裡有沒有人擁有快艇？」御手洗這麼問。瀧澤助理教授眼睛看著半空中，認真地思考著。

「啊！」她突然叫了一聲，然後看著御手洗說：

「常石造船的會長。」

「誰？」御手洗問。

「會長擁有瀨戶內海這一帶首屈一指的快艇。」助理教授說。

「可以馬上聯絡到他嗎？」

御手洗說。

3

瀧澤助理教授立刻以手機聯絡到會長，會長正好在造船廠的港口，叫我們立刻過去。於是我們便叫了計程車，加速前往常石造船廠的港口。

會長是一個個性爽朗的男人。我們一到，就看到他穿著上下都是白色的船員服，顯然已經準備好了。引擎也早已發動，一見到我們就說歡迎，並且伸出手來，把我們拉上船，然後解開繫船繩，立刻發動快艇全速前進。

我們的快艇在海上前進時，船尾像在海面上畫出一道白色的圓弧，同時揚起煙霧般的水花。快艇以直線前進的態勢，開始往西前進。快艇像火箭般猛然前進，我覺得我的背後好像被白色的板子拚命往前推進。我有生以來第一次乘坐這麼快的船。我們背後的碼頭變得越來越小了。

駕駛艙在快艇的二樓，我們一邊撫著被強風吹亂的頭髮，一邊打招呼。因為是造船公司的會長，所以我想像他是有點年紀的中老年人，但是事實卻非那樣。這個會長是一個戴著船長帽，和淺色太陽眼鏡的年輕人。

「到松山還要多久？」

我聽到御手洗大聲地問手握方向盤的會長。

「現在潮水的方向正好和船行的方向相反，以現在這樣的速度前進的話，大約四十五分鐘左右可以到達松山。」

會長也大聲地回答。

在引擎的隆隆巨響聲與風浪咻咻的聲音下，如果不大聲說話，對方根本聽不到自己的聲音。

「好厲害！」

瀧澤教授一邊壓著自己的頭髮，一邊說著。

「因為現在是沒有漂流物的季節。」會長說明地說。「目前狀態很緊急吧？希望可以趕得上。」

快艇快速地通過右手邊一處看起來相當醒目的造船船塢。

「那裡是常石造船廠嗎？」

御手洗指著那個船塢問。

「嗯，是的。是我的船塢。」

會長回答。御手洗繼續指著山的上面，問：

「那是什麼？」

山的上面有建築物。

「是我家的飯店。原本是為了國外客戶停留在這裡時準備的度假中心，最近改建成飯店了。」

「飯店旁邊的建築物呢？」

「那是婚宴的會館。」

御手洗從駕駛艙旁邊的盒子裡抽出一張廣告單。

「就是這個嗎？」

他一邊說，一邊看著廣告單。會長點頭說：

「是的。」

快艇通過造船廠的船塢、度假中心，也飛快地把出現在眼前的左右兩邊的小島拋在後面。遠方的夕陽正在下沉。我們的船好像在和日落速度競爭般，快速地朝著夕陽而去。

這時，御手洗突然拍了我的肩膀。我嚇了一跳地看著他。他指著我們身後的方向。我朝他指的方向一看，不禁「啊！」了一聲。

我的視線穿過快艇所激起的水花，看到水中有一個從右向左橫過的巨大黑影。但是，船的速度實在太快，那個黑影很快就被快艇拋到後方了。

那不是魚。太大了。難道是鯨魚嗎？我不禁如此懷疑。

「剛才那是什麼？」

我大聲地問。不過，周圍的聲音實在太吵了，瀧澤助理教授並沒有注意到我們的談話。

「莫非是那個……恐龍？」

光是這樣的念頭，我就感到心驚膽顫。曾經出現在日東第一教會宣傳單上，攻擊過教會船隻的那隻怪物。

但是御手洗歪著頭，說：

「好像是呀。」

「真的有那樣的怪物嗎？我們看到那樣的怪物了嗎？」我很激動地問。

御手洗微微點點頭，不再說什麼了。

快艇持續前進。御手洗用手機打電話到松山的警察署。

不久之後，快艇的引擎聲逐漸平靜，船的速度也慢了下來。再看前方，快艇正在逐漸接近前方的陸地和港灣中。

隨著螺旋槳逆轉的聲音與快艇急停的動作，我們搭乘的這艘快艇終於平靜地靠在碼頭邊了。看時間，從鞆出發到抵達這裡，僅僅用了四十分鐘。這艘快艇的速度確實很驚人。

我們三人一邊向會長行禮，表示感謝之意，一邊上了四國的陸地。

「謝謝會長。」瀧澤助理教授說。

「沒什麼。這是事關人命的事吧！一定很危險。請你們加油。」

會長鼓勵地說。

「是。」她回答。

「會長現在就要回鞆了嗎？」御手洗問。

「不，我還要為工作的事情去一趟廣島。不過，明天早上十點左右，我會回來這裡，因為要補充油料。」會長說。

「啊，這樣呀。」御手洗說。

「如果你們還要回去鞆，那麼明天早上十點左右就來這裡吧！」

「那就太好了。請會長明天一定要來這裡接我們回去鞆。」御手洗說。

接著，我們便小跑步地上了階梯，朝停車場走去。在御手洗的要求下，松山署接到鞆署的聯絡，松山署的警車與警方的白色摩托車已經在停車場等我們了。

我們坐上警車，讓警方的白色摩托車在前面開路。

「又回到松山來了。」

坐在警車的後座裡時，我這麼說了。這幾天我們都在瀨戶內海周圍的城市來來去去。坐在前座副駕駛座的警察轉頭問我們：

「機動隊已經包圍了埋藏文化財中心，隊員們正在等待指示。接下來要怎麼做呢？」

於是御手洗對旁邊的瀧澤助理教授說：

「我不建議妳進去中心裡面。不過，因為他可能會自殺，如果妳很想進去的話……」

「我想進去。無論如何都覺得應該進去。」

助理教授明白地表示了自己的想法。聽到她這麼說，御手洗表情嚴肅地點了頭，說：

「妳跟他說話，藉此放鬆他的心情，然後乘機搶下他的藥。如果他真的有藥的話。另外，他也可能攜帶武器，妳要特別小心。如果發現了他的武器，也請妳搶下他的武器。」

「啊，可是……」

助理教授困惑地看著御手洗。御手洗說：

「給妳五分鐘的時間。五分鐘後，不管妳的狀況如何，我都會讓警方人員衝進去。」

御手洗的話讓她臉色一變。

「等一下！請不要讓警方的人員進去，不會說服他的。我需要時間。請不要輕舉妄動。」

但御手洗搖搖頭，很明確地說：

「不行，時間長了就會變成他的人質，這種情形必須速戰速決。」

御手洗的話讓助理教授生氣了。她發出高亢的聲音，說：

「怎麼會！御手洗老師，藤井老師不是那種人！他是大學老師，不可能拿我當人質，也不會攜帶武器。怎麼會呢？他的身上怎麼會有武器那種東西呢？不可能的。」

「那麼，他的身上也不可能有毒藥吧？」

御手洗一這麼說，助理教授立刻變得無話可回。於是御手洗平靜地說：

「他現在被視為殺人兇手，正處於被追緝的狀態下。在這種情況下，人是會變的。」

「老師，請你冷靜一點。」

瀧澤助理教授激動地加強語氣說。

「我很冷靜。是妳太激動了。」御手洗說。

「可是，他是大學老師，不是暴力組織的人呀！」

助理教授的情緒還是很激動。御手洗斜眼看著她，以不以為然的表情說道：

「大學的老師怎麼了嗎？做老師的人喝了酒後，就一定不會發酒瘋嗎？碰到自己喜歡的女性時，就不會像高中男生那樣對女生蠻橫糾纏嗎？也會吧！」

助理教授的眼裡浮現了氣憤的淚光。她的上身離開椅背，挺直了脊椎，一副要衝上去抓御手洗的模樣。

「你這樣說太過分了。藤井老師是……」

一直用言詞刺激瀧澤助理教授的御手洗愈發冷靜地說：

「因為他是大學的老師，所以更可能做出那樣的事情。一個研究者，不會允許自己研究做到一半就被抓去關。任何人在做研究的時候，即使拚了命，也會想要持續下去。」

「這點我很明白。」

「那不就好了。」

「可是五分鐘實在太短了。」

助理教授叫道。

「既然如此，那就讓警方直接衝進去吧！請妳在一旁看著。」

御手洗說。瀧澤助理教授被他嚇呆了，張著嘴巴說不出話來，並且氣得臉色發白。

警車進入埋藏文化財中心的停車場。一輛看似屬於機動隊，車窗上有安裝鐵絲網的黑色巴士，就停在大馬路上。

「請把車子停在那輛小巴士的後面，盡量不要讓人可以從建築物的玄關或窗戶看到我們這輛車。」

御手洗如此吩咐著。於是開車的警察按照他說的，把警車停在小巴士的後面。警車的引擎熄火後，坐在前面的警察又說：

「接下來呢？」

我觀察了一下車窗外的停車場。看到幾個機動隊的隊員隱身在某些樹木的後面，或是車子的後面。他們持著盾牌，單膝著地，等待下一個指示。

「我要去。」瀧助理教授說。

「不行。改變計畫了。」

御手洗嚴厲地表示，並且向警察說；

「衝進去！」

「不要！雖然會花一點時間，但我會讓他自首的。所以……」

瀧澤助理教授拉著御手洗的兩隻手臂，流著眼淚說。御手洗說：

「妳不要小看這件事，現在的藤井老師不是平日的藤井老師，是一個殺人犯，而且完全沒有自首的想法。」

可是助理教授說：

「你不認識藤井老師，他是一個有良好教養的人。」

「而且是大學的老師嗎？他是逃亡中的大學老師。」御手洗說。

「哼！」

助理教授終於忍不住發出不愉快的聲音，但是御手洗無視她的反應。

「現在要抓他並不困難，就算他有武器，也絕對不是槍，所以警方進去後，很快就能夠解決問題。」

於是助理教授伸直了上半身，面對著御手洗說：

「既然要抓他不是困難的事情，就請讓我進去勸他呀！」

「妳進去後，要抓他就會變成困難的事了。」御手洗說。

「為什麼？」

「因為妳會變成他的人質。」

聽到御手洗這麼說，警車內的其他人都沉默了。但御手洗繼續說：

「因為他喜歡妳，所以妳相信自己能夠說服他，是嗎？可是，妳現在並不是要去和他約會。就算是聖人君子，在知道自己被警方包圍後，也會變得失常。」

助理教授的右手手掌示意著窗外，說：

「那麼，請你了解。已經被包圍的他，在面對強硬衝進去的警方時，他只有尋死一途了。」

「雖然是強硬衝進去的，但還是有足夠的時間救他。如果他真的如妳所說，是個有良好涵養的人，他就會獲救。」

瀧澤教授嘆氣了，並且努力地平息自己的懊惱與激動。

「你很喜歡抓人語病呀……原來你是這樣的人。可是，他還是很有可能因為警方的強行進入而受傷吧？不管怎麼說，他是因為我才變成這樣的。我有責任，所以……」

「所以一開始我說讓妳進去。」御手洗說：「可是，妳不同意在短時間內解決問題，因此我們不能合作。萬一妳的做法出錯，那麼我們的行動恐怕會陷入長期抗戰，或許還會有人因此犧牲。不要多費唇舌，速戰速決才是這次行動的最大前提。」

「無論如何，請給我機會說服他。」瀧澤教授懇求地說。

「御手洗讓她去吧！」

我實在看不下去了，便這麼對御手洗說。經過這幾日在這裡與瀧澤助理教授的相處，我漸漸對助理教授有了同理心。

御手洗看了我一眼後，挖苦地說：

「既然妳的粉絲都這麼說了，那麼，就給妳五分鐘吧！沒有必要浪費時間爭執這個問題，就給妳五分鐘。五分鐘後，我們就會衝進去。別忘了！」

御手洗說著，率先推開車門，還放低姿勢下了車。

「你根本什麼都不明白！」

「快出來！要抱怨等一下再抱怨，妳可以不必放低姿勢。」

御手洗保持半蹲的姿勢，在車門外招手說。

瀧澤助理教授滿臉憤怒地從警車裡下來。她看也不看御手洗，咚咚咚地橫越停車場，直接朝著埋藏文化財中心的玄關走去。

一個低著頭，穿著西裝的男人，從玄關旁的柱子後面現身。他是埋藏文化財中心的研究員吧！

4

瀧澤助理教授壓抑著內心的激動，悄悄打開資料室的門，從門縫裡看到戴著白色手套，靠著灰色鐵桌子，正在閱讀卷軸形式的古文書的藤井助理教授。這個資料室裡只有藤井孤零零的一個人，沒有別人了。

瀧澤把門推得更開些，然後走進資料室裡。正在查閱資料的藤井雖然感覺到有人進來的動靜，卻仍然頭也不抬，只是說：

「時間到了嗎？」

他以為進來的人是這裡的研究員。瀧澤沒有說話。她更靠近藤井時，藤井才抬頭看她。看到來者是瀧澤時，藤井嚇了一跳，然後大聲地說：

「瀧澤老師！怎麼是妳？這是怎麼一回事？」

他從椅子上跳起來。

難怪他會這麼說。因為他認為瀧澤助理教授應該在福山，而且如果要在這個時間出現在這裡，就必須今天早上就離開福山。但是，今天早上瀧澤助理教授應該並不知道藤井會來這裡。

「藤井老師，請你冷靜下來。坐吧！」

瀧澤強作鎮定地說。其實她的心臟早就已經跳到喉嚨了。

藤井一直看著瀧澤。他動也不動，也沒有坐下來，好像非常謹慎地在思考瀧澤助理教授為何會在此時出現的理由。

「妳怎麼知道我在這裡？妳為什麼會來這裡？」藤井助理教授說。「我來這裡的事，並沒有告訴任何人，也沒有告訴妳，而且還是剛剛才進入這個中心的。就算有人通知妳了，妳也應該不可能這麼快就能夠來到這裡。妳是怎麼來的？」

瀧澤助理教授沒有回答這個問題。

「算了，反正知道這些也沒有什麼意義。不過，是警方告訴妳我在這裡的嗎？」

藤井咬著嘴唇說。他的聲音裡充滿了憤怒與懊惱的情緒。

「藤井老師，請你自首吧！」

瀧澤助理教授突然這麼說。沒有時間慢慢說服藤井老師了，因為御手洗只給她五分鐘的時間。

「自首？妳在說什麼？妳又為什麼會知道我在這裡？」

藤井又說。瀧澤助理教授對著藤井低下頭來，說：

「謝謝你為了我調查各種資料。所以，請你再一次為了我，自首吧！」

藤井把頭轉向另一邊，說：

「研究已經進行到一半，這種時候怎麼能去自首。」

他很快把頭轉回來，面對著瀧澤助理教授。他單純地因為調查的成果而感到興奮。這是研究人員特有的個性。

「瀧澤老師，我已經明白某些事情了，只差一點點就可以真相大白了。村上武吉透過身邊的親信，給野忽那島的忽那……」

瀧澤無心聽他解說，只是緊張地舉起手，阻止他繼續說。

「藤井老師，求求你。這些事情以後再說吧。如果你身上有毒藥，那麼現在就把毒藥給我。」

聽到瀧澤這麼說，藤井張大雙眼，說：

「交給妳以後呢？」

助理教授低著頭，小聲地說：

「去自首……」

「自首？」藤井大聲喊，然後說：「妳的意思是要我在去松山署的路上，向妳解說我的調查成果嗎？」

顯然他還不知道他現在所在的這棟建築物，已經被警方包圍了。

「總之，先把藥給我吧！」

助理教授一再地這麼說，然而藤井的眼神已經逐漸變得兇狠了。

「妳要我若無其事地走進松山署，然後告訴警察說：我在福山殺死了日東第一教會的信徒。是嗎？但是，松山署的警察可能會問我：你是誰？然後叫我去福山署吧！」

「沒有必要去松山署。松山署的人已經在外面了。」

「什麼？」

藤井大吼出聲，他呆住了。這是面對被心儀的人背叛的反應。

助理教授抬起頭，以孤注一擲的口氣說：

「把毒藥給我，然後自己從這裡走出去吧！這是自首，我會陪你一起出去的。如果讓他們衝進來，那就是逮捕。」

「衝進來？警察嗎？」藤井問。

「是的。所以，把你的毒藥給我吧！快點。」

瀧澤助理教授幾乎是喊叫地說著。

藤井沉默了，他好像在全力思考這是怎麼一回事。然後，他慢慢地點了頭，說：

「原來如此。我明白了，我被騙了。」

瀧澤助理教授張開已經蓄滿淚水的雙眼，疑惑地問：

「唔？為什麼？」

藤井露出痛恨的表情，說：

「這樣我什麼時候才能告訴妳我的調查成果？原來妳一開始就對我的調查不抱期待。」

「怎麼會……」

瀧澤助理教授說。她的眼淚已經奪眶而出了。

「那麼，警察已經來了的事，妳應該早點告訴我呀！妳不是有手機嗎？可是妳站在警察那邊，變成警方的爪牙，出賣了我。」

「不是的！」助理教授叫著說。

「我在這裡的事，是警方告訴妳的吧？藤井現身在埋藏文化財中心了，請妳幫忙我們逮捕他！於是妳就搭上警方的直升機，來到這裡。為什麼那個時候不打電話告訴我，讓我趕快逃呢？我為了妳，明知有危險，還是跑來這裡為妳調查資料，而妳卻讓警方包圍了這裡，和警方一起來這裡逮捕我。」

「不是，不是這樣的！」

可是藤井已經不聽瀧澤的解釋，他霍然站起來。

「我實在太愚蠢了。竟然相信妳，為了妳而努力，甚至為了保護妳而殺人，想為妳奉獻一生。實在太過分了！妳這個女人太可惡了。」

藤井叫喊地說。

「我並不打算一直逃亡。等這個調查有個頭緒，就可以了呀！」

藤井恨恨地說著。瀧澤助理教授邊哭邊說道：

「藤井老師，我這樣做是為了你呀！因為我也有責任，所以我才會不顧眾人的反對，進來見你。我也可以不來見你，讓警方直接衝進來呀！」

聽到瀧澤助理教授這麼說，藤井也只是緩緩地搖搖頭，說：

「妳覺得妳這樣做是在幫助我嗎？哼！別開玩笑了。我覺得妳是想讓我被關，好擺脫我。」

助理教授張大了雙眼，大叫：

「不是，不是那樣的！」

然而，藤井已經完全不為所動了。他的嘴角浮出自嘲的笑，說：

「夠了，我已經明白了，我是大笨蛋。天大的笨蛋。我明白妳的心意了，所有的一切都結束了。因為妳，我的人生從此消失，不留一點痕跡地完全被消滅了。喜歡上妳，是我這輩子犯下的大錯。」

警察從文化財中心裡面跑到站在玄關口的我們這邊，叫道：

「兇手行動了，正在裡面大叫。」

「什麼！」

站在我旁邊的警察部長大叫。

「他抓住那位女性，用刀子抵著她的喉嚨，要求我們要撤退，讓他逃走。」

「啊！果然變成這樣了。」

御手洗先是吃驚地說，然後才轉頭對身邊的警察部長說道：

「讓機動隊行動吧。請叫四個人到這裡來。去走廊吧！」

確認了機動隊的行動後，我們便從玄關慢慢走進館內。

來到資料室前的走廊的資料室門前面時，御手洗對警察部長說：

「我要進去裡面。」

但是警察部長反對。

「不行。你進去太危險了。我們有盾牌也有催淚彈，我們進去。」

「我先進去，如果聽到我發出叫聲，你們再衝進來。我一個人進去比較好。我早就料到會有這種情況，所以已經有對策了。」

「什麼對策！」我嚇了一跳，緊張地說：「御手洗，不要做危險的事情。」

「不危險。我很習慣這種情形。你安靜地看著就好，我有勝算。」

「喂，別小看對手呀！他可是持刀的殺人犯耶！」我擔心地說。

「他是大學的老師吧？很容易對付的。你們在這裡聽著，五分鐘就可以解決了。」

御手洗說著大話，若無其事地打開資料室的門，很快地閃進室內。

我和警察部長站在已經關起來的門邊，豎起耳朵，專心地聽著室內的動靜。四個拿著盾牌的機動隊隊員來了，他們安靜地站在我們的後面。

「別過來，站在那邊！」

我很快就聽到藤井的叫聲。

「好啊。」

御手洗回答。他的腳步聲也隨之停止。

「撤退！」

這是藤井的聲音。

「叫機動隊立刻撤退！」藤井憤怒地說。

「正在撤退中。路也淨空了。不過，你要怎麼離開這裡呢？」御手洗問。

「不是有警車嗎？給我準備一輛警車，車上要有鑰匙。我會在適當的地方棄車，車子最後會回到警方的手中，也不會有所損毀。」藤井說。

「你腳邊的提包裡有什麼東西？」

「只有雜誌和換洗的衣物。都是要丟棄的東西。」

「發生了這樣的事情後，你已經無法再去什麼資料館，也見不到忽那或村上水軍的後裔了。」御手洗說。

「應該是吧！不過，我還能思考，還能寫東西。」

「那些事情到了牢裡後也可以做。」

御手洗的這句話，讓藤井大為憤怒。

「少廢話！給我準備車子，否則我就殺了她。」

助理教授的哀號聲，此時也傳到站在門外的我們的耳中。

「第二個嗎？」

「殺死一個人和殺死兩個人一樣，反正我這輩子已經結束了。」

藤井說。看來他已經自暴自棄了。

「你不是非常喜歡她嗎？殺她不覺得可惜嗎？」

御手洗輕率地說著。藤井於是又大聲叫喊起來：

「不給我準備車嗎？」

御手洗接下來的回答大大地出乎我的意料，他非常平靜地說：

「這件事我會負責。在門外聽我們說話的警察們，應該也聽到我們的談話，現在正在給你準備車子。不過，如此一來，你恐怕會失去你的妻子。」

「什麼意思？」

「不管是殺了她，還是從這裡逃走了，你都會失去未來的妻子。」御手洗說。

「你在說誰？如果你說的是這個女人，那你就錯了。她對我根本一點意思也沒有。」

御手洗聞言，卻吃吃地笑了。

「錯的人是你吧？剛才我們來這裡的途中，她還在對我們說要和你結婚的事。你如果不相信，可以自己問她。」

御手洗說的話，真的讓我很吃驚。因為不管我如何仔細回想，也想不起來瀧澤助理教授有說過那樣的話。

「真的嗎？」

藤井好像在問瀧澤助理教授。短暫的沉默之後，就聽到御手洗再度開口說話。御手洗好像在做實況轉播般，以非常清晰的聲音，把裡面的情況，說給在外面的我們聽。

「你看，她點頭了。兩次、三次。」

脖子都被刀子抵著了，不點頭還能怎樣呢？我邊聽邊想。

「你把手伸到她外套的外邊口袋裡看看。」

這是御手洗的聲音，沉默中的藤井大概正在進行御手洗說的事。

「有東西嗎？」御手洗說。

「有一張紙。這是什麼？」

「你打開來看就知道了。」

又是御手洗的聲音。藤井好像一手拿刀，另一手正在攤開紙張。

「那是什麼紙？」

警察部長小聲地問我。

「我也不知道。」

我說。我只能搖頭，因為我確實不知道。

御手洗又出聲了。

「那是婚宴會場的廣告單。瀧澤老師喜歡那裡，好像想在那裡和你舉行結婚典禮。」

沉默了幾秒後。

「喂，真的嗎？」

這是藤井發問的聲音。

又是沉默。瀧澤助理教授雖然沒有說話，但是好像再次害怕地點著頭。這種時候，除了點頭外，真的不能再做別的事情了。

於是御手洗又說話了：

「恭喜。她應該會等你出獄吧！你們熱烈地親吻一下，然後自首吧！把刀子放在這裡就好。如果能夠找到好律師，兩年內就能夠出獄了。」

資料室內突然變得很安靜，大概是藤井正在親吻瀧澤助理教授吧！

資料室內傳來御手洗獲勝的得意聲音：

「外面的警察先生們，藤井老師要自首了。」

藤井的頭從警車的門窗裡伸出來，對站在停車場的瀧澤助理教授說了一些話。我和御手洗站在離他們不遠的地方，所以清楚地聽到了他們的對話。此時天色已經完全暗了。

「剛才我從查閱與忽那有關的書信文件裡，看到村上武吉被追趕到周防大島前，透過親信佐野友孝，傳達給野忽那島的忽那與左衛門的書信，裡面就有提到擊沉織田信長的大船的秘策。去野忽那，如果能找到忽那與左衛門的後裔，順利的話，或許還可以發現更進一步的資料。」

助理教授點著頭，說：

「嗯，太好了，我知道，謝謝你。我會去調查看看的。」

「那就好。那麼，我要走了。妳會等我吧？」

藤井這麼問。瀧澤助理教授默默地點著頭。

載著藤井的警車開走了，車子出了停車場，左轉到外面的馬路上。接著又有兩輛警車也隨後開出停車場，朝外面的馬路開去。機動隊的巴士還停在外面的馬路上。

目送三輛警車走遠後，瀧澤助理教授轉身向右，朝著站在埋藏文化財中心玄關的我們走來。從她的腳步看來，她的身上顯然帶著怒氣。

她舉起拿著婚宴場廣告單的右手，以強悍的聲音說道：

「這個東西！是什麼時候放進我的口袋裡的？」

站在我身旁的御手洗若無其事地說：

「什麼時候放進去的不重要，重要的是事情因此獲得解決了。」

可是，助理教授的情緒還是非常激動。

「說那種謊話真的太過分了！我並不愛藤井老師呀！你憑什麼那麼說！」

「總比喉嚨被刀子割開好吧？喉嚨一旦被割開了，妳就不能和喜歡的人親吻了。」

御手洗的話，讓瀧澤助理教授氣得說不出話。她沉默了一下子後，才說：

「你以為女性的吻是什麼？是解決事情的手段嗎？」

「也不是。不過，比起生命，吻應該不是那麼嚴重的事情吧！」御手洗說。

「和那樣的人接吻，又被那麼多人看到，真的是奇恥大辱。你或許不知道，埋藏文化財中心裡面是有監視攝影機的。」

「哦？是嗎？」御手洗說。「攝影機拍到的畫面會被賣給電視台嗎？」

「你知道當時我有多害怕嗎？我怎麼會愛上那樣的人呢？是因為有一把刀子抵著我的喉嚨了！被那樣的人深吻……」

御手洗稍微沉默了後，說：

「那正是妳所想要的。」

「什麼我喜歡的婚禮會場！那到底是什麼地方？我看都沒看過。」空蕩蕩的夜晚停車場內，淨是瀧澤助理教授憤怒的聲音。

「妳如果有需要，可以認真地看一下廣告單。」御手洗平靜地說著。

「我不需要，因為我沒有要結婚。」她說著，便把廣告單丟向御手洗。廣告單在停車場的水泥地面上空飄了幾下後，慢慢地落在地面上。

御手洗瞪大了雙眼，喝道：

「喝！加入日東第一教會的女性，竟然說這種話！」

「那是很久以前的事，已經是過去式了。」

「妳額頭上的叩頭痕跡，已經消失了嗎？前幾天還可以看到那樣的痕跡。」御手洗說。瀧澤助理教授緊閉雙唇，她已經氣得說不出話了。

「御手洗老師。」

她努力讓自己冷靜下來，但雙肩仍然因為憤怒而上下動著，呼吸也顯得很急促。

「是，什麼事？」

御手洗好整以暇地回應著。

「像你這樣過分的人，我是無法和你一起行動、共事的。」

她很堅定地說。

「哦？是嗎？妳明天大學裡有課吧？最好今天晚上就回福山去吧！」御手洗說。

「我正要這麼做！」

她氣沖沖地轉身背對著我們。

但是，就在她要快步離開時，御手洗又發話了。

「請直接回去福山，不要繞道去野忽那島。」

瀧澤助理教授好像因為御手洗的這句話而瞬間停下腳步，不過，她很快就又邁開步伐，經過黑暗的停車場，走向外面的大馬路。

5

那天晚上，我和御手洗便投宿在港口旁邊的便宜飯店裡。

隔天醒來後，發現又是一個好天氣。吃完早餐，為了再次搭乘常石造船會長的快艇，九點半時，我們來到昨天下快艇的碼頭附近。但還沒有走到碼頭，就看到前方的長椅子上坐著一位熟悉的女性。

「咦？瀧澤老師，妳在這裡做什麼？」

御手洗說。於是瀧澤助理教授非常不好意思地從椅子上站起來，對我們行了個禮，說：

「御手洗老師、石岡老師，兩位早安。」

她以非常開朗的語調說著。

「早安。」

我說，然後和御手洗一起點頭，行了個禮。

她繼續以開朗的聲音說：

「因為昨天晚上沒有班車了，所以我也想來搭會長的快艇。」

御手洗皺著眉頭。遇到他覺得不合理的情況時，他都會有這樣的表情。他說：

「妳的說法不合邏輯。就算是昨天晚上沒車了，今天早上應該有很多班車的。」

可是，瀧澤助理教授沒有理會御手洗此時說的話，她默默地跟著我們走向快艇。

按照昨天的約定，會長的快艇果然就停在碼頭邊。會長和昨天一樣，穿著一身的白色衣服。

不過，他換過上衣了。這個會長好像相當講究穿著。

我們互道早安後，就站在碼頭上講話。

「昨天查出了一些事情。」御手洗開始說：「這邊的埋藏文化財資料室裡，好像找到了村上武吉被追趕到周防大島前，透過親信佐野友孝，傳達給野忽那島的忽那與左衛門的書信，書信裡提到與擊沉織田信長的大船有關的秘策。所以這位瀧澤老師說一定要去一趟野忽那島。」

瀧澤聽到御手洗這麼說，先是一愣，然後馬上用力地點頭，非常認真地說：

「是的。就是那樣。」

會長也點了頭，說：

「可以呀！就去吧。那個島上我有熟人。」

於是我們便上了快艇，在引擎發出隆隆巨響後，離開了碼頭，航向海面。天氣晴朗，陽光普照，空氣乾爽，這是航行的好天氣。今天會長行船的速度沒有昨天那麼快了。我們三人在快艇的操縱室裡講話，會長指著前方我們正在接近中的島，大聲地說：

「那裡就是野忽那島了，是忽那水軍的據點之一。」

瀧澤助理教授接著說道：

「忽那水軍的最大居城，就是松山市的秦山城吧？」

會長點頭。對生活在瀨戶內海水域的男人們來說，村上水軍或忽那水軍的歷史，似乎是他們的必備常識。

「忽那與左衛門是那座島上的哪一個忽那家的祖先？你知道嗎？」

御手洗也放大聲量問。不過，因為今天的快艇速度沒有昨天那麼快，所以說話時也不需要像昨天那麼大聲。

「瀨戶內海這邊有許多姓忽那的人家，鞆那邊也有很多姓忽那的人。不過，說到島上最大的忽那家房子，那就是忽那鷹光先生住的地方了。忽那鷹光先生的家在島北側的岡鼻一帶，位於稍微往山上走的位置。」會長說。

「啊……」

瀧澤助理教授應該是聽過那個名字吧？

「那一家有大倉庫，擁有很多與水軍有關的資料，也提供了幾件東西給資料館做展示，我曾經去資料館見過。」

「很好，看來有希望了。」御手洗說。

「在野忽那島上擁有這種貴重舊資料的人家，也只有那一戶了。別家絕對沒有那種東西。需要我帶你們去嗎？」

「那就拜託了。」

把快艇停靠在碼頭邊後，我們便走山路，前往位於半山腰的那個忽那家。

忽那家的房子模樣很有古意，玄關前有門檻與圍欄，卻沒有門。大概是島上的人家彼此熟識，不用擔心小偷吧！這完全是彌生時代的居住模式。不過再仔細想想，江戶時代庶民住的長屋，不也是不上鎖的嗎！

會長一腳踏進玄關的泥土地面，對著裡面叫喚。不久後，我們便隔著門廊，視線穿過院子，看到一個腰有點微彎，身體向前傾的銀髮老人從屋內現身。他經過鋪有榻榻米的房間，朝玄關走來。

老人和會長講話的時候，我們就站在院子前面等著。不久，會長和老人一起走到外面來，介紹我們三個人給老人認識。

老人就是這棟房子的家長忽那鷹光。忽那鷹光給人的印象是個身材瘦削，眼光銳利，說話非常穩重的人。相互介紹過彼此的姓名後，忽那鷹光轉身背對著我們，帶領我們穿過院子走向院子角落的大倉庫。我們跟著老人走的時候，會長對我們說明道：

「鷹光先生是與左衛門的直系後裔。他說許多和水軍有關的東西，都被保管在那個倉庫裡了，現在他要打開倉庫讓你們看。」

聽到會長這麼說，瀧澤助理教授高興地拍著手，說：

「嘩！太開心了！和忽那水軍有關的資料，我幾乎沒有見過呢！」

忽那鷹光從口袋裡掏出大鑰匙，插進掛在倉庫厚重門上的箱型掛鎖孔中，開鎖，拿下箱型掛鎖，然後把全身的重量放在把手上，努力地想拉開門。我們見狀連忙靠過去，想幫他拉開門。但是厚重的門上除了把手外，根本沒有讓我們的手可以使力的地方，所以根本幫不上忙。

門一被打開，陽光就從旁邊牆壁上的小窗戶射進來。窗戶雖小，但是外面陽光很強，所以倉庫內一下子就變得明亮了。倉庫的左手邊有樓梯，可見這個倉庫還有二樓。這個倉庫相當大。

忽那鷹光踏入倉庫內，右手指著靠右側牆壁的架子，說：

「這裡保存著很多和水軍時代有關聯的東西。不過，重要的東西幾乎都送給松山的考古館了。所以不知道這裡到底有沒有各位要尋找的東西。」

「嘩……」助理教授發出小小的歡呼聲。

「與其由我們來保管這些資料，還不如把這些資料送到有足夠預算，並且能夠謹慎照顧這些資料的地方。」老人說。

「說得也是。」會長同意地說。

「沒錯。您的判斷是正確的。」助理教授也這麼說。

「可是呢，要送走這些東西，我們也會覺得很遺憾，非常捨不得。」老人說。

「您別這麼說。這些東西是能夠幫助歷史研究的重要寶物，也能讓世人更加了解忽那水軍。」助理教授說。於是老人伸手指著架子的最上層，說：

「那是喝茶的碗，據說是毛利家的人送的。還有那邊的茶器，那是村上武吉送的。」

瀧澤助理教授踮起腳尖看，驚喜地說：

「嘩！這麼好的東西。」

「還有更好的東西。」

老人說著，彎腰把地板上的梯凳拖拉到自己前面，然後踩上梯凳。

老人把手伸向架子的後方，好像在拿什麼東西。拿到東西後，他轉動身體，把那東西給我們看一下，才慢慢地從梯凳上面下來。那東西整體黑漆漆的，看起來很有歷史感。

鷹光說：

「這是與左衛門在作戰的時候，掛在脖子上的東西。左右兩邊裝滿了好像是硬幣般的東西……」

「咦？那是什麼？」

助理教授說，並且伸手去摸那個東西。

「看起來像銅板硬幣，其實是金子。是金塊。因為很髒了，所以看不出來是金子。」

「哦？是金子呀……可是，脖子上為什麼要掛這個東西……」助理教授問。

「打仗的時候，與左衛門會把這個東西掛在脖子上，坐在船尾觀察部下隊伍的動態，看到表現好的人，立下戰功的人，就會當場頒給他們金子，作為獎賞。以此鼓舞士氣。」

老人如此說明著。

「啊，原來如此。原來是作戰時現場獎賞用的東西呀！」

助理教授很佩服似的點著頭說。

「是的。那個——你們要找的，是和村上武吉有關的東西吧？」

老人一邊來回巡視著架子與牆壁，一邊問。

「是的。」

「提供給考古館的忽那書信，這裡只有複製品。不過，《忽那兵法書》並沒有捐出去，還在這裡。」

老人說著，便走向擺在地板角落的長方形大箱子。我們跟著他，也走到那個箱子前面。老人慢慢地打開箱子的蓋子，讓蓋子靠著牆後，才尋找箱子裡的東西。助理教授連忙伸手，幫忙讓蓋子穩穩地靠著牆壁。

御手洗靠過去，在助理教授的身邊小聲地說：

「妳心情變好了吧？」

助理教授一臉愉悅地說：

「在貴重的學術資料面前，我的心情總是很好。」

她的回答好像不是御手洗想要的答案。

手伸進長方形箱子裡翻找東西的老人說：

「啊！這個這個。」

他慢慢直起身體，把手伸向旁邊的桌子。

「就是這個。把這張桌子……」

我們連忙幫忙他把牆邊的桌子拖到面前。

接著，老人從長方形的箱子裡拿出一個東西。那是一包黑褐色的，用油紙包起來的東西。包東西的油紙也有些年代了，所以色澤很暗，處處可見破損的痕跡。老人把油紙包放在桌子上，慢慢地打開來。

油紙包裡的東西也是黑黑的，但是到處都有出現白色毛邊現象的舊日式裝訂書。這本書的灰色封面上，有毛筆寫的「忽那兵法書」幾個字。我們幾個人的頭全靠到那幾個字的上頭了。

老人翻開封面，再翻了一頁後，便看到描繪著弓與箭的畫。

「這本書裡畫了很多武器的形狀，也有武器的構造。像這個火箭圖，除了形狀外，裝在箭頭裡面的火藥藥劑的具體名稱、成分和比率，都清清楚楚地以圖的方式表示出來，還記載了尺寸大小。」

「啊，真的耶！手鉤總長六寸，鉤長兩寸，柄長四寸……」

助理教授低聲地讀著上面的文字。

「這是『焙烙玉』的構造圖，把火藥揉搓成圓，塞進球形的東西裡的武器。很像放煙火的『爆竹』嘛！」

老人一邊還喃喃地說，一邊一頁頁地翻著《忽那兵法書》。

「就像這樣，這本兵法書裡除了畫出許許多多的武器外，也詳細地註明了尺寸與用法。」

「可以說是一本圖鑑吧！」會長說。

「像目錄一樣。」我說。

「沒錯，是水軍的武器目錄、圖錄。大概當時這裡水軍的所有武器，都畫進這裡面了。所以說，這就是當時的忽那軍的軍備目錄圖。不過，這本兵法書裡還有『潮時之圖』，記載了大潮、中潮、小潮的日月與時間。」

老人翻到這一頁給我們看。

「真的耶！」助理教授說。

「這一頁是『星運行圖』，詳細地記載了各個星座的東南西北方位，和在不同時刻可以看到的星座。」

「連星星在天空時的角度，也都寫出來了。」

助理教授感嘆地說。

「是的。所以，有了這個圖，晚上也可以行船。」

「那麼，這東西如果落入敵人的手中，那就危險了。」

助理教授又說。

「沒錯。所以，這是忽那全盛時期絕對不可能外露的重大軍事機密。誰把這個洩漏出去，一定是死罪一條。」

「好嚴格……」

「當然要嚴格，因為這就是水軍的生命線。就是因為想到這一點，所以我祖父才沒有把這個捐給考古館。能島、因島上有展示村上水軍的博物館，但忽那水軍卻還沒有博物館。所以我要保留一些東西，等哪一天忽那水軍的博物館成立了，再把資料捐贈出來。」

「捐贈這個資料嗎？」會長問。

「我說的資料，還包括要把《忽那兵法書》中畫出來的武器全部製作出來，做為館中的展示品。這是我祖父的意思。」

「噢。」

會長表示理解地說。

助理教授走到書的前面，從老人手中接過那本舊日式裝訂書，一頁頁地翻著。突然，她停下翻書的手，叫道：

「啊！」

「怎麼了？」會長問。

「這裡！這裡！找到了！」

她指著紙面上的一點，發出驚叫般的聲音，激動地喊著：

「看！『星籠』在這裡！」

我們都激動了，助理教授快速地唸著書上已經有點磨損的毛筆字：

「本書之圖多處抄自村上秘傳的『岩流星籠』。」

「呵，出現了嘛！『星籠』！」御手洗說。

「太厲害了。」我說。「沒想到這麼快就找到了。我還以為要花很多工夫呢！」

助理教授興奮地說：

「找東西的時候，就是這樣吧？找不到的時候，即使花了幾年的時間，也是白費力氣。」

「的確。」

世事就是如此吧！

「找到了，終於找到了。太好了。我現在非常非常地興奮。」

助理教授興奮得好像要跳起來了般。

「『岩流星籠』是什麼？」御手洗問。

「這本兵法書的本身，是江戶時期抄寫完成的。那時忽那水軍應該已經消失了吧。所以說，這本兵法書是抄自村上武吉給我們的『岩流星籠』。」

「『岩流星籠』到底是什麼東西？」

這次發問的人是助理教授。

「和《忽那兵法書》一樣，是村上水軍的武器圖錄。《忽那兵法書》是在忽那原有的武器圖中，加入了從村上傳來的武器圖，所完成的武器圖錄。我認為忽那水軍原本並沒有採用從村上那裡學來的新武器。」

「這本《忽那兵法書》裡有『星籠』這個兵器的圖嗎？看看書的後半如何？」

御手洗說。於是助理教授非常開心地繼續翻動這本舊日式裝訂書。

「我看看……沒有耶！沒有『星籠』這個名字的武器。」她說。

「忽那先生，你呢？聽說過村上水軍中有『星籠』這個名字的武器嗎？」御手洗問。

「嗯。剛才我也聽你們提到過這個名字。我對這個名字有一點點模糊的記憶，覺得好像聽我祖父說過。說是村上武吉用那個東西，對付了信長的大鐵船。」

「哦？是嗎？真的是那樣嗎？」助理教授問。

「嗯，我有那樣的記憶。」

老人點頭說。

「太好了。」

「可是，我已經記不太清楚了。」

老人雙手抱胸地說。

「那是什麼樣的武器呢？」御手洗問。

「唔，我不知道。」老人說。

「從村上那裡得到的《岩流星籠》現在在這裡嗎？」御手洗又問。

「不在這裡了。聽說在先祖時代的江戶時期，在福山和鞆的忽那族人來這裡，帶走了《岩流星籠》。」忽那鷹光說。

「那時是江戶的幕府末期嗎？」助理教授問。

「嗯，是的。我是那樣聽說的。」

「是阿部任職老中，美國的黑船來航的時候？」

鷹光點頭，說：

「沒錯，是那樣聽說的。」

「果然！來拿走《岩流星籠》的人，是忽那槽兵衛嗎？」

「對，就是那個名字。」

老人點頭，助理教授雙手一拍，說：

「啊！太讓人興奮了。」

她全身散發出喜悅的氣氛，並且抬著頭，對著半空中叫喊般地說：

「全部連接在一起了！太好了！我想這就是對付黑船的秘策。絕對就是這樣！」

看到這個樣子的瀧澤助理教授，我覺得她對歷史的強烈熱情，已經化為信仰了。

「忽那槽兵衛……」

會長低著頭，自言自語似的說。

「會長知道那個人嗎？那是誰？」御手洗問。

「莫非是現在的忽那造船呢？那裡現在的經營者叫忽那准一。」

會長抬頭說。

「啊，忽那造船是一家製造漁船的小造船廠。」

助理教授也說了。

在回鞆地的快艇駕駛艙內，我和瀧澤助理教授無視強勁的海風，談論著與歷史有關的話題。

助理教授說：

「對德川幕府而言，福山藩是西日本的要衝。」

「怎麼說呢？」我問。

「對德川家康而言，影響了天下大勢的關原是他非常討厭的地方，因為那裡太靠近大阪城了。事實上，家康當初並不想在關原開戰，是衝動派的福島正則他們不管三七二十一，在關原引爆了戰事。」

「嗯。」我點著頭。

「很多人以為關原之戰是豐臣軍對德川軍之戰，其實不然，那是東豐臣軍對西豐臣軍的戰爭。所以，當時原本支持德川家康的大名們，很可能因為大阪城的豐臣秀賴與淀夫人的出面，轉而放棄家康。原本家康一直在等待兒子秀忠帶領正規德川軍來到，再開啟戰事。可是，秀忠卻被攻打真田昌幸的上田城之事絆住，遲遲未能率軍前來會合。因為再等下去的話，秀賴就會從大阪城過來了，只好匆促在關原開戰。」

「原來如此，因為有小早川的背叛……」我說。

「是的，家康的勝利得來不易，不得不把除了山口以外的西日本的土地，全部讓給曾經受豐臣家照顧的大名們。雖然贏了戰爭，自己卻仍然進不了西日本，在西日本幾乎無威信可言。如果關原之戰時，秀忠帶領的軍隊能夠發揮力量，家康也就不需如此忍讓了。」

「原來是這樣的呀！」

我明白了。著名的關原之戰，原來還有這樣的內幕。

「就這樣，家康把西日本中心的福山藩，讓給在關原之戰中戰功數一數二的水野勝成，讓水野勝成在那裡監視舊豐臣的勢力。勝成後來還被列為德川二十八神將之一，被祀奉在日光東照宮。」

「啊！那樣嗎？」

這一點我倒是不知道。

「是那樣。一旦中國地方出現來犯的敵軍，第一道防線就是福山，而播磨的姫路城，便是最後的防禦據點。所以這兩座城都很大。用宏偉的大城來展現威勢，是家康一向的作風。尾張名古屋城的面積，就大約是大阪城的兩倍大。」

「難怪福山城也很大。」我說。

「是呀。福山城的建材裡，還包括淀夫人居住過的高台拆下來的木料。總之，福山藩的老百姓都有自覺，福山是中央的德川家所依賴的地方，所以福山藩的藩主可以成為老中的首席。因此美國的黑船來襲，江戶城十萬火急的時候，覺得做為福山藩的百姓，一定要有所作為。在鞆地的忽那後裔，一定也是有這種自覺，所以才會跑去野忽那島，尋找當時擊沉信長鐵船的村上最終武器『星籠』的資料。當然，我現在說的這些只是我的想像。」

「原來如此呀。」我說。「我好像在上歷史課呀。說到『岩流』，這好像是佐佐木小次郎的名字。」

「巖流小次郎。『巖』這個字恐怕是由『岩』轉傳而來的。」

「岩流是原本的字……」

「是的。文字的形狀雖然變了，但異字同音。瀨戶內海的水流出入湍急，到了狹窄之處，就會形成急流般的潮流，在凸出海面的岩石間奔騰。我想，岩流這兩個字就是這樣而來的吧！」

「是嗎？這樣說的話，滿合理的。」我說。

「話說回來，宮本武藏也參與了關原之戰，是水野勝成旗下的將領。」

「哦？原來宮本武藏和福山也有因緣呀！」

我這麼說的時候，御手洗的手機響了。

6

後來我問了御手洗，才知道打電話到御手洗手機的人，是福山署的黑田課長。他問御手洗是不是在松山有所收穫了。藤井助理教授被松山署逮捕的消息，好像已經傳到福山署了。所以他便打電話來問。還有，因為他要向御手洗報告福山那邊的進展，所以會和鞆署的人一起到造船廠的碼頭接我們。

載著我們的快艇，通過信長的鐵船也無法比擬，能夠建造巨大油輪的常石造船的船塢，直朝碼頭前進。在看到碼頭的時候，也看到站在棧橋上，黑田瘦瘦的身影，和姓三橋還是什麼的，名字還沒有被我記住的鞆署年輕刑警在一起。

「哎呀！辛苦了，辛苦了。」

我們一踏上棧橋，黑田馬上跑過來這麼說。

「聽說在松山很有收穫呀。」黑田說。

「沒什麼，就是讓藤井老師自首了。」御手洗說。「總之是解決一件事了。關於『星籠』的調查，雖然也有一點進展，但是離解決主要問題還有一大段距離。你這邊呢？有什麼收穫？」

聽到御手洗這麼問，黑田臉上的笑容立刻消失，換上陰霾的表情：

「唉，怎麼說呢？就是不順利。等一下再慢慢說吧！」

「對不起，我必須回去大學上課了。」

瀧澤助理教授插嘴說道。

「這樣嗎？那請便吧。」

御手洗很爽快地說。

「老師和警察還有事情要處理吧？但我現在一心只想著和『星籠』有關的研究。我想知道您會去忽那造船拜訪嗎？」

「有那樣的打算。」御手洗說。

「今天去嗎？」

「這事要等聽了課長的報告才能做決定。」

「可以明天之後再去嗎？」助理教授說。「對不起，我這樣的請求很無禮。可是，做為一個研究人員，我非常想和你們一起去。我想請教忽那先生一些事。」

御手洗露出為難的表情，點點頭。

「我希望可以看到這個事件的詳細調查情形。你們要調查的事情與我研究的專門領域有關，或許有我可以幫得上忙的地方。」

聽她這麼說，御手洗點點頭，說：

「確實好像是的。」

「謝謝你這麼說，我真的太高興了。對我的研究來說，這是一生難得碰到一次的機會，我不想錯過任何細節。」

「我知道了。」御手洗說：

「今天我就只和警方調查刑事案件的部分。」

「謝謝。明天下午四點以後，我就有空了。到時我會去鞆町。」

「好的。」御手洗說。

「我現在正好有事情要去福山，順路送妳回去福山吧！」

會長這麼說。於是瀧澤助理教授便微微低頭對我們行了一個禮，和會長一起離開了。我們也和黑田課長並肩走向停在停車場的警車。

「哎呀！這件事真的很棘手。」黑田課長說。「關於幸福亭的宇野芳江的調查，根本一點收穫也沒有。現場完全找不到精液或口水、血液等液體。找到的陰毛或頭髮，也都是芳江的。尼爾森．朴真是太狡猾了，比傳說中的更厲害。」

御手洗點點頭。他似乎早就料到會有這樣的結果。

「不管我們怎麼問海鷗大樓——芳江陳屍的那棟住宅大樓周圍的居民，都問不出任何目擊的訊息。住在那一帶的人很多都是漁夫，白天根本都不在，所以沒有人看到朴在那裡出入。」

走到了停車場，黑田幫我們打開他乘坐的車子的後座車門。

「那個男人是非常謹慎的人。」

御手洗一邊說，一邊鑽進車子的後座。我也被催促地跟著他上車。

黑田幫我們關上車門後，自己坐進前座的副駕駛座，然後轉頭繼續對我們說：

「從殘留在芳江胃部的食物中，可以了解她死前應該吃了醬菜和茶泡飯之類的食物。那好像也是她提供給店內客人的餐點。小銀魚泡飯好像是她店裡的招牌菜。還有，聽說芳江的酒量不錯，但遇害的那一天她並沒有喝酒。」

開車的是三橋刑警。車子開動了，黑田繼續說：

「芳江的屍體檢驗出有使用興奮劑的反應。還有，詢問常去芳江店裡的客人後，知道芳江是日東第一的忠實信徒，聽說還奉獻了不少錢給教會。據說她也想要有個好對象。不過，芳江好像沒有與尼爾森．朴私下見面，因為她周圍的人和客人們，都沒有聽說過那樣的事。」

「尼爾森不讓她說吧！」

「朴阻止她說嗎？」

「例如告訴她：妳如果說出去，就會失去某些好處。隨便說什麼，都能夠讓她不敢說出私會的事。」

「說得也是。」

「貝克資材那邊的情形呢？」

「一樣沒有收穫，還更加令人訝異。完全查不出他們有與毒品通路有關的痕跡。首先我們想到他們可能在大阪那邊交易毒品。雖然不知道他們到底是和哪個半灰色團體有交易，但只要有交易的話，就一定會留下痕跡。可是，竟然完全找不到痕跡。拜託浪速署⑯裡的老經驗警察調查了，卻不管怎麼追查，把關西那些和交易毒品有關的人統統問過了，還是問不出來他們和毒品交易有關的痕跡。搞不懂他們是怎麼弄到毒品的。」

御手洗雙手交抱在胸前思考著。沉默了一會兒後，他才說：

「那麼，他們的毒品不是從半灰色團體那裡來的吧！」

「那麼是怎麼來的呢？」

「或許是我們不知道的新途徑。」

「我們不知道的新途徑？那是……」

「那些從事交易毒品還是槍枝的人，都說是為了得到生活費。不管是為了名義上繳稅，還是為了吃喝玩樂，結局都一樣，他們就是踏上那條路。如果不是為了生活費，沒有必要做非法的事。面對這種人時，最好的方法就是冷靜地等待發現他們的最好時機。」

「哦……」

「但是，現在在日本列島上的亞裔外國人，據說有一百多萬人。這些人當中有一部分是所謂的特務工作者。他們的目的和混黑社會的流氓完全不同。他們或許會藏身在教育機關、媒體、大學，甚至是政府中樞，或核能發電廠裡。如果是這樣的人，他們會有跨越國境獨特的途徑。因為他們來日本的目的不是為了錢，所以警察的固定搜查模式也掌握不了他們。」

「意思是……」

「如果已經有生活費了，就不會去做警方所能掌握到的事情；不會踏入黑社會組織、賭場、酒店等複雜的場所，也不會和女人、警方熟悉的面孔等等人物打交道。對了。失蹤的鐘錶店老闆的調查呢？與油木齒科的資料對照後，有什麼結果嗎？」

「和在松山署的屍體對照後，找到特徵一致的屍體，證明那具屍體就是小松義久。」

御手洗點點頭。

「如你所料，小松義久死了。不過，我們仍然不清楚小松死亡的地點，至於死亡的時間，推斷可能是去年年底，十二月左右。」

「有沒有目擊者之類的情報……」

「完全沒有。也不清楚他到底去過了什麼地方……」

御手洗沉默地想著。

「關於金子的處理也一樣，根本追查不到任何線索。小松一定在什麼地方，和什麼人見面了吧！」

御手洗又是點點頭。

「到底發生了什麼問題呢？小松的死，難道也是日東第一教會做的？如果小松是在教會裡遇害的，那麼，恐怕我們怎麼問都是白搭，因為信徒是絕對不會說出來的。」

御手洗還是沉默地不說話。他雙手抱胸地沉默著，看起來好像睡著了。

「喂，御手洗。」我說。

「啊？」

他抬起頭。

「殺害小松的人，和日東第一教會有關嗎？」

御手洗搖搖頭，說：

「沒有任何推理的線索可以指說日東第一和小松的死亡有關呀！畢竟死者連皮膚和內臟都沒

⑯大阪府警察管轄的警署之一。

有了。而且，就算胃部還可以找得到食物的芳江的屍體，除了知道她吃了小銀魚茶泡飯外，其他的仍然一概不知。」

「啊！」

「我對不能提供資料的事物不感興趣。沒有資料作為依據，說什麼都是空話，也無法推理。」

「沒錯。所以只能舉雙手投降了。」黑田說。

「難道又要讓朴逃走了嗎？」

黑田這麼說的時候，車子停下來了。

「好不容易追到這個地步了，卻還抓不了他的狐狸尾巴，實在太可惜了。」

「但是，我們一定要在這裡抓住他的狐狸尾巴。他的組織已經擴大到世界各地了，在鞆這個地方的組織還算小，如果連這裡的組織都不能解決，那遑論要破解在別的地方的組織，到時就永遠也抓不了他了。」

御手洗一邊說，一邊下車。

我也下了車，一看，原來已經到鞆署了。

「先到鞆署裡喝杯茶吧！這裡也有賣好吃的魚料理的店，晚上去那裡喝一杯，慶祝一下如何？」

黑田說著，朝鞆署的玄關走去。

「慶祝什麼？」御手洗問。

「不是抓到藤井了嗎？」

黑田輕率地說。

「我可沒有那種心情。」御手洗嚴肅地說道：「我要用電腦查一下東西，這個署裡有電腦終端機嗎？」

「電腦終端機？…… 」

「ＰＣ。」

「ＰＣ……啊，我問問看。」

黑田說，然後走進署裡。我們跟著他進入鞆署後，坐在接待處的長椅子上。御手洗看著天花板，一點表情也沒有。

「喂，御手洗。」我叫喚他。「你覺得這個署裡會有終端機嗎？」

「沒有吧。」御手洗說。

「你對這裡的美味魚料理不感興趣嗎？這裡可是日本有名的魚料理漁港呀！」

「與其和他們喝酒，我寧可和仙醉島的狸們喝。」御手洗眼睛看著半空中說。「這樣下去一定會被溜走的。我們好不容易才抓到了這個機會。」

「朴嗎？」我問。

「是呀。」御手洗點頭說。

「真的抓到機會了嗎？沒看到他露出馬腳呀！」

「抓到了。你要問的是什麼機會嗎？他現在非常自滿，並且把這個地方的警察當傻狸。」

「你不也把這裡的警察看成是傻瓜嗎？」

「這一點我不予置評。就我現在所看到的，我覺得不久之後他就會有所行動，因為他覺得不管他怎麼做都不會被抓到。」

「你故意讓他有這種感覺的嗎？」

「你一直都在旁邊看著的，不是嗎？我什麼也沒有做。現在雖然還沒能抓到他，但是，輕敵的人打算讓自己變成神，不久之後一定會有所行動。那時就是抓他的機會。我們需要做的事情，就是靜待時機，絕對不能讓機會溜掉。」

御手洗說這些話的時候，口袋裡的手機響了。他慢慢掏出手機，訝異地輕呼了一聲。

「是老師打來的。」

他先這麼對我說，才接電話。

「我是御手洗。怎麼了嗎？瀧澤老師。」

我把耳朵貼近到御手洗的手機上，聽到了瀧澤助理教授的聲音。

「老師，我剛剛回到大學裡，發現我的電腦裡有奇怪的電子信件。我覺得很害怕，馬上想到要告訴御手洗老師你，因為你對這個事件最了解了。」

「是怎麼樣的信件？」御手洗說。

助理教授的聲音在發抖。

「要唸出來嗎？」

「妳唸吧！」

於是助理教授小聲地，開始唸了。

「有人哭著希望得到妳的幫助。和妳犯了相同罪業的人，正在替妳承擔罪刑！他們正在等待妳的幫助。今天晚上會再給妳信件。犯罪的人不能安睡，妳準備好外出，等待我的通知吧……老師，我該怎麼辦？」

她說。御手洗輕輕哼了一聲。

「我可以馬上過去找你嗎？」瀧澤助理教授又說。

「來吧。把妳的筆記型電腦一起帶來。」

御手洗這麼對她說後，便掛斷了電話，轉而對我說：

「如我所想的。我能夠了解他現在所想的事情。現在的他可以說是自傲到了極點，以為自己就是神了，想要展開懲罰行動。希望不會發生嚴重的事情。」

7

瀧澤助理教授很快就來到鞆。我們去巴士站接她後，再回到鞆署與黑田他們會合。傳送到瀧澤助理教授電腦裡的郵件，並沒有要求不能報警。不過，對方也沒有必要做那樣的要求吧！因為這不是什麼綁架、勒索的事件。

由於助理教授的聯絡，常石造船的會長提供了山丘上飯店——度假旅館的豪華套房給我們使用。這個套房裡有兩個相連的大房間，兩個房間都可以看到寬廣而乾淨的藍色瀨戶內海及造船廠、境濱的小船塢。不過，我們無心欣賞美景。

在沒有床鋪的那個房間裡，擺著可以工作用的辦公桌和幾張椅子。瀧澤助理教授把筆記型電腦放在桌子上，插上電源。

辦公桌的後面，有一組接待客人用的沙發。福山署的黑田課長與鞆署的三橋、石橋兩位刑警也在這裡，等待對方的聯絡。

飯店的停車場方面，有三個穿制服的警察坐在廂型車內，應付隨時可能出現的狀況。至於方便我們行動的車子，則在別處。

黑田帶著疑惑的眼神，對御手洗說：

「老師。傳電子郵件給瀧澤老師的人，真的是教團裡的那個朴嗎？」

很明顯的，他在懷疑御手洗的判斷。但是御手洗沒有回答他。

「或許是被藤井殺害的人的朋友傳的，目的只是想恐嚇一下瀧澤老師，想讓瀧澤老師害怕。這種可能性是存在的吧？」

「是有這種可能性。」御手洗淡然地說：「現階段還不能做任何論斷。」

「哦。」

黑田不滿地應了一聲。

「可是，也有可能是受到朴指示的人傳來的。既然有這種可能性，就不能不做防範。瀧澤老師。」

御手洗叫喚一直都坐在辦公桌前的椅子上，沉默不語的瀧澤助理教授。後者因為前者的叫喚，嚇了一跳般地繃緊著身體，抬起頭。

「是。」

「老師去睡覺吧。今天晚上恐怕要熬通宵了，妳不休息一下的話，萬一事情來了，怕會無力應付。而且，妳明天還有課吧？」

「是。」

助理教授雖然這麼回答，但身體卻沒有要動的意思。

「房間裡這麼多人，我睡不著。」她說。

「那麼，再去要一間小房間吧？」

「我不要。」助理教授瞪大了雙眼說。「我害怕自己一個人。」

御手洗皺眉頭了。

「那妳想怎麼辦？」

「我不要緊的。」助理教授說：「我已經向學校請了今天和明天的假了。」

於是御手洗便說：

「話不是這樣說的。萬一妳支撐不住，反而會給大家帶來麻煩，或許我們會因此錯失逮捕嫌犯的機會。妳還是去隔壁房間的床上躺一下吧！打開隔間的門，留著縫隙就好了。」

「不用了。我想和大家在一起。我不會有事的。」助理教授說。

「是嗎？那我就失禮了。我要躺在沙發上等。如果對方傳郵件來了，請妳叫我一聲。」

御手洗說著，便走到旁邊的大型沙發前，躺了下來，還閉上眼睛。沒多久，他就好像睡著了。在我看來，御手洗是自己想要躺下來睡覺，所以勸瀧澤助理教授去睡覺。

大約過了兩、三個小時，已經是半夜三點左右了。坐在辦公椅上的黑田伸伸懶腰，說：

「嘖，看嘛！根本沒有再傳什麼信息過來。」

「不是什麼勒索、綁架的事件，只是一封惡作劇的電子郵件嗎？」三橋也說。

「如果是綁架、勒索的案件，一定會說：不可以報警，否則小孩子就會沒命。」石橋也這麼說。

「我們根本用不著這樣……」

石橋這話只說到一半，就沒有再說下去。

「既然沒有人被綁架，那就是惡作劇吧！這是惡作劇。」

看御手洗睡著了，黑田便這麼說。

「我也這個年紀，再五年就要退休了。身體禁不起折騰，我也要小睡一下。」

黑田說著，馬上走到單人沙發那邊坐下，並且伸直了腿，舒舒服服地仰躺著。沒多久，他就開始打呼了。

又過了一個小時左右，連我也開始覺得瀧澤助理教授收到的，只是一封惡作劇的郵件。或許應該再等一下子，等真的發生什麼事了，再聯絡黑田他們，不需要這麼快就動用警力。

我站起來，走到窗邊，俯瞰外面的情形。這個度假旅館建築在高台上，眼下是綠色的草坪，還可以看到一點游泳池的邊緣，再往下看，是境濱的船塢，船塢的前方是寬闊的瀨戶內海。瀨戶內海與從房總半島看出去的太平洋不一樣，瀨戶內海的海面有許多大大小小的島嶼，島嶼間的距離都很近。腳下的海面往外延伸，很快就會被另一座島嶼攔下來。而這座島嶼的前面也一樣，與另一座島嶼的影子重疊在一起。與其說這是海上的風景，我覺得這更像是一座又一座相連在一起的險峻山脈景觀。

因為天還沒有亮，無數的島嶼影子與海面，都還沉浸在黑暗之中。讓我能夠依稀感覺到島嶼與海面的輪廓的，是東方天空的白光，和佇立在旅館草坪上的水銀燈的光芒。

「天亮了嗎？」

我聽到聲音回頭看。發話的人是瀧澤助理教授，她也站起來，走到窗邊。

「還沒有。」

我說。接近九月，夜晚的時間漸漸變長。

「好像真的只是要讓我感到害怕的惡作劇呀。」

她像在喃喃自語似的小聲說著。

「因為我而不能睡覺。警察他們一定覺得我很討厭吧？真的很對不起。」

她轉頭看背後。轄署的兩名刑警在打瞌睡，福山署的黑田課長整個人陷入沙發中，睡得直打呼。這個時間他們原本都應該睡在家裡柔軟的床上。

「都是因為我太害怕了，所以這麼麻煩大家和御手洗先生。」

「不要這麼說。不要把這種事放在心上。」我說。「御手洗一定有他的想法，才會這麼做的。而且，他自己睡得很舒服，妳一點也沒有麻煩到他。」

就在我說這話時，我聽到了微微的信號音。我轉頭四處張望，尋找聲音的來源。助理教授開口了：

「是我的電腦。」

她的聲音很小，而且在發抖。

「來了嗎？」

不愧是鞆署的刑警，馬上就發問了。三橋一下子就站起來，往我們這邊走來。石橋也起來了。黑田課長完全沒有要醒來的樣子。至於態度傲慢，把警方也捲入這個漫長等待的始作俑者——御手洗，也沒有要醒來的樣子。真讓我無話可說了。

「說了些什麼？」三橋問。

我們立刻趕到電腦前面，打開瀧澤助理教授的電子信箱。

「啊！果然傳來了。」瀧澤助理教授虛弱地說。

「請妳把信件的內容唸出來。」

石橋一邊走過來，一邊說著。

「立刻前去沼隈鎮守神的森林中的美國神社草原。那裡有一對受到神的懲罰，等待妳去救贖的夫婦。快去拯救他們。因為，應該受到懲罰的人，原本是妳呀！神擁有令人畏懼的能力。要認真反省，以免神的懲罰降臨到妳的頭上……」

瀧澤助理教授越唸聲音越小，到了後面我們已經聽不清楚了。

「全部唸完了嗎？」

三橋問。助理教授回答「是」，然後就頹然坐在最靠近的辦公椅子上，全身不停地顫抖著。

三橋和石橋眼神銳利地互相交換視線後，三橋說：

「沼隈鎮守神的森林？美國神社的草原？那是哪裡？你知道嗎？」

石橋搖搖頭，先說：

「聽都沒聽過。」接著又問助理教授：「在鞆這個地方嗎？信裡沒有對地點做更多說明嗎？」

「沒有。」助理教授說。

「課長知道嗎？」

石橋說，並且用下巴指指坐在沙發上睡覺的黑田課長。

「課長不是鞆地的人，應該不知道吧。」

三橋說，然後開始按自己手機上的按鍵，嘴裡還嘟嘟囔囔地說「也不說清楚」。

三橋撥打出去的電話，很快就有人接了。這麼快就會接他電話的人，應該是在下面停車場的警察吧！我猜對了。

「喂，我是三橋，剛剛有消息了。要求去的地點是沼隈鎮守神的森林中的美國神社草原。聽說過這個地方嗎？」

三橋說完，就安靜地聽電話那端的人說話，還頻頻點著頭。

「嗯，嗯，是的。應該是在鞆吧！聽過嗎？唔，唔，啊，是嗎？知道地點嗎？好像是會去的。但是車子上不去嗎？好，明白了。」

三橋把手機闔起來，說：

「鞆小學旁邊有一條往山的方向上去的路……啊，等一下，我去叫醒課長。」

因為他去叫醒課長了，所以我也去叫躺在沙發上的御手洗。躺在沙發上睡覺的御手洗，是睡得最奢華的人。

我們走到他們的地方，三橋對著還睡得迷迷糊糊的兩人，開始說明：

「鞆小學旁邊有一條往山的方向上去的路，沿著那條路往山上走，好像有一個叫做沼隈鎮守神的森林的地方。最近那裡因為林木的砍伐，森林的面積好像變小了，不過還是一個森林。而森林的後面，是一片大草原。草原裡有丟棄的一輛大型的美國車，車子當然已經變成廢棄車了，不過，卻有人把注連繩繫在車上，還在車頂刻了牌坊的圖案，去那裡玩的孩子便說那裡是美國神社。」

「這是誰說的？」黑田課長問。

「下面的員警說的。他也是聽附近的小孩們說的。他好像還曾經去過那裡，所以可以帶路。」

「車子可以開到那裡嗎？」

課長問。看來他是不想走山路。

「車子可以開到小學的旁邊吧。」

「那樣嗎？」課長顯得失望地說。「去那裡嗎？」

「是的。」

「那裡有什麼？」

「一對接受神懲罰的夫婦。」

「哪裡來的夫婦？」

「不知道，郵件裡沒有寫。」三橋說。

「要誰去那裡？」

睡得糊里糊塗的黑田問。

「當然是這邊的瀧澤老師呀。課長。」

從剛才起，瀧澤助理教授就臉色蒼白地沉默著。

「最近沒有夫婦不見了的失蹤人口報案吧？」

石橋說：

「只說是被神懲罰的夫婦，其他的都不清楚。」

「嗯。」黑田說：「知道了。」

黑田大聲說著，然後轉身對一樣睡得迷迷糊糊的御手洗說：

「御手洗老師，你看……」

「走吧！去那裡。」

御手洗說著，便從沙發上站起來。

8

我們開著兩輛車，來到鞆小學旁邊的路上。數一數兩輛車裡的人數，總共是九個人，正好是部隊的一班。

「這裡離美國神社還有多遠？」

御手洗問知道地點的年輕警察。因為遠處街燈的光芒照射到這裡了，所以周圍還算明亮。

「大約兩公里左右吧。是往上爬的路段，大概三十分鐘左右可以走到。」他說。

「那麼，請你走前面吧！」

御手洗指示著，然後又如此說：

「各位，有帶 Flashlight 嗎？」

「Flashlight 是？……」

「手電筒。」

「有。我們三個人都有。」他回答。

「穿制服的警察都會配戴手電筒，一般我們也都會帶著迷你手電筒。」三橋回答。

「很好。那麼，把手電筒都收好，在我說可以用手電筒之前，絕對不要讓你們的手電筒發出光亮。」

「啊？」

員警們都愕然了。不過，雖然在黑暗中，但我還是看得見他們的表情。

「手電筒的光是敵人最好的目標。」御手洗說。

「喂，御手洗，對方會展開攻擊嗎？」我說。「這裡又不是美國。」

「朴是打過越戰的人。」於是御手洗正色地說：「石岡君，你被和平沖昏頭了。這或許是一個陷阱呀！我們的對手不是日本人，不知道會出什麼招來對付我們。拿著武器的，你走前面。你走最後面，你走中間。走在建築物中間和走在森林裡時還好，到了平坦的草地時，大家要壓低身體前進。如果對方發出攻擊，就立刻對著發出火光的地方開三槍。這樣對方就會停下攻擊。其他的人馬上壓低身體、散開。明白了嗎？好，我們現在出發。」

「請等一下。」黑田課長突然說：「我可以待在車子裡嗎？我負責聯絡。我年紀大了，行動沒有那麼敏捷。」

「可以。請把你的手機放在膝蓋上。」

御手洗說著，便率先邁開步伐。黑田獨自留下來，待在車子裡。我想，他大概會躲在車子裡睡覺吧！

「御手洗老師，那我呢？」

瀧澤助理教授跑過來問。

「妳在前面。」

「什麼?不行!我會怕。我不能在最中間嗎……」

「不行。請妳去前面,因為敵人要的就是妳。不過,大家沒有必要排成一排,如果路面的寬度可以,就請集中在我或石岡的旁邊。排成列縱隊前進的話,我們就會變成是射擊場裡的鴨子。」

御手洗說完,就走在前面,邁步向前。

「敵人要的是我……真的是這樣嗎?」助理教授問。

「這是很明顯的事。」御手洗回答。

「要我……要對我怎樣……」

「大概是要讓妳看到什麼吧。妳最好要有心理準備。」

「什麼呢?要給我看什麼……」

「我怎麼知道對方要給妳看什麼。這個答案應該妳自己最清楚。妳好好想想吧。」

越往前走路越窄,離路燈的光線也越遠。黑暗中助理教授一直在思考。她邊走邊想。

「我不明白。」她小聲地說。

「是嗎?」

御手洗斜眼看著她說。這是他瞧不起人時慣有的表情。

「老師知道嗎?」

「不知道。不過,可以猜得到。因為有好幾個暗示。」

「什麼暗示?哪些暗示?」

「假設發那封神秘郵件的,是日東第一教會。郵件裡說『應該受到懲罰的人,原本是妳呀!』所以,妳自己想想,對日東第一教會而言,妳犯了什麼罪?」

「我無視教會介紹的男性……」

「沒錯。」

「還有擅自退出教會。」

黑暗中，御手洗點點頭，說：

「所以說，在那個指定的地點——叫做美國神社的地方，應該有人犯了和妳相同的罪。」

「美國神社……可是，為什麼不逃呢？」

「因為或許已經被殺害了，或者是嚴重受傷了。」

助理教授好像深受打擊般地沉默了。過了一會兒，才說：

「那樣……要給我看的，是那樣的……」

「或許吧！這是為了給妳警告。」御手洗說。

走到山路上後，路的左右兩邊已經看不到房舍或圍牆，也沒有電線桿和街燈的光線了，水溝也不見了；路面也不是鋪設的柏油或水泥路面。而且，越往上走，路面越小。

「你說『或許』，」助理教授問：「難道還有別的目的嗎？那會是……」

「妳。」

「啊？」

「把妳叫出來，或許就是為了給妳同樣的懲罰。」

「我不要。」助理教授立刻小聲地說。「如果是那樣，那我不想去了。我害怕。」

助理教授停下腳步。

「妳回家的話，恐怕有被綁架的危險，結果還是一樣。所以還不如待在有帶武器的警察身邊比較好。」

助理教授繼續向前走了。

「如果只是讓妳看的這種處罰，那妳算是賺到了。」

「我不想看。」

「恐怕由不得妳。宗教有時會讓人很瘋狂。對女性而言，那麼狂熱的信仰，是因為對自己的愛戀吧？」

助理教授沉默不語。

「正因為信仰會變成那樣，所以會發生戰爭。既然曾經是信徒，就有義務一直跟隨到最後。雖然不知道朴是怎麼想的，但是他一定會把這一點計算在內。」

山路越來越難走，我們走在瀰漫著青草氣息的大自然中，仍然往山裡走去。腳下的地面凹凹凸凸，沒有街燈之類的照明，大地一片漆黑，只剩下星光。抬頭看天空，高掛在天邊的，是光芒微弱的弦月。

聽到蟲鳴了。雖然我們的眼睛已經習慣黑暗，並非處在伸手不見五指的狀態中，只是，還是無法看到草叢內的動靜。所以，萬一草叢裡躲著持槍的壞人，我們是看不到的。

「啊！」

發出聲音的人是瀧澤助理教授。她腳尖被草絆到，跌倒了。

「我的腳！」

她蹲著說。

「碰到什麼了嗎？」

我走到她身邊，蹲下來問她。

「我的膝蓋……」她說。

「膝蓋撞到嗎？」我問。

「不要笑我。因為我一直在發抖，走不好，腳就纏在一起了。」

「腳纏在一起？……」

「我害怕，腳在發抖，左腳和右腳相撞……」

於是御手洗走過來，說：

「妳的左腳和右腳不是好朋友。好了，走吧！」

他不由分說地把瀧澤助理教授拉起來，讓她繼續走。

接著又是一段長長往上走的山路，終於看到前方黑漆漆的林子了。

「快到了。」

走在最前面的警察說。

「那個林子就是沼隈鎮守神的森林。穿過森林就是一片大草原，草原裡有一輛大型的美國車。那大概就是美國神社了。」

「知道了。我們快點走森林那邊吧！」御手洗說。

沒多久後，我們就走到了森林的入口處。這一路上，靠著月光與星光，還能勉強看到周圍的情形，但從這裡開始就幾乎完全看不到前面了。前面只是一片漆黑。

「我們要保持距離。」

走進林子後，御手洗小聲地說著：

「避免被一網打盡。不要擠在一起。注意周圍、身體放低。」

四周蟲叫的聲音還不小。

「慢慢前進。」御手洗指示著後面說。

「御手洗，我的腰有點痛，不能這樣彎著身體走。」我說。

「如果你想第一個被打中，就挺直腰走吧！」

御手洗說。無可奈何，我只好咬牙，護著腰，繼續彎腰前進。

「停！」

御手洗舉起右手，小聲地喊停。他單膝著地地蹲著，並且上下揮動著手，叫大家都蹲下來。

他小聲地對我和走在前面的警察說：

「蟲的叫聲停下來了。小心，安靜。」

我們的動作也停下來，四周變得一片寂靜。我覺得我們陷入了被來自四面八方的黑暗擠壓在一起的錯覺。

「老師……」

助理教授哭聲地說。

「噓！」

御手洗嚴厲地制止她說話。

「聽到什麼了。」

御手洗說。於是我也豎起耳朵聽。

那是很奇怪的聲音，非常奇怪，像在咆哮般的吼聲。剛聽到時，會覺得那像是動物的吼聲。聲音劃破了黑暗的空間。

那叫喊的聲音聽起來很混濁？——變成是混濁的呻吟聲了。是大青蛙的叫聲嗎？我這樣想著。不，不對。我馬上覺得那不是青蛙的叫聲，而是某種動物所發出的聲音。我覺得那應該是哺乳動物、大型野獸所發出來的聲音。如果體型小的動物，應該發不出那樣的聲音吧！

我認為那絕對不是人類發出來的聲音。那種聲音不屬於人類。人類不管在什麼時候，都不會發出那種野獸般的聲音。至少我從來沒有聽過那樣的聲音。

我想像那是受傷倒地的野豬的慘叫聲。但是，那嘶吼般的叫聲，在下一瞬間卻變成像是死亡前的喘息聲。快要死了嗎？我想著。前面有瀕臨死亡的野獸。那是受到致命傷的野豬嗎？那樣的大型動物橫躺在地面上，腹部上下劇烈地起伏，還發出吼叫般的呻吟聲。

那聲音漸漸變得微弱，好像在啜泣般。我嚇到了。那是人類的聲音嗎？是女人的聲音嗎？這到底是怎麼一回事？

「前面有東西。聽聲音，距離還有點遠。那裡就是林子的出口嗎？」

御手洗指著前方盡頭的樹木，然後問帶頭走的警察。依稀可以從御手洗的手指的地方，看到林子盡頭的樹木外的夜空和星星。

「是的。」警察回答。「從那裡出去，就是草原。美國車就在再往前走四、五十公尺的地方。」

「好。」御手洗說。「我們兩個人先走到前面的林子出口。石岡君，你在這裡保護瀧澤老師，等我的信號。看到信號後再慢慢前進。就算腰痛了，也千萬別直立起來。」

御手洗說完這些話後，就以蹲著的姿勢，慢慢往前移動。我看著他的動作，看到他很快就走到林子的出口處了。他先是左右地張望了一番，才轉身舉起手，對我招招手，好像在對我說「過來」。於是我也轉頭對後面的人做了相同的動作，然後才護著腰，慢慢彎著腰前進。

當我走到御手洗的旁邊時，蟲的叫聲又開始響起了。仔細再聽，剛才類似動物的吼叫聲已經停止了。

從那裡開始，眼前是一大片的草原。草原上的草相當高，可以看到草叢裡有一條窄窄的蜿蜒小道。御手洗說：

「前面好像發生了什麼事。情況好像挺嚴重的。瀧澤老師，請妳要有心理準備。好，我們現在前進十碼。壓低姿勢跟我來。」

「喂，什麼是十碼？」我問。

「就是十公尺呀！」

御手洗說著，便彎腰前進。十公尺就十公尺嘛！為什麼要說十碼呢？這裡是日本呀！

我也馬上跟進。我壓低身體往前行，盡量不要離御手洗太遠。

蟲叫的聲音又開始從草原裡傳出來。

「啊！」

發出這個聲音的，是帶頭走的警察。

「那是什麼東西？以前沒有看過。」

警察指著前方說。我順著他指的方向看去。

兩根相當高的棍子聳立在黑暗的空間裡。棍子的位置就在草原的中央，高約三公尺左右。隨著我們的接近，聳立在夜空裡的棍子越來越清楚。

「那個東西到底是什麼？」

警察停下腳步地說著。他蹲在小路上，張開嘴巴，卻說不出話。

「以前沒有見過嗎？」

御手洗問。警察搖搖頭又點點頭。

「是呀！這裡原來沒有那樣的東西的。那到底是什麼呢？那麼高的棍子……」

他帶點畏懼的語氣說著

「兩根豎得高高的棍子！到底是做什麼用的呢？覺得毛毛的。」

他說。這種不自然的風景，讓他很有壓力感。聳立在黑夜中的高高木棍！那種樣子看起來確實很怪異。

這個時候，我們又開始聽到奇怪的聲音了。那是混濁的呻吟聲，但時而聲音變高，像野獸的咆哮聲。奇怪的聲音出現的時候，蟲叫的聲音就停止了。

「又開始了。」

警察喃喃地如此說著。但是，原本聽起來只是混濁的呻吟聲的咆哮，卻夾雜著一句日本話。

「救我！——」

聽到這一聲時，警察反射性地要站起來。但是，御手洗適時伸出手，抓住警察腰部的皮帶，勉強把站到一半的警察拉下來。並且對警察說：

「小心！這或許是陷阱。」

豎起耳朵再聽，已經聽不到那聲音了。瀧澤助理教授緊緊抓著我的手。我能感覺到她的手一直抖得很厲害。

「再往前前進十碼，仍然彎著腰走。」

御手洗小聲地指示著。於是我們像毛毛蟲般，在草叢裡蠕動。我們慢慢地、慢慢地接近聳立在夜空中的兩根棍子。

「前進十碼。」

御手洗小聲地說。於是我們又前進了十公尺。感覺上，我們越往前進，那兩根棍子好像就聳立得越高。奇怪的聲音停止了，好像再也不會聽到了般。

「聲音停了，或許陷入危險狀態了。」

我聽到御手洗這麼說。

「兩位警察先生有帶槍嗎？」

御手洗朝著後面，小聲地問。

「沒有。」三橋回答。

「我也沒有。」石橋回答。

「好。那麼，我們去那邊吧。你，和我一起去。」

御手洗這麼說後，便彎著腰帶頭走。一位警察跟著他。

蟲的叫聲又開始了，我們在蟲叫聲中，在即將黎明的黑夜盡頭，靜靜地等待著。因為御手洗的身影被草叢淹沒了，所以我前進到可以看得到他的位置。

御手洗他們已經到達豎起來的棍子下方了。他們彎著身體，好像正在調查那附近。

不久，他們站直了。不過，身影卻隱藏於夜色中，被豎起來的棍子遮住了。但是很快地又出現在棍子的旁邊。接著，他對我們這邊招招手，並且大聲地說：

「各位，請到這邊來！石岡君，前進吧！快一點！」

於是大家都低著身體，彎著腰往前跑。

豎立在前方的棍子，隨著我們的靠近，顯得更加高聳。等我們更靠近時，便看到棍子的下方有兩個人影。一根棍子下面一個人影。

「大家放心，沒有危險了。身體可以站直了。」

御手洗大聲地說。他的聲音在黑暗的草原裡迴響。我放心地伸直了背，腰變得舒服了。

一直跟在我身邊跑的瀧澤助理教授在途中放慢腳步，甚至還停下腳步。恐懼和強烈的不安，似乎綑綁了她的腳。警察和兩位刑警已經跑到她的前面去了。我為了要照顧她，所以和她成為最後踏進被稱為美國神社空地的一組人。

美國神社空地並不大，空地的深處有一輛被廢棄的大型美國車，車身已經腐朽了。這輛美國車的車門和輪胎都不見了，像一隻大烏龜般地趴在黑暗中。

兩根長長的棍子高高地豎立在車子的前方。在棍子底部下的兩個人影雙腿伸出地倒著，頭朝著腐朽的美國車。他們好像側坐地臥著，一動也不動，也不出聲。剛才那些野獸般的聲音，是他們發出來的嗎？我非常地震驚。

「各位，把所有的手電筒都打開！」

御手洗一聲令下，三支大手電筒加兩支迷你手電筒啪的一聲，同時亮了。

五道光線齊射向橫臥在棍子下的那兩個人的臉。

啊！我驚呼出聲。哇啊！助理教授發出慘叫般的聲音，整個人癱軟般地蹲坐在地面上，雙手抵著地面。

她跪下來，額頭緩緩地貼著泥土地面。我連忙蹲在她身邊，把手放在她的肩膀上。助理教授下意識地做出了像日東第一教會要求信徒祈禱時的姿勢。

我知道警察們也被現場的情形驚呆了，因為他們愣立在原處，動也不動了。我走過他們身邊，看著他們的手電筒所照射的地方。

在重疊的手電筒光圈中，出現了兩個人的側面臉龐。那是一男一女的兩張側面的臉，看來都還不到中年。兩個人的臉上都是血，大概是昏倒了吧？他們頹然地倒著。

可是，不能說他們是倒在地上的，因為他們其實是手抱著豎立的棍子般地站著。他們的手腕好像被綁在一起了。

三橋走到他們的背後，仔細地觀察他們的手腕。

「被鐵絲綁起來了。不是繩子，綁得很緊，解不開。有鉗子嗎？」御手洗問。

三橋搖搖頭，說：

「沒有。不過，車子裡應該有。」

「那麼，就打電話叫醒黑田先生，請他帶鉗子來這裡。還要剪刀。」御手洗說。

「剪刀？」三橋說。

「對，剪刀。沒有剪刀的話，就要叫醫生來。最好是外科醫生。」

御手洗這麼說。我不明其意，警察們好像也不知道御手洗的用意是什麼。

「這臉！這是……什麼呀！這是……」

石橋蹲在受害者的前面，一邊檢查受傷者的臉，一邊面容驚恐地問著：

「在流血……到底是怎麼了？」

「男人的眼瞼、女人的嘴巴被縫起來了。」

御手洗冷酷地直說了。所有的警察們都發出不舒服的呻吟聲。

我的腳邊傳來激烈的哭泣聲。是瀧澤助理教授。

她現在還跪倒在地上，發出聲音地大哭著。接著，她緩慢地在草地上爬行，並且發出令人不舒服的嘔吐聲。

御手洗看了她一眼，繼續說：

「用針和線縫的，所以要快點把線剪斷。」

又說：

「最好快一點。他們兩個人看起來都很虛弱了。」

於是石橋站起來，忙著打開手機，開始按鍵。

「還要擔架。讓救護車停在下面的小學旁邊。」石橋說。

「這是怎麼一回事？為什麼會這樣？」三橋開始問：「這是什麼呀！為什麼會發生這樣的事

情？……到底是怎麼了？是誰做了這種事？為什麼要做這麼殘酷的事情？」

三橋因為不解與憤怒而顯得情緒紊亂。

「不調查不知道。」御手洗在黑暗中說著。「不過，那個東西和這殘酷的事情，肯定是有關係的吧！」

他半轉身，指著背後的大型美國車說。

四支手電筒同時射向那輛大型美國車，大家這才看到美國車的前保險桿上，被放著一個四方形的東西。因為周圍都是暗的，大家又都被眼前所能看到的事情驚呆了，所以之前沒有人注意到車子的前保險桿上有那個東西。

警察們同時移動自己的腳步，朝那裡走去。我也一樣。石橋仍然站在原地和黑田說話。

那是一個四方形的水槽，雖然不是很大，但大概也有一個人兩手合抱起來那麼大，所以容量應該不小。那是養金魚或熱帶魚等觀賞用的魚的玻璃水槽。

「什麼？這是什麼？啊，裡面有東西。」

三橋說著，便蹲在水槽前，用手裡的手電筒照著水槽。

水槽裡大約裝了七分滿的水，水底下好像有東西。一個黑黑的東西躺臥在水槽的底部。

三橋連忙把手電筒的光線對準那個東西。其他警察也把自己手上的光線重疊在那個東西上。原本看起來黑黑的東西，一下子變亮了。

「哇……」

三橋發出驚叫，一屁股坐到了地上。

「這是什麼？嬰兒嗎？」

他好像很不舒服地低聲說著。

「這種東西為什麼會被放在這裡？」他說。

御手洗也走到水槽邊，低頭看著水槽，然後說：

「不知這是怎麼一回事。但是，這確實是一具嬰兒的屍體沒錯，而且頭蓋骨碎裂了。」

眾人聞言，紛紛發出議論之聲。

瀧澤助理教授的哭聲一直沒有停止過，也一直不敢看這邊。我看了一眼水槽後，說：

「太過分了……為什麼這麼殘酷。」

「臉被打爛了……」三橋呻吟地說。

「或許是他們的孩子。」

御手洗好像在喃喃自語般地說著。

聽到他這麼說後，我感覺所有的人都同時屏住呼吸了。我也一樣。如果真是那樣，那麼那對夫妻所受到的打擊，實在令人無法想像了。

「太慘了！真的太殘酷了。敵人竟然做到這樣的地步。不過，不管再怎麼謹慎的人，也一定有疏漏之處。我們只要用心沿著這個線索追查，一定能夠逮到朴的狐狸尾巴。」

御手洗說，然後回頭看東方的天空。東方的天空已經有點泛白了。

9

我們回到度假旅館，一直睡到正午過後，才起來吃午餐，接著又去了鞆署。關於從美國神社那裡救出來的男女，黑田已經調查清楚他們的住址與姓名。他們是居比修三與篤子夫婦，住在福山市水吞向丘町的內海住宅社區B棟二〇四號房，是皮革藝術家。他們被送到福山市立醫院，被縫在臉上的線已經拆除，正在打點滴接受治療，身體復元的情況還算良好。但是，妻子那方受到的打擊太大，到現在為止還無法開口說話。至於丈夫那方好像已經能夠回答警方的問題，與敘述事情的經過，所以我們也趕去醫院了解狀況。

瀧澤助理教授也去了福山市立醫院，中午以前也接受了打點滴的治療，情緒平靜下來後，因為下午大學裡有課，所以回福山了。

我們和黑田課長，三個人坐著警車到福山市立醫院，在服務台問到病房的號碼後，就直接到居比修三的病房。居比修三的兩眼上下都貼著醫療膠布，很可憐地躺在床上。他已經不用打點滴了，看起來精神也還好。這是一間單人病房，他的妻子傷勢嚴重，好像還在加護病房裡。

「居比先生，覺得怎麼樣？還好嗎？」

黑田課長走過去，熱絡地和他交談。

「我又來了。這位是御手洗先生，旁邊這位是石岡先生。他們兩位是從東京來的偵探。」

因為是和當地人說話，所以黑田用了當地的方言。他很體貼地沒有說我是御手洗的助手，還真要感謝他。

「我還好。」居比說。

「眼睛看得見嗎？」

御手洗一邊朝著摺疊椅坐下，一邊問著。黑田走到牆壁那邊，拿來兩張摺疊椅，一張他自己坐，一張給我。

「多少看得見。醫生說好像沒有傷到眼球，可以復元。但是，被縫到的肌肉和皮膚還會痛。」

「你有看到攻擊你的人的臉或穿著嗎？」

「沒有，沒有看到。那人從我的背後攻擊我，掩住我的嘴巴，還用藥物讓我昏迷。」

「那是什麼時候的事情？」

「二十七日，就是前天的晚上。其他的已經不太有記憶了。」

「在什麼地方被迷昏的？」

「淀媛神社。對方說孩子在他那裡，要我放兩百萬圓在淀媛神社百度石的石獅子下面。」

「兩百萬圓？」

御手洗皺起了眉頭。

「淀媛神社在哪裡？」

他回頭問黑田課長。

「在鞆港灣的對岸。從伊呂波號廣場的常夜燈那邊看出去，就在隔著海灣的正對面。那邊有個凸出的海角，神社就在那裡。」黑田說明道。

「那個神社有名嗎？」

「有名。鞆地方的人都知道那裡，不是鞆地方的人，也知道那裡。很久很久以前，神功管理局征伐三韓的回程時，曾經在鞆地停留，當時停留的地點就是現在的淀媛神社，祀奉的主神是神功皇后的妹妹淀姬。那個神社有很多傳說，也是欣賞瀨戶內海的絕佳景點。」

「可以說是名勝古蹟？」

「是的，是有名的觀光景點。」

「要求把錢放在有名的景點，不是很不安全嗎？」

御手洗轉頭問居比。

「是呀。可是，因為要求放錢的時間是半夜……」居比回答。

「幾點？」

「半夜兩點。」

「那時不會有人經過嗎？」

「神社外面的馬路或許偶爾還會有人車經過，但神社裡面不會有人了。如果是晚上十點的話，或許還會有人。」

居比修三的回答很奇怪。御手洗追著問道：

「晚上十點的話，或許還會有人？這話是什麼意思？」

「因為十點還不算很晚，所以可能會有人路過……」

「這個我明白。我要問的是：你為什麼說十點，而不是其他的時間？」

「啊！」

居比馬上就明白御手洗問話的原因。

「因為對方原本的要求是：八月二十五日晚上十點，把裝了兩百萬圓的袋子，放在淀媛神社牌坊附近的百度石的石獅子下面。」

「哦？」

御手洗又皺著眉說。他好像感到很困惑。聽著他講話的我們，也同樣感到莫名其妙。

「後來有再電話聯絡，更改了放錢的時間。在隔天的凌晨兩點。」

「隔天是指二十六日嗎？」

「是的。」

「所以是二十六日的凌晨兩點？」

「是的，是的。但是，我沒有辦法在那個時間以前準備好兩百萬圓，所以要求對方給我一天的時間去借錢，因此又延後了一天。」

「那麼是二十七日的凌晨兩點？」
「是的。」
「電話是打給你的嗎？」
「我也不知道能不能說是，因為電話是打到家裡的。我接受電話訂單，所以電話簿上可以找到我家的電話。內人因為太害怕了，不敢接電話，所以電話是我接的。」
「接到恐嚇的勒索電話，沒有想過要報警嗎？」
「沒有。我想過了，只要孩子能安全回到我們身邊，我願意付兩百萬。而且，那天保姆的腹部還被刺傷了，我認為對方一定不好對付，所以覺得還是乖乖地按照對方的要求去做比較好……」
「保姆的腹部還被刺傷了？」御手洗問。
「是的。」
「那又是怎麼一回事？」御手洗身體向前傾地問。「請你從頭到尾地按照順序說一遍。」
「好。」
居比點頭，稍微想了一下後，開始說：
「我是做皮革藝術的工作者——我希望我是。通常做的都是一些女生拿的小皮包，或上面雕刻了一些小東西的錢包、袋子等等物品，希望有朝一日能夠擁有自己的品牌。現階段正在努力接訂單，把成品放在店家販賣。因為賺到的錢還不多，所以我們夫婦兩個人也都還在打工。」
「打什麼樣的工？」
「在酒店裡打工。雖然不喜歡那樣的工作，但那卻是最賺錢的工作。我們出去打工的時候，會請保姆來家裡照顧小孩。那個保姆是福山市立大學醫學院護理科的學生，讓我們很放心。」
「她叫什麼名字？」

「叫辰見洋子。」

「嗯。然後呢？」

「那天晚上，我和太太從打工的地方回來後，看到了非常可怕的情形。保姆辰見小姐受到重傷，被綁在餐桌上，眼睛還被矇了起來。」

「被綁在餐桌上？」御手洗驚訝地說。「那是怎麼綁的？」

「我家的餐桌也是我的工作桌，是很結實的木頭做成的。因為家裡小，所以在工作桌上吃飯。那張桌子沒有上漆，上面還佈滿了我工作時所造成的刮痕。當時保姆趴在桌子上，兩手向前伸，被我工作用的皮繩，牢牢地綁在隨便擺在房間裡的棍子的兩端。而那根棍子還被釘死在桌子上。」

御手洗的嘴巴抿成一直線，歪著頭，好像被居比的說明給吸引住了。

「還有，她是被我工作用的鑿子刺傷腹部的，所以我的工作桌被她的血染紅了。我們發現她的時候，她已經奄奄一息，像死掉了一樣。不，應該說我們剛進屋時，我以為她已經死了。所以我連忙割斷綁著她的皮繩，叫救護車來。當時以為她沒救了，還好最後還是撿回了一命。因為鑿子刺中的地方正好是腎臟與肺部之間，沒有刺傷內臟，所以幸運地逃過一死。連醫生都說這是奇蹟。」

「兇嫌為什麼要用那種方式把她固定在桌子上呢？」御手洗問。「先把雙手綁在棍子上，再把棍子固定在桌子上……潛入他人家中做壞事，一般都會想要盡快離開辦案的地點呀！兇嫌那麼做，不是很花時間嗎？而且，如果發出什麼巨大的聲響，或許還會驚動鄰居來查看。兇嫌不需要那麼費力，應該把她丟在地板上就好了呀！」

「那個女大學生還被強暴了。或許是因為這樣，所以把她固定在桌子上吧？她的內褲被脫下來丟棄在遠遠的房間角落。」

「在地板上也可以強暴她吧！那麼，你們的孩子呢？」

「我們救了保姆，鬆開遮住她眼睛的布，因為她的傷勢很嚴重，所以我便說要叫救護車，和報警。結果她就一直對我們說對不起、對不起，像在囈語般地一直向我們道歉，還說不要報警了。我問她為什麼，她才說孩子被綁架了。因為孩子被綁架了，所以她才一直對我們說對不起。她說如果報警了，兇嫌一定會殺死孩子。於是我們去嬰兒床看，孩子果然不見了。兇嫌留了一張信紙在嬰兒床上，帶走了孩子。」

「那張信是兇嫌的指示嗎？」

「是的。信上的字跡歪歪扭扭的，好像是用左手寫的，內容就是要求我們在二十五日晚上十點的時候，把裝了兩百萬圓的紙袋子，放在淀媛神社牌坊旁邊的百度石石獅子下面。那樣的話，孩子就會安全回家，報警的話，孩子就會沒命。信裡寫著只要我們聽從指示，孩子就會平安地回家，還要求我們看完信後，立刻把信燒毀。」

「你把信燒掉了嗎？」

「是的，立刻燒掉了。我和我妻子決定完全依照對方的指示。善樹……是我們的孩子，是我們好不容易才有的寶貝孩子。因為篤子是很難受孕的人。」

「信上沒有任何署名，或可以看出對方性格的用語……」

「什麼也沒有。只有我剛才說的那些。」

「你準備兩百萬了嗎？」

「老實說，我之前正好有兩百萬的存款。但是，因為買車的關係，付掉了一百萬的頭款給經銷商；另外又花了五十萬購買皮革材料，因此只剩下五十萬。所以我便要求對方給我時間，延長一天交贖金。現在想來，或許是這樣讓對方不高與吧！我真懊惱。」

居比修三說著，眼眶裡已浮現淚光。

於是御手洗便說：

「不用懊惱這一點，因為不管你怎麼做，結果都是一樣的。」

「是嗎？」

居比修三流著淚說。

「是的。你對誰說過你有兩百萬存款的事嗎？」

「買我作品的商家或打工的同事……或許曾對他們說過……」

他邊想邊吞吞吐吐地說。

「照顧孩子的保姆呢？」

御手洗問。居比想了一下後，說：

「啊！或許說過吧！或許對她說過存款的事了。」

「你家發生孩子的保姆被刺傷，孩子被綁架的時間，是八月二十四日嗎？」御手洗問。

「是的。是二十四日。」他回答。

「最初信上的要求是在二十五日晚上十點，帶兩百萬圓去淀媛神社。是嗎？」

「是的。」

「但是兇嫌後來打電話來，把付贖金的時間改成二十六日凌晨兩點。」

「是。是的。」

「於是你在那通電話裡，請求對方等你到二十七日凌晨再付贖金。是嗎？」

「是的。」

「當時對方馬上同意了嗎？」

「唔——」居比修三稍微想了一下，說：「可以說是很快同意了吧。」

「沒有說什麼為難你的話嗎？」

「唔——沒有什麼特別的為難。」居比說。

「請把當時的電話內容，你們交談的情形說給我聽。」御手洗說。

「對方打電話來，開口就說：居比先生，你的孩子不見了吧？」

「唔。你怎麼回答？」

「我什麼也沒有說。因為電話來得太突然了。」

「嗯，然後呢？」

「對方又說：收到信了嗎？」

「不是說『看信了嗎』，而是說『收到信了嗎』？」御手洗問。

「是的。對方是那樣說的。」

「他的聲音有什麼特徵嗎？」

「有，聲音模模糊糊的，好像用了變聲器。不過，應該是男人。像電視上常演的情形。」

「電話是什麼時候打來的？」

「隔天打來的。所以是二十五日。是二十五日的中午以後。」

「嗯。那你怎麼回答？」

「我說我看信了。於是……」

「是，於是怎麼樣？」

「他說：記住了嗎？我說：我記住了。於是他又說：那麼，請你親口說一次信的內容。」

「噢。」

「所以我就說：今天晚上十點，把兩百萬圓放在淀媛神社百度石的石獅子下面。聽到我說的話後，對方就說：很好。」
「這樣聽起來，對方的語氣還挺有禮貌的嘛！」
「是呀！我覺得像是學校的老師。」
「嗯。」
「接著我就告訴對方說：因為付了買車子的頭款，沒有存款了，因此現在沒有辦法付贖金，能不能延後一天付贖金？」
「是你先提出延後一天的？」
「是的。當時對方稍微想了一下，才說：可以。我也要改個時間，改成凌晨兩點。」
「噢。」御手洗感慨似的說。
「於是我就問：是明天凌晨的兩點嗎？他說：是的，換了日子，時間也換到凌晨兩點，所以是二十七日的凌晨兩點。」
「原來如此。所以你籌到錢後，便在二十七日凌晨兩點時，拿著錢到淀媛神社，但又遇到暴徒的攻擊。」
「是的。」
「二十七日晚上，你們被綁在美國神社的草原。這個問題雖然很殘酷，但是，請問你們是什麼時候被縫眼睛和嘴巴的？」
「我不知道。從昏迷中醒來時，才知道自己的眼睛、嘴巴被縫起來了。所以應該是我們被囚禁的那一天一夜裡的事。我們是在草原中醒來的，然後發現自己的眼睛、嘴巴被縫合，開始覺得非常地痛，但又說不出來。我因為眼睛看不見，所以根本不知道自己在哪裡，但能感覺到風，所以知道自己身在戶外。」

「你也不知道自己的孩子發生什麼事了嗎？」

「不知道，因為我看不見。善樹的屍體就在眼前，我卻不知道他死了。但是，我的妻子應該看見了，所以受到很大的刺激。」

御手洗點頭，問：

「可以從聲音、氣息或說話的聲音裡，猜測出那一天一夜被囚禁在哪裡嗎？」

「猜不出來。我覺得自己一直被放躺在墊子般的地方，意識是模糊的。大概被注射了迷藥之類的東西吧！」

「在那段時間裡，你聽到你太太的聲音了嗎？」

「沒有聽到她的聲音的記憶。我對那個地方的印象，就是非常地安靜。」

「氣溫呢？」

「覺得熱。」

「你說你清醒的時候，就已經在草原裡了。」一直站在後面聽的黑田課長，這時插嘴說道。

「是的。」居比修三回答。

「那裡之後的事情，你都能夠連貫起來了。」

「是的。」

「刺入女大學生保姆身體裡的鑿子呢？」

「用塑膠袋裝起來，放在流理台下面的櫃子裡。」

「那把鑿子最好拿去分析一下。」

黑田課長說。御手洗表示同意地點點頭。

「現在你家玄關的門是鎖著的嗎？」

「是鎖著的。」

「鑰匙呢？」

「在我太太的包包裡。」

「那麼，我們可以進去你家，拿走那把鑿子，進行分析嗎？」

「可以。」居比說。

「希望可以從那把鑿子上取得指紋之類的痕跡。」

「嗯。」

「早知道就應該報警的吧！」

黑田有點挖苦地說。

「是的。非常抱歉。」

「結果孩子還是被殺害了。」

居比沒有回應這句話。

「桌子上的血已經擦掉了嗎？」御手洗問。

「是的。因為不能那樣放著不管，所以我太太已經擦過桌子，還把桌子上的毛巾和茶杯拿去丟掉了。那些東西讓人覺得很不舒服。」

「毛巾？茶杯？」御手洗追問道。

「當時滿是血的桌子上，還有毛巾和茶杯。」

「茶杯裡有茶嗎？」

「茶杯倒了，所以杯子裡沒有茶了。我想那應該是保姆喝茶時用過的茶杯。流理台上還有茶壺，茶壺裡有茶。我太太說保姆的衣服和裙子上都沾上茶水了，和血混在一起了。」

「很多嗎？」

「是的，很多。」

御手洗不說話了，他陷入思考中。

「喂，和茶有關係嗎？」

我問。於是御手洗「唔、唔」地點著頭，隔了一下子後，又問：

「毛巾在哪裡？」

「在桌子上……」

「這個我知道。我想知道的是：毛巾在她的身體下面嗎？」

「啊，沒錯。在她的身體下面。我們幫助她起來時，毛巾還沾著血黏在她的身體上。」

「嗯。」

御手洗又點頭了。

黑田轉頭問御手洗：

「御手洗老師，居比先生的眼睛和居比太太的嘴巴被縫起來了。對方為什麼要那麼做呢？」

御手洗沒有回答黑田的問題，他雙手抱胸，裝模作樣地沉思著。

「明明都答應要付贖金了，卻還是殺害了孩子。還把孩子浸在玻璃水槽內，讓做母親的人看到。那樣做實在太過分了！為什麼要做到那種地步呢？御手洗老師，到底為什麼呢？這位居比先生招惹了他什麼呢？」

黑田又問。

「一定是因為我要求延後付贖金……」

居比才要說，就被御手洗舉手打斷。御手洗抬起頭，非常明確地說：

「和那個一點關係也沒有。在交付錢這方面，你並沒有犯下任何錯誤，也沒有讓對方不愉快。目前因為資料還不完全，所以我還看不到這件事情的全貌，也就不能清楚地說明給你們聽。把你們丟棄在這裡的這一點，確實是在對你們進行懲罰。居比先生夫婦的某種行為，在他們扭曲的正義感下，或許是一個極大的罪行，所以他們要重重地懲罰。」

「懲罰是一回事，但為什麼是縫眼睛和嘴巴？」

「原因就在『罰』這個字上。」

御手洗的回答很奇妙。

「哦？」我覺得奇怪地插嘴問。

「怎麼說呢？」

「把『罰』這個字拆來看，上面是一個橫躺著的『目』字，下面左邊是『言』字。話說回來，漢字是以象形文字為原點的記號，處處可以看到記號中涵蓋的中國歷史。例如『民』這個字所表示的，就是『拿針刺人民的眼睛』，以此行為馴服群眾，讓群眾聽從自己的言語。人在眼睛看不到的時候，就會感到不安，不敢妄動，也就不會出現反抗的動作，只會聽從上面的指示。」

「哦？……」

「如果追溯到甲骨文的那個原點，那麼漢字多與宗教儀式或咒術有很深刻的關聯。依此分解『罰』這個字時，就會發現這個字隱藏著『切斷』『用眼睛看』和『用嘴巴說話』等行為的意思。這或許是牽強附會的現代版文字釋義，但也不是不能做此解釋。因此，發生在美國神社的事情，可以說是在現代的時代裡，進行古代版的懲罰行為吧！」

「啊！難怪有那兩根高高的棍子。那兩根棍子代表的，就是部首中刀字部的『立刀旁』呀！」

我注意到了。

「石岡君說得沒錯。不敢肯定那兩根棍子是『立刀旁』的意思，但是，確實是表示『用刀子切斷』的意思。也就是『斷罪』。」

「哦哦！」

黑田發出吃驚般的聲音。

「那些木料恐怕是從橫島那邊運來的吧！所以對方是有組織力的。要在那麼短的時間內做出那樣的刑場，需要很多男人的力氣和組織的力量。從這一點，就能很簡單地明白對方是誰了。」

「裝成正義使者的那個宗教團體嗎？那麼，我們是不是可以開始從信徒調查起了？」

「那樣的懲罰，是漢字文化圈的人，才想得出來的方式。但是，目前生活在橫島的教會裡的人，應該是誰也不會吐露口風吧！我們只找得到腦筋比較糊塗，或信仰不是那麼堅定的人，但恐怕也不容易找到那樣的人。因此，我們只能耐心地尋找出每一個可能的信徒，再進行調查。只有這個方法了。現階段還不能說我們已經抓到對方的狐狸尾巴。不過，能抓到對方的狐狸尾巴的可能性比以前更高了。」

「可是，居比夫婦既然在付贖金這件事情上沒有做錯，為什麼還會受到懲罰？他們到底犯了什麼錯？」

「居比先生，你說呢？」

御手洗重新面對居比，如此問道。但是居比沉默不語。他好像說話說累了般，沉默了一段時間後，才小聲地說「我不知道」。他那疲憊的表情好像是在說：饒了我，別再問了。

「居比先生，你很累了吧？但是，請你再回答幾個問題。」御手洗說。「你加入日東第一教會了嗎？」

「沒有。」居比立刻回答，並且很果斷地說：「不是開玩笑的，我非常討厭那樣的宗教。」

於是御手洗點點頭，說：

「還有，關於打電話到你家的那個男人。你說他講話的口氣柔和，像學校的老師般有禮貌？」

居比點頭說：

「是的。那個人給我的印象是很有智慧，像學者一樣，不會覺得他是綁架犯。」

「和他說話時，覺得他說話有什麼特別之處嗎？」

「特別之處嗎？……」

居比說，然後沉默地思考著。

「沒有什麼特別之處呀……」

「想不出來嗎？」

「嗯。因為我們並沒有講很久的話。」

「對方講話時一直都是很流暢的？」

「是的。」

「沒有把咖啡說成卡灰？」

「唔？」

「我的意思是：對方的發音沒有奇怪之處嗎？例如把銀座說成雲錯？」

「御手洗，你到底想說什麼？」我忍不住地說。

「我們的對話裡沒有說到咖啡，也沒有說到銀座。」居比說。

「唉，我當然知道你們沒有說到咖啡和銀座。」

御手洗無奈地說。

「啊，對了！」

居比突然說道。

「什麼？」

御手洗身體向前地問。

「其實也沒有什麼特別的。但是，他把淀媛⑰神社誤說成玉媛⑱神社了。不過，這種情況只出現一次而已。所以，我剛聽到他說玉媛神社時，還因為一時聽不明白他說的，而停止了對話。是後來我問他：是淀媛神社嗎？他說：啊，是的。我們才繼續說下去……」

「就是這個！」

御手洗大聲地說。

「沒錯！居比先生，你有那段對話的錄音嗎？」

「啊，沒有。」

於是御手洗彈指一聲。

「太可惜了。如果你有那段錄音的話，全世界的警察都會感謝你。那會是歷史性的存在。」

「怎麼說呢？」黑田問。

「絕對不會錯。那個人就是朴。是朴本人打電話給你。大概是擔心別人處理不好，所以親自打了那通電話。如果有錄音的話，那段錄音將成為法庭上的決定性證據。」

「可是，打電話的人不是有用變音器嗎？」

「去除變音器屏障的方法很多呀！不過，如果他的律師夠厲害的話，或許就會有阻礙了。」

「為什麼是朴？」我問。

「因為朝鮮話在發音的時候，濁音或破裂音是依發聲者的感覺來決定的。也就是說日本話裡加了兩個點的濁音，在朝鮮話裡要不要發成濁音都可以。所以他把淀媛神社說成了DAMAHIME神社。」

「什麼？」我說：「我不懂，為什麼淀媛⑲神社加了濁音的話是DAMAHIME⑳神社？沒有那樣的變化吧？」

「石岡君，不是那樣的。這裡有兩個非常重大的意義。朴說的DAMAHIME，其實說的是TAMAHIME。」

「什麼？TAMAHIME……」

「比起YODOHIME的發音，你沒有把DAMAHIME發成TAMAHIME過嗎？」

「啊，是。或許會那樣，很容易搞混。」

「朴也一樣。記得在提到交付贖金時，他說的是『TAMAHIME神社』。我偶爾也會說成那樣。」

「你是經常那樣。」

「而且，如果加了兩點的濁音，『TAMAHIME神社』就會變成『DAMAHIME神社』。」

「哦，沒錯。」黑田佩服地說。「但是，這種情況說明了什麼呢？」

「說明了一個非常重大的事實。」御手洗加強語氣地說。「首先，這個綁架事件，想要得到贖金的兇嫌，與參與對居比夫婦施加暴行的兇嫌，是說朝鮮話的族群。而這群人擁有組織力，也得到可以對居比夫婦進行懲罰的動機。也就是說，這個事件的主嫌是尼爾森．朴的可能性非常高。」

「原來如此。」

⑰日語發音為YODOHIME。
⑱日語發音為DAMAHIME。
⑲YODOHIME，日文假名的書寫為よどひめ。
⑳日文假名書寫為だまひめ，其中だ為發濁音的假名。

「另外還有一個重大的說明。」
「是什麼？」
「朴不是綁架孩子的兇嫌。」
「什麼？」
我說。我的腦子裡一片混亂。
「至少他不是決定淀媛神社為交付贖金地點的人，也不是想要那兩百萬的人。」
「哦？」
「如果他是決定淀媛神社為交付贖金地點的人，就不會說錯淀媛神社的發音。」
御手洗說。他的這番話讓我們很意外，也讓我們呆住了。
「他打電話給居比先生，要求他複述一次信的內容。這是因為他不知道那張信的內容，所以要居比先生唸給他聽。他的這個行為好像是在進行確認，其實是為了了解事情的內容。也就是說，他並不知道前面的事情。
「我——」
我感到訝異。沒想到這個超乎常情的事態背後，還隱藏著一個這樣的內情。這實在太令人意外了。
「他的手法非常高明。因為想利用電話探聽情報，卻不放心手下去執行，所以明知危險，他還是親自打了那通電話。還有，因為考慮到有被錄音的危險性，所以打電話時他使用了變音器。」
「真沒想到，背後竟然這麼複雜。」我說。
「那麼，綁架嬰兒的人到底是誰？」我問。
「不知道。」御手洗裝傻地說。

「還有，想要拿到贖金的人，又到底是誰？」我再問。

「或許根本誰也沒有想要得到贖金。」御手洗說。

「什麼？」

我說。御手洗又說了讓我感到驚訝的話。

「朴更改了取贖金的時間，這也說明了最初決定取贖金時間的人，很可能不是他。而晚上十點在觀光勝地收取贖金，是再危險不過的事情。因為那個時間裡神社可能還有人，所以朴把交取贖金的時間往後延了。當然可以理解成這樣。不過，如果認為朴想從中拿走贖金的話，那麼朴應該會提早交取贖金的時間，並且更改地點到比較隱密而安全的地方吧！如果是我的話，我就會那麼做。」

「怎麼說呢？」

「因為最初的兇嫌決定的是十點。」

「唔……」

「如果改成九點的話，就可以提前把錢拿走吧？還有，交取贖金最理想的地方是那個美國神社。因為那是連鞆署警察都不見得知道的地方，而朴是知道那裡的。」

「你明說吧，這到底是什麼意思？」

我的腦子可以說是混亂到極致了。

「最初的兇嫌原本就沒有想要拿贖金的念頭吧？這種可能性是相當高的。」

「是嗎？」我驚訝地說。

「所以才會指定觀光勝地做為交取贖金的地點呀！應該是當下臨時想到的一個地方罷了。」

「什麼嘛！」

「我不覺得那個計畫——也就是留在居比先生家的那張信——會被實行。我的感覺就是這樣。」

我真的驚訝得說不出話了。

「總之，最初的兇嫌的時間並不充裕。也不知道是為了什麼，他的行為顯得非常匆促，明明已經擬定好計畫了，卻還要留一張信。而晚上十點交取贖金這一點，更顯露出這是未經仔細思考的決定。

「朴後來決定要完成這個計畫，要實現這個計畫的話，首先就必須先修正交取贖金的時間。因此居比先生提出延後交贖金的希望時，他順勢就同意了。那原本不是瞬間就能判斷的事。因為不能讓對方發現自己現在才知道這件事，腦子忙著想事情，所以匆忙之中把『YODOHIME』說成了『DAMAHIME』。我能夠了解他的想法。」

「留下那張信的最初兇嫌並沒有想要拿到錢？」我問。

「是的。而且朴應該也知道這一點。」

「哦？——」

我真的是越聽越糊塗。從來也沒有聽說過這樣的綁架事件。

「那種可能性是很大的。」

「朴為什麼會知道？到底是誰綁架了小嬰兒？還有，到底為什麼要寫下那張信？」

「不知道呀。或許那根本不是什麼綁架案件。」

御手洗又說了讓人難以相信的話。

10

我們一來到走廊上，黑田課長便說：

「二十四日那天晚上，那位受重傷的保姆，也是送到這裡來的吧？唔……她叫什麼名字？」

「好像姓辰見吧。辰見洋子。」我說。

「對，辰見。當時幫她治療的外科醫生現在好像在醫務室，要不要去問問那個醫生？」

「那位辰見小姐現在還在這裡住院嗎？」御手洗問。

「好像還在呀！」課長回答。

「好，那我們就先去醫務室吧。」御手洗說。

辰見洋子二十四日晚上被救護車送到急救中心，當時負責治療她的，是一位姓高遠的中年醫生。面對黑田課長帶去並不是警方人員的我們，高遠醫生有點不知道應該採取什麼態度來對待。

「她流了很多血，所以我先進行了輸血的工作，然後打麻醉劑、清洗傷口、吸取體內的瘀血，然後縫合傷口。」

「正好沒有傷到內臟嗎？」御手洗問。

「是的，刺入的位置正好在肺與腎臟之間。」

「當時傷口還在流血嗎？」

「已經不流血了。」

「那是因為傷口受到壓迫的關係嗎？」

「可以這麼說。」

「她復元的情況快嗎？」

「是。年輕的孩子復元得快。我現在正好要去查看她的情況。」

「除了刺傷，她的身上有被毆打之類的傷痕，或被暴力強行拉扯之類的瘀血或擦傷嗎？」

「沒有。除了刺傷的部分外，沒有其他瘀血或流血的地方。」

醫生說。御手洗點點頭，再問：

「聽說她被強暴了，確實是那樣嗎？」

醫生搖搖頭，說：

「確實有過性行為，但不知道是不是被強暴的。我看到她的陰道口是開著的，並且滲出體液。」

「檢查過外陰部是否有傷痕或流血的情況嗎？」

「外陰部沒有傷痕，也沒有流血的情況。我沒有再做進一步的檢查，因為她好像受到了相當大的打擊了。況且，我也不是那一部分的專科醫生，所以就避開了。」

「被強暴的女性的性器官周圍，通常都會有損傷吧？」

「大多會有損傷，但也有沒有損傷的情況。所謂的強暴，通常是指被陌生男性強迫性交，但我看到她的情況時，覺得當時和她性交的人，應該是她認識的人。」

「為什麼？」

「因為幾乎沒有擦傷和流血的情況，比較像是在情投意合的情況下進行的性行為。」

「裡面有男人的精液嗎？」

「有吧！感覺到那個氣味了。」

「進行過男人的血型或ＤＮＡ的檢查……」

「沒有想過要這麼做。因為她被送到這裡時，並沒有說她遭到強暴，只說是遭到意外了。我之所以會發現她有過性行為，是因為當時她沒有穿內褲，所以我才知道剛才我說的那些情形。如果當時她穿著內褲，我就不會發現了。」

「你覺得她不像遭到意外嗎？」

「我是那麼想的。」

「那你覺得是什麼樣的情況？」

「我懷疑她可能是被男友刺傷了，或是被突然闖進來的情敵刺傷了。當然也有可能是她自己誤刺了自己。性行為之後發生暴力的刺傷事件偶有所聞，當事人通常不會告訴醫生實話。不管怎麼說，當時我認為與她發生性行為的人，是她的男友吧。」

「依照醫生看病人的經驗，從她外陰部的狀態看來，你認為那應該是情投意合的性行為。是嗎？」

「可以說是的。」高遠醫生說。

「你的意思是：遭到陌生人的強暴時，因為掙扎的關係，身體一定會有某種程度的傷痕。是嗎？」

「是的。如果有爭執、掙扎，一定會有些擦撞傷。可是她的身上沒有那樣的傷痕。就這一點來看，強暴之說確實奇怪。她的情況有不合理之處，明明傷得那麼重，卻只有刺傷的傷口，身體的其他部分都是完好的。」

「御手洗老師，你有什麼想法？」離開醫務室，一走到走廊上，黑田課長立刻這麼問。御手洗難得地說了正常的想法。

「他是老經驗的醫生。看過很多病人，經驗非常豐富。我認為他的看法是正確的。」

「呵！」

「我不覺得。」

反倒是黑田的回應讓我覺得意外。

「哦？是嗎？」御手洗訝異地說。

「剛才御手洗老師說了，開始進行這個綁架嬰兒事件的人不是朴；還有，最初的兇嫌並沒有想拿到贖金的想法。你說的這些都是假設吧？也就是說，結論還未定。對吧？」

「對，結論未定。」御手洗說。

「既然如此，我覺得還是按照正攻法，重新來看這個事件。因為這才是辦案搜查的基石。」

「那麼，請你說說看，你覺得這個事件是怎麼一回事？」

「我覺得朴有意懲罰居比夫婦，便支使手下的親信，去破壞內海住宅社區的居比夫婦家。正好保姆也在那個房子裡，於是攻擊了保姆，用房間裡的鑿子刺傷了她，把她綁在桌子上。而這些人中的壞分子，看到被綁在桌子上的女大學生保姆的樣子，便起了色心強暴了她。之後留下那張信，擄走了嬰兒。」

「嗯。」御手洗點點頭，說：「去那邊的長椅子坐一下吧！」

於是我們三個人便走到走廊的長椅子那邊。並肩坐下。黑田繼續說：

「但是，回去向老大朴報告情況後，朴覺得在晚上十點在淀媛神社交取贖金太危險了，因為那個時間神社裡還有人，應該晚一點再交取贖金。於是朴便親自打電話給居比修三，把交取贖金的時間修正到安全的時間帶。」

這麼說完後，黑田雙手交抱地又說：

「怎麼樣？這樣的事件一般我們都會解讀成這樣。」

御手洗點點頭，說：

「那是最自然、最直接的想法。」御手洗認同地說。「因為現場看起來，好像就是那樣。」

「是吧！」

「開始的時候，我也是那麼想的。」

「真的嗎？」

「是的。而且，可以否定你所說的正攻法的物證或證人，直到現在為止，都還沒有被發現。所以，我認為在內海住宅社區內進行調查，並不是白費工夫的事情。」

「我就是這麼想的。」

「只要詢問一下，就可以知道二十四日晚上是否有兩、三個，或四、五個教會的信徒開車進入內海住宅社區。這事情當然可以做，但我不會去做。」

「為什麼？」

「因為那樣的現場是可以佈置出來的，而且，那個現場是佈置出來的可能性是相當高的。」

「哦？」

「誰會去做那種事呢？」

我問。沒想到御手洗這麼會牽強附會。

「是呀！誰會那麼做呢？」御手洗裝蒜地說。

「為什麼會有那樣的想法呢？」黑田低聲地說。

「因為如果是按照你的想法去看這個事件，就會出現許多奇怪、不合理的地方。」

「哪裡奇怪和不合理了？」

「我很了解朴那個人的性格。如果嬰兒被綁架的事件，是朴支使手下做的，那麼，對事後的要求贖金的細節，一定會事先就想好。他是個非常聰明的人，做事更是謹慎，面對這樣的事情時，絕對不會沒有事先計畫好所有細節，就貿然行動。所以，你所想的情況，完全不像是他會做的事。」

「嗯，平常或許是你說的那樣沒錯。但是，畢竟是人，誰都會有疏忽的時候。或許這一次就是他的疏忽。」

「是呀！一個冷靜理智的男人，怎麼會讓手下做綁架、勒索的事呢？」我也說。

「所以我才會這麼說呀！石岡君。」

御手洗有點不耐煩地說。然後轉而面對黑田，說：

「像他那樣的人，怎麼可能讓手下去處理那張信的內容呢？。」

黑田不說話了。

「其次，朴親自打電話到居比家，是非常危險的事。他應該想過要避免這種事情。因為有被錄音的危險。萬一聲音被錄到，就很難脫身了。」

「沒錯。」黑田同意地點頭說。

「所以，一定是發生了什麼強烈吸引他的事情，才會讓他打了那通電話。我認為那必定是偶發的事情。那個偶發的事情讓他忍不住誘惑。」

「唔。」

「這也表示了他沒有參與最初的計畫。因為沒有參與最初的計畫，所以預料之外的事態出現在他面前時，他被強烈地吸引了。」

「哦哦。」

「因此他一腳踏進這個絕對應該避免的危險中。」

「哦。」

黑田點著頭，但我還是不了解御手洗話中的含意。

「如果事情是你說的那樣，他叫他的手下打電話就可以了呀！」

「嗯。」

「第三點，如果他一開始就參與綁架的計畫，那麼應該不會說錯淀媛神社。」

「噢。」

「第四點，到現在為止還沒有發現居比夫婦到底是犯了什麼錯，才會受到如此嚴厲的懲罰，這很奇怪。」

「唔，這個……」

「居比先生不是教會的信徒，而且是有婦之夫，所以不會有不理會教會安排的異性對象那樣的事，不會犯下如瀧澤老師那樣的錯，也不會做出脫離教會那種事。」

「確實不會有那種事。」

「還有，朴的組織是宗教團體，是以儒教的道德教義做為根基，以保守的體制為主體的宗教團體。平日推崇的，無非是勿忘親子之情與尊敬父母之心。這樣的宗教團體，怎麼能做出殺害嬰兒、強暴保姆的行為呢？那是無恥之徒的行徑。那樣的作為，會讓信徒的心遠離教會。」

「嗯，是的。」

「朴的宗教團體分佈在世界各地，確實有一些可疑的行徑，但不外乎和毒品或黃金的交易有關的事，是隱瞞得了的犯罪。在我調查的過程當中，一直都沒有發現他們有殺人或強暴等的犯罪行為。」

「這就是第五個理由嗎？」我問。

「是的。」

「等等，御手洗。」

「什麼？」

「這不是有點不對嗎？朴和小酒館的宇野芳江之間，有著性行為的關係吧？他並不是什麼品格高尚的教祖嘛。」

御手洗搖搖頭，說：

「石岡君，你想錯方向了。日東第一的教義裡，本來就存在著許多性的要素。位於世界上其他的朴組織，也多多少少是這樣的。因為毒品與性帶來的快感，最能吸引女性信徒。而且，女性必定是在心甘情願的情況下進行性行為的，就算是利用了催眠的要素來操縱女性的心理，還是會讓女性覺得自己是自願的。對女性信徒來說這一點非常重要。然而這次強暴保姆卻完全屬於暴力的範疇，完全無關自願。我覺得這不是朴的作風。」

「確實。」我能理解這一點。

「那麼，老師，接下來我們該怎麼做呢？」

「日東第一……不，是尼爾森．朴，這次犯了三項罪。第一，綁架了居比夫婦，縫了他們的眼睛和嘴巴。第二，侵入居比家，刺傷了保姆辰見洋子，並且強暴了辰見洋子。第三，殺死了居比夫婦的孩子。」

「沒錯。」

黑田這麼說的時候，一個年輕的護士走過來。

「對不起，打擾你們說話了。」護士說。

「什麼事嗎？」御手洗問。

「請問你們是福山署的人嗎？」

「是的。」黑田說。

「是這樣的。高遠醫生問，你們等一下要見辰見小姐嗎？」

「有此打算。」御手洗回答。

「可是辰見小姐今天早上開始就一直想吐，身體的狀況很差，基本上處在沒有辦法說話的狀態。所以醫生說如果各位有事情要問辰見小姐，是不是能夠改天再進行呢？」

黑田和御手洗都點頭了。御手洗無奈地說：

「既然如此，今天只好放棄了。」

「對不起。我只是幫醫生傳話。」

護士說完，行了一個禮後，轉身就想走了。但御手洗即時提問：

「辰見小姐可能明天出院嗎？」

「不，那個……不可能吧！」

「知道了，謝謝。」

護士再一次行禮，然後離開了走廊。御手洗說：

「打算逃了嗎？不過，只是多逃一天罷了，一點用處也沒有呀。」

「你說那個保姆想逃？」

「是的。」

「為什麼？是高遠醫生說她的身體現在不適合被問話的。」

「是她讓高遠醫生那麼說的。既然如此，我就會毫不客氣地讓她說老實話了。」御手洗說。

「剛才我們說到哪裡？」

「三個……」

我才這麼說，御手洗馬上接著說道：

「對，三個犯罪，三個不知道理由的犯罪。首先是居比夫婦根本沒有理由那樣被嚴懲。」

「嗯，是呀！」

黑田同意地說。

「其次是也找不到侵入居比家，傷害和強暴保姆的理由；而且，朴的組織從來沒有犯過這種類型的罪。為什麼要非法闖入不是信徒的陌生人家中？而強暴了保姆的理由又是什麼呢？現在連暴力組織都不會那麼做了。」

「那麼做當然是為了擄走嬰兒，不是嗎？」我說。

「那直接擄走嬰兒就好了呀！」

「可是，要擄走嬰兒時，一定會遭到保姆的反抗吧？」

「因為保姆反抗，所以刺傷保姆嗎？」御手洗問。

「嗯。」

「但是，我最不能理解的，就是刺傷保姆這件事。擄走嬰兒的事我還能理解，因為那樣可以給居比夫婦帶來最大的精神打擊。強暴保姆的事雖然相當愚蠢與惡劣，但也不是不能理解，不過刺傷保姆這事就是讓我想不透。刺傷可能造成失血過多，有導致死亡的危險性。那麼這個犯罪就會變成殺人事件，大大提高了犯罪的程度，法院審理的時間會變長，弄不好的話，教團還會因此被解散。」

「可是，御手洗，教團也會殺害嬰兒嗎？」我說。

「這也是讓人想不透的地方。為什麼要殺害嬰兒呢？把居比夫婦的眼睛、嘴巴縫合起來的懲罰就已經足夠了，根本沒有殺害嬰兒的必要。所以，到底為什麼要殺害嬰兒呢？」

我無語了。

「把保姆趴伏著綁在桌子上的原因又是什麼呢？把她丟在地板上就好了呀！」

「這一點我倒是可以理解。」我說。

可是御手洗卻繼續說：

「還有，也沒有必要為了讓保姆不反抗而刺傷保姆。畢竟保姆只是一個年輕的女子，又不是有反抗力量的警衛。只要把她綁起來就夠了呀！何必刺傷她呢？」

「可是，如果只是把她綁起來丟在地板上，萬一她逃出去，跑到隔壁的鄰居家報警，那就危險了呀！」

「把腳也綁起來，讓她的腳不能自由行動，不就可以了嗎？」

「如果她有手機，從皮包裡找到手機，打手機報警，也會造成兇嫌的麻煩。」

「那只要把她的手機拿走就行了。」

「兇手或許沒有找到她的手機，而且怕她會跑到陽台上大聲呼救。」

「所以必須讓她趴在桌子上，把她綁起來，讓她完全動彈不得嗎？」

御手洗看著我的眼睛問。

「嗯。」

「不是那樣的，石岡君。她如果倒在地板上那就麻煩了。」

「為什麼？」

「因為如果不趴在桌子上，就會血流不止。」

「啊？」

我不禁發出驚訝的呼聲。截至目前為止，儘管御手洗講的很多事情都很奇怪，但沒有比現在說的事情更讓我覺得莫名其妙的事了。但是，我還沒有提出問題，御手洗便接著說：

「石岡君，居比家被歹徒入侵的事情，透露著很多無法解釋的問題。」

「哦？哪些問題？」

「首先，朴的教團非法侵入居比家本身，就是一個大問題。過去朴從沒有犯過這種罪。這是刑事罪，而且一群大男人開車進入住宅社區，被人看到的危險性很大。因為那裡是住宅社區，不是隱藏在山裡的獨立房子。」

「嗯。」

「其次，刺傷保姆的腹部讓保姆受重傷這件事，也是令人不解的問題。這是重大的刑事犯罪，是會花很多時間在法院裡鬥爭的重罪。如果有考慮到教團的存續，就一定要避免這種麻煩的事情。」

「嗯。」

「再來，強暴保姆也是兇殘的犯罪行為。而且，強暴腹部大量出血的女生，這不是正常的男人會做的事情。」

「或許是反過來的。先強暴了，再把她綁在桌子上。」我說。

「那麼，刺傷她的理由是什麼？」

「唔。」

「根本沒有理由刺傷她，不是嗎？那麼多男人對付一個弱女子，有必要刺傷她嗎？她根本就無力反抗。」

「啊！」

「還有就是殺害嬰兒的事。這個也讓人無法理解。」

「唔——」我沉吟著。

「沒有殺害孩子的必要。綁走了居比夫婦，縫合了他們的眼睛與嘴巴，這樣的懲罰難道還不足夠嗎？竟然還擊碎了嬰兒的頭蓋骨！這是惡魔的行為。為什麼要那麼做呢？做為一個宗教團體，它的正義感跑到哪裡去了？嬰兒有什麼罪？不管怎麼說，殺害嬰兒這種行為，都無法與正義扯在一起。」

「哼——」我哼哼哼地說：「可是呀——」

「可是什麼？」御手洗看著半空中說。

「對凡事講究邏輯的你來說，你剛才說的那些或許都是問題，但是，一般人的行為並不像你說的那樣凡事都合乎邏輯。在面臨突發的狀況時，人們常會做出不合邏輯的行為。衝動之下的行為，往往找不到合理的解釋。所以不可能每一件事都是有理由的……」

「但是，石岡君。」御手洗打斷我的話，說：「有一個答案可以很快地說明這裡發生的一切不合理的事情。」

「什麼答案？」我訝異地說。

「所有的一切都不是真的。這麼想的話，那就不存在是否合理的問題，只存在真假的問題。」

我無話可說了。如果那麼想的話，確實如此。可是，我完全不明白御手洗想說的到底是什麼，只好等著御手洗繼續往下說。

「朴的日東第一教會沒有入侵居比先生的家。」御手洗說。

「哦？」

御手洗又說：

「日東第一教會的成員也沒有用鑿子刺傷保姆辰見洋子；還有，她也沒有被強暴。」

「哦？」

「因此，他們也沒有擄走居比夫婦的小孩。」

「什麼？」

「所以他們也沒有殺害孩子。」

「你到底要說什麼？」我說。

「所有的事都是謊話，都是胡說八道。」

御手洗這麼說，我已經驚訝得說不出話了。

「那是教團的人作夢也沒想到的人說的謊話。」

「你已經設定是哪一個人物了嗎？」

「可能是和暴力團體有關的人吧。」御手洗說。「或者說是和貝克資材有關的那些人。如果是他們的話，似乎有可能幹下強行侵入民宅、強暴女性的罪行。」

我很驚訝地說：

「到底是誰做了那樣的事？」

於是御手洗正視著我，說：

「是呀！到底是誰呢？這就是最重要的問題，也是打開真相之門的鑰匙。」

「哦？」

「這個問題的答案，就在這個虛構的事件之中，而且可以幫我們找到唯一的真實。」

御手洗非常嚴肅地說著，所以我說：

「喂，御手洗，我看你更像是教祖。」

「是嗎？那麼，我要挑戰朴，成立一個新教團。」御手洗說。

「唯一的真實是什麼？」

「這正是我想問的呀！石岡君。」

御手洗說。我雙手抱胸，腦子裡一片混亂。

「綁架了居比夫婦，縫合了他們的眼睛或嘴巴的……」

但我的話還沒有說完，就被御手洗打斷：

「不是這個呀！石岡君。我們現在說的，只限歹徒入侵居比家的事。」

「只限歹徒入侵居比家的事？」

「對。」

我鬆開抱胸的手，改抱著頭。

「你說那些事情都不是真的。可是那些事情確實存在呀！」

「你這麼覺得嗎？那你說說看，哪些是確實存在的？」
「辰見小姐不是確實被強暴了嗎？」
「高遠醫生說：和她發生性行為的是她的男朋友。」
「辰見小姐的腹部確實被刺傷了。」
「那只是她說的。」
「孩子死了。」
「就是這個！」御手洗指著我，斷言地說：「只有這個是社會性的現實。只要有這個真實的存在，能夠超越所有胡說八道的證詞。只有這個事實，能夠像聖母峰那樣神聖，聳立在雲端之上。」
「你說得太誇大了。」
「只有這個事實，能夠藐視那些無聊低級的胡說八道證詞。」
「唔，那樣……那麼嬰兒被綁架……」
「不，被綁架只是她說的。」
「什麼？」我說。「嬰兒沒有被綁架嗎？」
「有嗎？」
「可是，嬰兒確實不見了，她也受傷得不能動彈了。」
「黑田先生。」
御手洗不理會我，他突然轉身叫黑田。好像已經進入睡眠狀態的黑田被御手洗這麼一叫，受驚了般地彈了起來。
「什麼？什麼？」
「能請你徹底調查辰見洋子嗎？她還未婚吧？不過，應該有男朋友或未婚夫之類的伴侶了，請調查他們和她的兄弟姊妹。我想知道二十四日晚上那些人在什麼地方。」

「噢，好。」

黑田回答。就在這個時候，他口袋裡的手機響了。

「啊，請等一下。」

黑田說著便拿出手機，打開手機。

「是、是……是、是……嗯……」

這個電話講得有點久。

「什麼？」

黑田突然大聲說，說完立刻一邊按著通話口，一邊說：

「知道了。」

「什麼事？」我問。

「終於找到居比夫婦被日東第一教會懲罰的原因了！」

黑田興奮地說。

11

因為警車已經回去了，所以我們三個人便搭計程車去鞆港。坐在計程車裡的時候，黑田課長向我們說明道：

「接到負責打探消息的三橋和石橋的報告，他們從居比夫婦打工的店得到一些訊息。他們夫婦二人在一家名為『伊甸園』的小酒廊打工。那個小酒廊裡只有一個老闆娘和兩位女侍。對了，之前是不是有一個叫宇野芳江的的酒館女侍被殺害——死掉了？」

「沒錯。她被發現死在海鷗住宅大樓內。我認為她和朴見面了。」御手洗說。

「是的。那位芳江經營的『幸福亭』小酒館，就在『伊甸園』的旁邊。它們都是位於港邊馬路上的酒館。」

「在雁木碼頭的旁邊嗎？」

「你是說叫做雁木的石階碼頭嗎？沒錯，就在碼頭前面。『伊甸園』的兩位女侍中的一位，好像就是居比篤子，也就是你剛才見過的那位居比修三的妻子。不過，客人們並不知道修三是篤子的丈夫。修三負責店內廚房的工作，調調雞尾酒和做一點下酒小菜。前幾天天剛黑，店裡還沒有客人去時，店內的兩位女侍們起了口角。」

「哦。」

「篤子的丈夫也從廚房裡跑出來，三個人爭論不休，後來連老闆娘都加入戰局，越吵就越嚴重，最後另一位女侍哭著跑出酒館，很不幸地被一輛正好快速經過酒館門口的車子撞倒。那一撞相當嚴重。」

「哦。」

「聽說那位女侍傷勢嚴重，至少也要四、五個月才能痊癒，搞不好的話，說不定還會有什麼後遺症。啊，已經到了。司機先生，請到港口就可以了。從左邊走。這邊是單行道吧？」

「這件事和居比夫婦受到懲罰有什麼關係？」御手洗問。

「是這樣的。據說那位女侍是日東第一的虔誠信徒。」

「啊，原來如此。」

「他們起口角的原因，正是為了日東第一。據說吵架的起因，便是居比夫婦想勸導那位女侍不要在店裡吸收信徒，沒想到最後雙方便吵起來了。」

下計程車的地方，是之前瀧澤助理教授帶路時走過，沿著雁木碼頭的路。我們聞到了海水的味道，眼前就是雁木碼頭，幾艘小型的漁船被繫在碼頭下，隨著潮水的波浪上下起伏著。助理教授告訴我們安政時代打造的常夜燈，就在右前方。

「這裡的正對面，有一個伸向海灣的海岬。看到了嗎？淀媛神社就在那裡。神社的主殿就在海岬的尖端上。」

黑田指著前方說。我們順著他手指的方向看去。遙遠的前方確實有一個林木藏密得像森林的岬角。

「『伊甸園』就在這裡的左邊。」

黑田說著，就帶領我們往左邊的方向走去。

「那輛廂型車在這條路上行駛得非常快，所以……啊，看到了。到『伊甸園』了。」

黑田指著路邊寫有「伊甸園」片假名的紙燈籠。

「『幸福亭』在哪裡？」

「在更前面一點。」

黑田說。他的腳步越走越快。

我們三個人來到「伊甸園」的店門前。看起來有點陳舊的店門曝曬在午後明亮的陽光下。三合板做的門已被陽光曬得變色、泛白，門的下緣也有點腐朽了。

「那個。」

黑田站在「伊甸園」前，手指著前方。我和御手洗一起看著他指的方向。

「那裡也掛著紅燈籠吧！」

「是掛著紅燈籠，但是燈籠上的字好像不對呀！」御手洗說。

「沒錯。因為換了經營者，所以改名叫『小雪』了。要進去裡面看看嗎？三橋他們應該還在裡面。」

打開「伊甸園」的門，就看到三橋與石橋坐在微暗室內的橡皮沙發上。

「嗨，對不起，來晚了。」

黑田舉起右手說。石橋站起來，對著裡面喊道：

「媽媽桑，媽媽桑，課長來了。」

於是，一位瘦瘦的，看起來約四十歲左右的女性，從裡面走出來。女人滿臉笑容地對著我們點頭打招呼，露出右邊前齒的金牙，臉上化著濃妝。

「這位是媽媽桑織繪姊。」石橋介紹地說。

「啊，妳好，妳好。我是福山署的黑田。這兩位是御手洗先生和石岡先生。」

我們也點頭打了招呼。

「我們直接進入主題吧！聽說前幾天這裡發生了一點爭執，一位年輕的女侍受傷了。我想麻煩妳把當時的情況詳細說一遍。」

黑田劈頭就說。

「其實也沒有到爭執的程度，只是大家的意見有點不一樣而已。我們店裡有一位叫友美的女侍，她是日東第一教會的虔誠信徒，可以說是入迷了吧？我不清楚她到底是怎麼了，但她老是想拉客人入教，有些客人受不了她的遊說，而向我抱怨她。於是我就和篤子夫婦商量，希望能夠給她一點意見。我們純粹是為了她好呀！」媽媽桑說。

「是媽媽桑先開口的嗎？」

「不是我，是篤子。那時店裡還沒有客人，篤子便把小友叫過去，開始認真地勸導她。」

「嗯。可以坐下來說？」

黑田催織繪坐下，自己也朝著沙發坐下。我們當然也就近坐在旁邊的沙發上。

「然後呢？」

「小友捐了很多錢給教會，甚至還向我借錢給教會。她的家人也很擔心她這樣的行為。」

「捐了錢就會有好處嗎？」黑田問。

「是吧！捐越多錢，或拉越多人入教，就會被認為信仰得越忠誠，可以被介紹認識好的男人，或是位階更高的男人。」

「位階更高的意思是……」

我對這一點感到興趣，便很自然地發問。

「例如醫生或律師、飛行員，這種社會地位比較高的人，就是位階高的人。就像婚姻介紹所也有分松、竹、梅的等級一樣。」㉑

「原來如此呀！」

不知道還有這種事。如果把我擺到婚姻介紹所，我大概是「梅」的等級吧？如果沒有年齡限制的話。

「松是最高等級，聽說光是入會金以前就要六十萬圓，現在應該更高吧！這是小友說的。她還說日東只要捐錢和介紹人入教，比婚姻介紹所有良心。」

「什麼？……」

這叫有良心嗎？

「於是篤子便對小友說：妳想錯了。」

「說得也是。」我表示認同地說。

「篤子說：妳也捐了很多錢給教會呀！和把錢給婚姻介紹所有什麼不一樣？賺的錢都捐出去了，生活得那麼辛苦，連吃飽都成問題，只靠吃這裡的小菜、小黃瓜過活。妳又不是蟋蟀。」

「是呀！」

「篤子又說：小友呀，妳最終就是希望有個男人，有個好男人嘛！妳喜歡帥哥，夢想能和那樣的男人在一起，和長得帥的有錢男人結婚。但因為這個夢想，妳被教會牽著鼻子走，會被騙的。妳把大部分的薪水都獻給了教會，自己每天有一餐沒一餐的，如果說真的因此可以成為醫生的太太，那倒也划算。可是，妳想想看，那個教會的信徒裡有醫生或律師嗎？我覺得妳最好先調查一下這一點。」

「嗯，說得有道理。」我說。

「是嘛，確實是那樣吧？所謂的集體相親、集體結婚，聽起來就讓人覺得奇怪。」

「是呀！」我很有同感地說。

「那是騙單純的女孩子的邪教呀！篤子的老公修三先生此時也加入勸說：妳被騙了，趕緊回頭是岸呀！」

「結果她接受勸說了嗎？」黑田問。

「她完全不聽。小友太頑固了，她只是低著頭不說話。不管篤子夫婦怎麼勸說，她都不為所動。於是我也加入勸導她的行列，對她說：妳到底聽到了嗎？我們是為妳好，不是在說教呀！結果小友卻這樣摀起耳朵，說：心生疑惑的話，就得不到天佑。」

織繪雙手摀著耳朵，模仿友美的模樣給我們看。

㉑松竹梅也做為日本等級的代號。最高是松，然後依序是竹、梅。

「於是我就這樣說了：小友，那個教祖是朝鮮人，所以他介紹給妳的男人，可不是日本人唷。我們這裡就有女人被騙了，嫁給那樣人，結果語言不通，生活在一起很痛苦呢！」

「啊！」我訝異地說。

「根本沒有什麼醫生、律師或飛行員。據說介紹給日本女子的外國人中，很多都是在自己的國家裡待不下去，只能睡馬路或公園的流浪漢呢！那樣的流浪漢來到日本後，當然很高興能和有房子的小姐結婚。」

「喂，真的是那樣嗎？」

黑田也很驚訝地說。媽媽桑又說：

「當然是真的。我就認識了好幾個那樣的人，後來都和那樣的男人分手了。這些我也都對小友說了。但是小友卻說：所以我才要捐很多錢，那樣就會介紹一個好的給我，不會介紹流浪漢給我了。」

「真糟糕，她根本完全失去辨別的能力了。」黑田說。

「是呀。小友還說：我也知道世界是很嚴酷的，這個世界不是純淨的，到處有騙人的把戲，這些我都知道。所以我才要每天努力工作賺錢，祈求自己不要倒楣地被騙。」

「唉……」我說。

「小友說：我不是來自名門貴族的千金小姐，沒有顯赫的家世，只能到這種地方來當女侍，沒有可以嫁入好人家的條件。再加上我也不夠漂亮，沒有什麼才能，按照一般的方式相親的話，大概只會面對失敗的慘況。所以，教會幫我介紹對象的方式雖然有點危險，風險好像很高，可是我也只有這條路了。這個世界原本就是爾虞我詐，我願意接受這個挑戰。這是我想了又想後，才決定這麼做的。」

「唉。」黑田感嘆地嘆了氣。

「因為小友實在太固執了，所以篤子也漸漸急了。她說：我以前也有妳這樣的想法，但我卻覺得既然沒有好男人作伴，那我就要更努力完成自己的人生。我決定認真地做事，不要讓自己在人生的路上失足。但就在那樣的自我鼓勵下，我認識了現在的這個人。只要認真、努力，妳一定也會遇到對的人。」

「嗯，嗯。然後呢？」

黑田問。織繪便說：

「小友卻說了絕對不該說的話。」

「哦？她說了什麼？」

「她說：我才不要在酒店裡打工的男人。」

「哎呀！那樣說就不對了。」

黑田拍了一下自己的後腦勺說。織繪繼續說道：

「確實說了不該說的話。於是篤子生氣地抓起小友的手腕，憤憤地說：妳這樣說就錯了，我不能原諒妳。說到後來，兩個人都掉眼淚了。」

「唉，真是的。」黑田說。

「接著小友就歇斯底里地放聲大哭，喊著說：不要管我。然後就摀著耳朵就從那個門跑出去。結果被正好快速開過來的車子撞到。」

「唔。」

黑田雙手抱胸，臉部表情扭曲了。

「我們都嚇了一大跳，到處都是血，小友整個人被撞飛了起來，倒在路上，一動也不動了。於是我們連忙叫了救護車……」

織繪說到這裡，嘆了一口氣。

「她被送到哪裡的醫院了？」

「福山的小池外科醫院。」

「那裡的院長好像是信徒呢！」

坐在一旁的三橋小聲地說著。

「得救了嗎？」

三橋點點頭，說：

「幸好救護車來得快，所以命是撿回來了。但是，以後還會有麻煩吧！」

「什麼麻煩？」

「恐怕走路會有問題，或許腦子也會出狀況。」

「腦子？會變笨嗎？」

「啊，不是這個。好像是說話方面的問題。」

黑田點點頭，然後沉默了。過了一會兒後，他抬起頭，對御手洗說：

「御手洗先生，你有什麼看法呢？這件事足夠成為朴懲罰居比夫婦的理由了嗎？」

御手洗點點頭，好像表示同意黑田的這個說法。這一瞬間，我也覺得黑田在這件事情上的看法，應該是正確的。

「那是幾號的事情？」

一直沉默著的御手洗，突然這麼問織繪。

「二十四日。」織繪回答。

「沒錯嗎？」

「那一天天黑以後下了大雨。就是那一天不會錯。」織繪肯定地說。

「那麼，就和居比家被歹徒入侵同一天了。」御手洗對黑田說。「他們夫婦還在這個店裡工作的時候，歹徒跑進他們位於內海住宅社區的家裡，擄走了孩子。是嗎？」

黑田雙手抱胸地想了一下，才抬起來頭問：

「同一天不行嗎？」

「日東第一的信徒友美小姐在這家店的前面被車撞了，受到生命垂危般的重傷。但幾個小時後，朴就決定要給居比夫婦教訓，派人去內海住宅社區襲擊居比夫婦的家？這樣不會太快了嗎？還有，車禍的事件有上報嗎？」

「有上報。小小的一塊報導。」

「是隔天的早報嗎？」

「是的。」

於是御手洗便說：

「既然友美車禍的消息二十五日早上才見報，那麼教團對居比夫婦的報復，我覺得來得太快了。居比夫婦離開鞆的可能性是零，所以沒有理由需要急著報復居比夫婦。而且，這個報復行動不像是急就章的計畫，而是動用了不少人力，還需要經過細心的演練才能執行的計畫。正常的情況下，至少需要一天的時間來考慮能不能進行那樣的計畫吧？」

「唔——」黑田雙手抱胸地沉吟著。

「那天晚上下著大雨，條件惡劣，想不出強行進行那樣的計畫的理由。真的太快了。而居比夫婦也不明白自己為什麼會遭受那樣的攻擊。」

「可是，不就是因為太匆忙行事，才會在交取贖金這件事的地點與時間上，出現不方便的情形嗎？這就是因為時間不夠，想得不周全的緣故吧！所以後來朴才會自己打電話給居比先生。不是嗎？」

黑田反駁地說。黑田的反駁讓我對他另眼相看了，沒想到他也能說出這番道理。可是御手洗不為所動，搖著頭說：

「黑田先生，不是那樣的。這個綁架的事件從頭到尾都透露著奇怪之處。折衷了兩種想法後，這個綁架事件的外貌，就變得非常奇怪。」

「哦？什麼意思？」

「因為居比夫婦批評教會，讓教會可愛的信徒受重傷，因此教會便對居比進行報復的行動。這是你的想法？」

「是的。」

「既然如此，那麼為何還要要求贖金？」

御手洗說。黑田露出「啊！是嗎？」的表情。

「既然懲罰居比夫婦是一種道德行動，就不應該有要求贖金的行為吧？道德行動不應該與以金錢為目的的俗務有關聯。」

「唔——」黑田又沉吟了。

「要求贖金的話，就會模糊了焦點，讓人搞不清楚重要在哪裡。」

「哦。」

「如果說那個行動與報復無關，目的是贖金，那麼就應該不會有縫合他們夫婦眼睛與嘴巴，把他們丟棄在沼隈鎮守神森林附近草原的懲罰性行為了。只要能夠拿到錢就足夠了。」

「嗯。」

「還有，絕對不應該有殺害孩子的行為。」

「哦。」

「所有的事情都透露著不合理。」

「唔。」

「還有別的不合理情形。如果是因為讓教會的信徒受傷而進行的懲罰行動，為什麼要刺傷無辜的保姆的腹部？為什麼還要強暴她？這些都是不應該有的行為吧？根本就是多餘的行為。」

「是。但是，那麼是……唉，我也不知道了。」黑田說。

「發生車禍和居比夫婦家被人入侵，這兩件事情集中在同一天發生，只能說是偶然的巧合。兇嫌一開始就沒有給教會和朴思考的時間，便犯案了。」

「噢。」

「假設兇嫌不是教會的人，而是流氓等黑社會的人。那樣的人就有可能做出刺傷保姆腹部，又強暴了保姆，還留下要求贖金的紙條這樣的事情。不過，混黑社會的人聽到這番話，或許會提出抗議，說：我們沒有兇惡到那個地步；我們會有更合理的行動。」

「呵。」

「製造出那種現場的人，認為如果是黑社會的流氓的話，什麼壞事都做得出來，所以製造了那麼殘酷的現場，還要求了贖金。由於時間實在太過緊迫，所以出現了細節上的漏洞。」

「你是指腹部被刺傷，被強暴……」

「沒錯。兇嫌大概認為沒有那些傷害的話，就無法取信於人。」

「誰？要取信於誰？」黑田問。

「我們到警車裡再說吧！總之，我認為入侵居比夫婦家的人，並不是教會的人。教會與朴只是在替這個虛構的事件收尾。所以整個事件才會變複雜，變得奇怪不合理。變成一個讓人搞不清楚目的到底為何的事件。」

三橋的手機響了。他背著我們，拿著手機小聲地說著。我看著他的背部。

「那麼，最初的兇嫌想怎麼處理贖金的問題呢？」黑田又問。

「他根本不想拿贖金。」御手洗說。

「哦？」

「要居比夫婦拿兩百萬出來，只是說說而已。」

「為什麼要那麼說？」

「因為知道居比家正好有那個金額的存款，可以做隔天交付贖金的要求。如果要求的金額太大，居比家付不出來而報警，那就危險了。」

「啊？」

黑田嘴巴張得大大的，似乎完全聽不懂御手洗的說法。

「為了不讓居比家報警嗎？……」

「是的。」

這時三橋走回來，他抬頭這麼說：

「剛才的電話是負責調查保姆辰見洋子周邊的東山打來的。他說辰見好像和在潮工房——就是前面的那家咖啡館——工作的男子在交往。果然如這位所料，辰見有男朋友。」

「唔。二十四日那天，在咖啡館工作的那位男子的行程呢？」御手洗問。

「那個人好像姓小坂井。二十四日那天他除了在潮工房工作，一直都待在自己的家裡。那一天他好像完全沒有和辰見見面。」

聽到三橋這麼說，御手洗皺著眉頭說：

「辰見小姐有兄弟嗎？」

「沒有，她是獨生女。」

御手洗雙手抱胸，又問：

「小坂井是日東第一的信徒嗎？」

「是，他是日東第一的信徒。聽說潮工房的老闆也是信徒，小坂井好像是受了老闆的影響，也成為那裡的信徒。」

御手洗點點頭，不說話了。於是黑田便說：

「小坂井有什麼問題嗎？」

黑田的話讓御手洗忍不住抬起頭說：

「你還問這個問題？我們終於抓到了。」

「啥？抓到什麼？」

「抓到朴的尾巴了呀！黑田兄。這個小坂井就是尾巴。朴以前從沒有露出尾巴。這次的事件雖然誇張，但他動用的人馬全是自己親信，絕對無法從他們的口中問出真相，就算能問出什麼，大概也只能得到事件周邊的訊息。但是這個小坂井不一樣，他恐怕與這個事件的原點息息相關，這個事件是從他開始的。因此只要他說出一句話，整個事件都會翻盤。而且，那應該也將成為能夠逮捕朴的唯一材料。只要他能說出一句話就行了。」

「什麼樣的一句話？」

「說他二十四日晚上──下大雨的那天晚上，他曾經『進入』內海住宅社區的居比家屋內。只要這句話就行了。」

第九章

1

就讀於福山市立大學醫院看護學科的辰見洋子從小學時代起，功課就一直很優秀，國中畢業時還曾經代表畢業生致辭，所以父母對她有很高的期待，辰見洋子也在這樣的自覺下成長。因為自己是獨生女，萬一自己的人生受挫，父母下半輩子的夢想也將因此破碎。

她的想法是未來要當護士，首先要在大醫院就職，再慢慢轉到照顧老人的工作上。這是她進入大學後，就開始編織的夢想。她當然也想過要當醫生，但她的成績沒有好到那個程度，而且家裡的經濟條件也無法供應她讀私立大學。

她想在累積到足夠的看護經驗後，在自己熟悉的鞆這個地方成立ＮＰＯ法人機構。洋子非常喜歡自己成長的地方——鞆，覺得鞆是日本相當少見的漂亮海邊城鎮，所以一點也不想離開鞆。

她在大學的課堂裡，學習到海外有ＮＰＯ的系統，覺得不久後日本也會引進ＮＰＯ系統，而照顧老人這種社會服務性質的工作，就非常適合使用ＮＰＯ的系統。目前她的夢想正在逐年實現當中。

如果能夠成立組織，那麼自己會成為組織的代表人物吧！洋子曾經這麼想過。她看看自己周圍的人，並不覺得有哪位女性可以成為組織領導者。再看看學校裡同樣看護學科裡的同學，還沒有人提出和自己相同的想法，就算有人提出相同的想法，洋子也不認為那個人的能力會在自己之上。既然是自己提出的構想，當然應該由自己來當領導者。

她打算在自家附近成立辦公室，多聘用幾位女性員工，並以累積點數制的福利，鼓勵附近的家庭主婦來當志工。她想把已經沒人使用的商家空房子，改成辦公室，這樣不僅能保持原有的景觀，還能重振城市風貌，或許還能得到政府的輔助金。她希望自己的看護服務能與在地緊密結合，所以一直很認真地在摸索這種尚無前例的看護服務體制。那必須是成為其他地方模範的進步制度。

洋子會有這種想法的原因，與她生長的鞆這個海邊城鎮的特性有關。鞆是一個古老的港口城鎮，因為地形狹長，無法發展成國際性的大港口，雖然至今還有漁港的功能，但規模也不大。而宛如貓的額頭般小的街區，也引不起大企業或大工廠的興趣，因此住在這裡的人找不到好工作，年輕人只好紛紛離開這裡，去大都市尋找發展，這裡的老年人人口比率，便逐年變高了。

根據預測，少子化與高齡化的日本，在進入二〇四〇到五〇年代後，日本的老年人——也就是六十五歲以上年紀的人，將占全部人口的百分之四十以上。到時日本的老年人人口比率，將是全世界最早達到這種高比率的國家。

但鞆這個地方的老年人人口比率，大概再過幾年就可以達到那個數字了。因此，不久之後，鞆就會成為日本最早面對老人醫療問題的地方之一，也會是全世界最早面對這個問題的地方之一。

所以說，在這個地方關心老人醫療問題，進行著準備工作，摸索、建構老人醫療體系，對日本的未來——甚至對全世界的未來，都具有極大的意義。對選擇以護士為職業，把生涯計畫投注在這一方面的自己來說，更是極具挑戰性的一個大目標。

過不了多久，兩個日本人中就有一個是老年人，高齡者的醫療問題到時一定會成為日本的醫療中心。老年人的身體經常容易出狀況，是走在死亡邊緣的人，卻占了將近日本一半的人口，如何照顧數量這麼龐大的老人，將成為每個日本人的日常課題，也會成為日本社會的最大問題吧！

可是，也不能讓所有的老人都住進醫院裡。如果不分狀況地提供病床給持續增加的老人，而醫院又收不到他們的醫療費用，到時候醫院就會紛紛倒閉。事實上，目前已經有大醫院開始出現這個危機了，於是有些老年人很可憐地被迫離開醫院。這種狀況未來也會越來越多吧！

被迫離開醫院的老人能去哪裡呢？只能躺在自己的家裡，讓醫生或護士去老人的家裡進行照料。因為醫生無法每個星期去探訪，所以護士將是探訪居家老人的主力，醫生則輪班待在醫院裡等待電話，處理必須進行急救治療的老人。

也就是說，護士到老人的家中進行探訪治療的模式，將成為老人醫療的主流。而女性將是負責這種治療模式的主力，護士會成為老人醫療的主角。但是，如果兩個居民中，有一個就是病患，那麼只有護士是不夠的，所以需要召募、動員社區裡的志工。

為了激發在地婦女加入志工的行列，於是制定了有鼓勵性質的獎勵點數規則。年輕時參與志願活動所獲得的點數，在自己有了年紀、臥床時，就可以憑點數得到免費的看護。要實現這個想法，就需要一個能與行政單位直接連結的ＮＰＯ組織。

在使用這樣的制度的時代裡，像現在這樣只懂得一般看護的護士是行不通的，因為照顧老人需要特別的技術。所以需要整合志工們，給他們技術上的指導，教導他們認識未來的醫療走向，並懂得如何用語言改善社會的氣氛，成為有領導能力的人。洋子從中學時代起，就暗自覺得自己具備了那樣的能力，每一個學年裡，至少會擔任一次的班長或副班長，所以累積了不錯的人望。她覺得自己絕對不比男同學差。

如果探訪護士的工作上軌道了，她想把自己走到這一點的奮鬥過程寫成書出版，偶爾也可以上電台，透過廣播節目，向社會大眾宣揚自己的理念。父母透過廣播聽到自己談論未來的老年人問題或新制度的構想時，一定會感到欣慰的。能夠得到世人的尊重時，也會得到好姻緣。

結婚後，她打算讓丈夫負責管理者的工作，自己則負責指揮年輕護士。當機構已經成長到相當的規模時，就是她能夠生孩子的時候了。她要讓自己的女性人生發展到擁有最大的可能性——

她經常這樣想像著。

然而，她現在還是學生，還是處在為未來做準備的時期。洋子家境並不富裕，父親只是一個小小的公務人員，要負擔女兒三年的大學學費，說起來也相當辛苦。而洋子之所以選擇就讀護理學科，也是想到這樣可以讓父親少負擔一年的大學的學費。

洋子的保姆工作，是中午去大學餐廳用餐時，在餐廳的佈告欄裡找到的。那是一個才出生四個月，還只是在哺乳階段的小嬰兒，雖然照顧起來好像有些麻煩，但是洋子還是想試試看。護理科裡也有到育幼園實習的課程，洋子上過那些課，對如何照顧嬰兒多少有點概念，也想實際地體驗一下照顧嬰兒的工作。

她打電話到嬰兒家，並且去那個家裡做了拜訪。嬰兒的名字叫善樹，父母是居比修三和居比篤子夫婦。父親居比修三是一位皮革工藝師，他們位於社區公寓家中的餐廳稍微寬敞一點，就是他的工作室；餐廳中央的餐桌則兼做他的工作桌。

居比修三這個人比較沉默，感覺上不是很容易親近的人。嬰兒的母親修比篤子雖然健談，但是言語之中總透露著高傲的語氣，洋子並不擅長和這樣的人交談。不過，洋子想：沒關係，就試試看吧！

圍繞著餐廳的四面牆中，背對玄關的正面是一扇通往露台的大玻璃門，玄關的左手邊是廚房，廚房裡有水槽。

沒有窗戶的左右兩邊牆壁是滿牆的內置式收納櫃，其中有抽屜式的收納櫃，也有雙門式的櫃子。有三分之二的收納櫃裡裝著做皮革藝品用的各種皮革材料，種類眾多的皮革被分門別類地放在不同的櫃子裡。另外的三分之一則密密麻麻地擺滿了工作用的各種道具和書籍、資料及用皮革完成的藝術作品、皮製的外國書寫真集。

但修三還不是成熟的創作者，僅靠做皮革工藝品的工作所得的錢，還不足以養家活口，所以夫婦兩人還在港口附近的酒館裡打工，賺取生活費用。除了星期日外，夫婦倆黃昏時就一起出去工作，直到深夜很晚了才能回家，所以他們總是搭公車去，坐計程車回家，打工的工作幾乎變成了正職。因為工作的作息如此，所以有了孩子後，晚上就需要保姆來幫忙照顧孩子。

居比家位於水吞的內海住宅社區，正好在洋子從大學回家的途中，對洋子來說是很方便的打工地點。內海住宅社區，離主要幹線的汽車車道不遠，當洋子騎腳踏車通學，並不使用公共交通時，去內海住宅社區當保姆一點問題也沒有。

洋子喜歡小孩，當保姆正好可以練習將來如何照顧自己的孩子；而且孩子睡著時，她還可以讀書。對她來說，這是最棒的工作，所以她對這個一石二鳥的工作充滿了興趣。

那是打工第五天的晚上發生的事情。已經完全習慣保姆工作的洋子關了起居室的燈，一邊看電視，一邊用奶瓶給善樹吸奶。但這一天露台的日光燈故障了，一下子亮，一下子暗地閃爍著。應該是舊了的關係吧。關了起居室的燈後，露台上閃爍的燈光讓洋子覺得不自在，而且越來越不自在，甚至讓她焦慮起來，變得不管是看電視或餵嬰兒牛奶，都無法專心了。

因為是夏天，露台那邊的玻璃門是打開著的，玄關的金屬門也開了一個小縫，好讓空氣可以流通。雖說這樣有點不謹慎，但通風是無可取代的事。露台那邊有紗窗，不必擔心蚊子會飛進來，為了節省冷氣機的電費，居比夫婦說晚上盡量不要開冷氣，為了避免蚊子飛進來，因此關了起居室的燈。關掉室內的燈後，洋子只靠著露台燈光，抱著孩子看電視，心情還不錯。只要空氣流通，她就沒有開冷氣的想法。這個位於山丘的住宅社區離瀨戶內海不遠，可以享受到從海那邊吹來的風，只要不是特別悶熱的日子，即使是仲夏的季節，晚上的室內還算舒服。

洋子放下奶瓶，站了起來。正好是電視劇的廣告時間。她抱著嬰兒，拉開紗窗門，走到露台上。露台上的日光燈依舊是一下子亮，一下子暗地閃爍著，她覺得無法忍耐了。

露台的地板上到處是皮革藝品的工具，抱著嬰兒的洋子小心翼翼地避開地上的物品，慢慢走到一閃一滅的日光燈下面。

她抬頭看，日光燈燈管的尾端有點變黃了。如她所想的，這支日光燈已經老舊，應該拔下來換新的了。

曾經有人教她說日光燈最耗電的時候，就是燈亮的那一刻，燈一旦亮了以後，持續亮著的時候並不怎麼耗電，所以像這種不斷閃爍的情況，對希望能夠節省電費的人來說是最傷的事情。燈一直一閃一滅，表示啟動器不斷在運作，也就是不斷地在吃電。希望節省冷氣費的居比夫婦一定不樂見這種情形。

洋子想：不如把一閃一滅的日光燈管拆下來吧！雖然不知道有沒有備用的燈管，但露台的日光燈有兩支，即使拆下一閃一滅的那一支，露台也不會變得全暗。只要拆下一閃一滅的那一支，就可以大大消除電力的消耗。自己也可以擺脫電燈一閃一滅的不舒服感覺。

日光燈的下面正好有一個木製的梯凳，只要踩上梯凳，手就可以碰到日光燈管。那是一個一側有兩階的梯凳。洋子稍微看了一下雙手抱著的嬰兒。被粉紅色的布包裹著的善樹已經熟睡了。她不想吵醒善樹。

要不要把善樹放回嬰兒床呢？洋子猶豫著。但是，應該沒有問題吧！洋子想起把熟睡的善樹放回嬰兒床，結果驚醒了善樹，讓善樹大哭的經驗。善樹好不容易睡著了，她不希望看到他醒了、大哭的情形。

不管是在大學的實習室，還是在和父母同住的家裡，換電燈管一直都是洋子的工作。洋子的身高雖然不高，但不知為何，大家都認為她很擅長機械類的東西。所以她已經很習慣換燈管的工作了。於是，她抱著嬰兒，慢慢地踩上梯凳。為了安全起見，她打算踩在第一階就好了。

洋子只用左手抱嬰兒，把嬰兒夾在左手與胸膛間。她抬起下巴，抬頭看日光燈管，慢慢地把右手往上伸，手指碰到了正在一閃一滅的燈管。但是，以她現在所站的高度來說，她的手指雖然能碰到燈管，卻無法轉動圓筒形的燈管，拆下燈管。必須往上再踩一階，才有辦法把燈管拆下來。

洋子沒有什麼猶豫，就改變了先前的想法，她的右腳往最上面的一階踩去，身體順勢往上，想整個人站在最上面的那一階。

但就在那一瞬間，梯凳的下方傳來相當大的聲響，然後某個東西往旁邊飛了出去，那東西撞到金屬欄杆，發出高亢的金屬聲。

黑暗中不知道那聲音因何而起，但洋子尖叫出聲。洋子的身體傾斜了，她腳下的梯凳扭曲了。那聲音非常地大，像是地獄裡煮得滾燙的熱水鍋的栓鎖突然爆開的聲音。

洋子原本以為梯凳的下面就是水泥地，其實不然。梯凳是被放在兩、三個什麼工具上的。因為腳下的東西亂七八糟，晚上的光線不足，根本看不清楚是什麼情況。梯凳應該是被放在什麼東西的邊邊上，那東西因為洋子的體重，被擠彈得飛了出去。

洋子的身體在半空中失去平衡，瞬間便從梯凳上摔下，側腹猛然撞在欄杆上。整個露台因為洋子這一撞而振動，發出像樂器餘音般的聲響。強烈的疼痛感讓洋子連發出哀號的力氣也沒有，只能嗚咽般地低聲呻吟了一聲。洋子覺得自己的肋骨一定裂了。

她痛到根本無力站起來。但是，她也不能蹲著，因為現在不是她能蹲下來的時候。她因為無底的恐懼而毛髮直立。她知道自己想尖叫，但是她的嘴巴裡一點聲音也發不出來。

有個東西從洋子的懷抱裡飛了出去，消失在夜空中。這件事帶來的恐慌，遠遠超越了她身體的疼痛。她不只是毛髮直立，是連全身的寒毛都豎起來了。

她拚命地靠在欄杆上，但是這樣做一點意義也沒有。發生可怕的悲劇了。就在剛剛，可怕的悲劇發生了！

她不敢相信，無論如何都無法相信會發生這樣的事情。這種事情怎麼能發生在自己身上呢！這是噩夢！不，是比噩夢更可怕的事情。這絕對不是真實的事情，不是現實發生的事！洋子這麼想著，但就在這麼想的時候，她也同時知道這就是事實。洋子軟弱地蹲下來了。這麼悲慘的事情不應該發生在自己的身上。一直以來，自己都非常認真努力地生活著，所以絕對沒有發生這種事情的理由。

洋子的懷抱裡什麼東西也沒有了，什麼也沒有了。這是令人不能相信的事。

嬰兒——洋子呆呆地看著半空中，然後低頭看著地板。她覺得嬰兒應該掉在地板上。如果是那樣，那事情還好辦。

但是沒有。嬰兒沒有掉在露台的地板上。

一團粉紅色的東西飛向夜空，這是洋子的眼睛餘光看到的景象。嬰兒消失在黑暗中，她好幾次看到了那樣的情形。好幾次。好幾次。

嬰兒從二樓高旋轉往下掉落在地面上。這個讓人難以相信的事實，讓世界陷入絕望之中。眼淚瘋狂地從洋子的眼中飆出來，但奇怪的是，她就是沒有哭喊的聲音。很快地，她從蹲著的姿勢站起來，在黑暗中推動著身體。世界在這個時候絕望地緩慢旋轉著。

一個哀號般的聲音瞬間掃過她的腦際。

「這不是我的錯！」

聲音這麼說著。

為什麼要把不穩定的木製梯凳放在那麼暗的露台上呢？還有，為什麼會不穩地擺在地上呢？

是沒有放好梯凳的人的錯。這一定是誰設下的陷阱。把梯凳放在工具的上面後就不管了，這麼做太糟糕了，也太危險了。誰都會以為梯凳是直接擺在地板上的。我掉到陷阱裡了，是沒有把梯凳擺好的人的錯。

我好意想幫他們換燈管。我沒有必要這麼做的，一點必要也沒有。換日光燈燈管的事又不包含在保姆的工作範圍內，是拿不到工錢的活。在露台上準備了這麼可怕的陷阱，讓真心誠意地幫忙、完全沒有想過要得到報償的我掉下去。我完全是無辜的犧牲者，發生這種事情不是我的錯。我完全沒有錯。

洋子一邊這樣想著，雙腳不受控制地跑起來。這不是她有意識的行動，完全是身體自主性的反應。她失去了意識，不知道自己在做什麼。

她一邊跑，一邊不斷地吞下隨時要脫口而出的嗚咽聲。洋子低聲哭泣地跑過房中，飛衝向玄關，蹣跚地通過走廊，拚命跑下樓梯。她的腳步零亂，好幾次差點跌倒。

這一路上沒有遇到任何人，她穿過信箱之間，往下跳過與地面相連的兩格階梯，來到住宅大樓前的空地。掉落在幾公尺前的水泥地面上的，便是被粉紅色的被子包裹起來的嬰兒。

洋子哭著靠近嬰兒。她一邊哭，一邊本能地觀察四周。但她熱淚盈眶，眼前的視線模糊，根本看不清楚周圍的情況。於是她快速地擦去淚水，再努力看著四周。

黑暗中的世界空空蕩蕩的。明明是夏天的晚上，卻聽不到蟬叫聲。這個位於山丘上的寬敞住宅社區的一角安靜無聲，空間裡什麼聲音也沒有。沒有風聲，沒有汽車的聲音，也聽不到孩子的聲音。

右前方二十公尺左右的地方，是另一棟住宅公寓，在這段空間裡，沒有半個人影。左手邊則是一片寬廣的草地及樹木、水銀燈街燈，眼前還有一片灌木叢。左手邊也沒有人。白天的時候，這裡可以看到帶著狗散步的人，但現在什麼人也沒有。這個世界空空蕩蕩的，好像真空了一般。

前方的公寓房子的牆壁陳舊、灰暗，因為長期受到風雨侵蝕的關係，牆面浮現斑駁的模樣。那片牆是建築物的背面，只能看到每一家廚房的小窗，但小窗的位置位於廚房牆壁的高處，不是可以往外窺視的窗戶。而每一家的露台則在建築物的另一面。此時只有兩、三戶的廚房小窗上亮著橘紅色的電燈泡或小型日光燈的光亮。

有廚房小窗戶的那片牆的右側是樓梯的轉角處，每個轉角處的高度都只到一般人的腰部，在天花板的白色日光燈下，每層樓的轉角處都沒有人影。樓梯轉角處的最下方是腳踏車的停車場，排列著很多腳踏車。那裡也是靜悄悄的。

洋子不知道自己為什麼這麼在乎有沒有人。但這應該是她下意識的自我保護的反應。雖然她還不很清楚這是為什麼，但是已經很本能地做出了反應。那是基於想擺脫危險的想法下，所會出現的反應。確認狀況，發現情況不錯後，一種類似惡魔性的念頭，一下子浮出洋子的意識中。像昂起三角形頭部的毒蛇，那是本能地自我保護的姿態——

洋子一邊驚訝於自己竟然有那樣醜陋的心態，一邊慶幸確認之後的現場狀態。然而，這正是讓她的心淪陷的陷阱。洋子在這一瞬間落入陷阱中了。太好了，幸好還沒有人發現自己犯下無法彌補的過失。她這麼想著。

其實，這個想像並沒有實質上的意義。只是，這個想法卻是原本思想純正的的她，逐漸走向爆炸性的腐敗的開始。但如果不這麼想，就無法去處理這個毀滅性的悲劇。對一般人來說，面對這麼極端的壓力時，恐怕是誰也正常不起來，一定會發瘋吧！所以——

所以一定要變成惡魔，才能面對這樣的處境。她在內心裡這麼告訴自己，心也已經沉淪到黑暗的深淵。為了保護自己，她一步步走向犯罪者的路。

她站起來，向前跑了三步，卻絲毫感覺不到自己的腳有踩到堅實的地面。她覺得腳下鬆鬆軟軟的，好像踩在海綿上。所以她的身體失去平衡，搖搖晃晃的，好像隨時都會跌倒。她完全失去可以站穩的感覺。她的身體傾斜，左右腳好像纏在一起般，無法順利地一步步向前走。每一步都走得糾結，每一步都好像會跌倒。剛開始學走路的孩子給人的感覺，大概就是這樣吧！

她覺得視線模糊，眼前一片混沌，好像人在深海的底部。而絕望的重量，讓她的世界變得更黑暗。她覺得全身濕漉漉的。是因為流汗的關係嗎？但為什麼會這麼濕呢？那是恐怖與絕望的冷汗嗎？她也感覺到四周非常地潮濕，覺得自己不是在空氣中。

心臟像引擎一樣快速地跳動著，一邊發出聲音，一邊胡亂地跳著。這樣下去的話，心臟會壞掉的。但是，如是能壞掉，就這樣壞掉吧！洋子這樣祈求著。因為活下去的話，等在自己前方的，只會是悲劇的人生。她不想要那樣的人生。她想逃離那樣的人生。

她一邊這樣想著，一邊仍然不停地嗚咽著，任眼淚與鼻水不斷地流下。她終於發現視線模糊和自己的眼淚有一定的關係。

終於走到掉落在地上的嬰兒旁邊了。洋子好像整個人要覆蓋在嬰兒上面般地蹲下。現在在她面前的，是噩夢的光景，情況比她想像中的可怕，像恐怖電影的畫面一樣。

嬰兒的口、鼻都流血了。流出來的血雖然不是那麼多，但白色的圍兜和包裹著全身的粉紅色的布上已是血跡斑斑。因為黑暗的關係，紅色的血跡看起來是黑色的。從嬰兒小小的身體流出來的，是黏糊糊的、黑色的血。

下一瞬間，洋子看到了讓她更加感到絕望的畫面。黑乎乎水泥地廣場上，嬰兒的周圍有許多黑色的斑點。仔細看，那些斑點的數量還真不少。洋子淚眼模糊地一直看著那些斑點。她已經了解到那是血。嬰兒撞到石頭，血花四濺所形成的血跡斑點。

無望了。這些血跡是藏不了的東西，是即使回到屋裡拿抹布來擦洗，也洗刷不掉的痕跡，是在黑暗中都看得到的東西。洋子在大學的看護科上過「魯米諾反應」的課程，只需要一點點的魯米諾試劑，就算是已經過了十年的血跡，仍然測得出來。像自己這樣的外行人，再怎麼去刷洗眼前的血跡，也逃不過警方鑑識人員的調查。

洋子鼓起勇氣看嬰兒的頭部。很明顯的，嬰兒的額頭和臉有些變形了。這是因為頭蓋骨破碎所造成的。嬰兒的頭撞到水泥地面了。

自己為什麼會做出這麼可怕的事情呢？她先是閉上眼睛，不忍看眼前的景象，然後才稍微張開眼睛，用手指輕輕地觸碰嬰兒的臉頰。像瓷器般的臉頰。比被雨淋過的石頭還冰冷的臉頰。

洋子又噴淚了。她因為自己犯下無法彌補的過錯，而感到強烈的後悔，讓她覺得全身的力量好像被抽走了一般。連繼續蹲著的力量也沒有了。她雙手撐著水泥地，端正地跪坐在石子上。

就在那一瞬間，跪坐在水泥地上的洋子覺得好像有什麼冷冷的東西，打在她的手背上。但她什麼也沒想，也不想去做任何反應，任那個東西打在自己的身上。就這樣，那東西繼續打在她的身上，兩次、三次……地持續打在她的頭、額頭、裸露出來的雙手臂膀上。那東西一直落下，帶來的疼痛感越來越清楚，讓洋子即使不願意，也不得不做出反應。

洋子緩緩地抬頭天空。水銀燈光下，像白色粉末般的無數雨滴與風飛舞地落下。她伸手從地上抱起嬰兒，比起自己被雨淋濕，她更不想讓嬰兒被淋濕。她一邊把嬰兒緊緊攬入懷中，一邊慢慢地站起來。

站起來後，她才注意到現在保護嬰兒不要被雨淋到，已經是沒有意義的舉動了。但是，她什麼也想不了了，只能呆呆地走著。她朝著剛剛跑出來的入口與走廊去去。當她彎著身體要走進走廊的時候，左手眼下從水泥的縫隙冒出來的雜草叢中，一支鐵鎚像被埋起來一樣地，掉落在草叢裡。

走進信箱間的陰暗通道，登上樓梯。她無神地交換沉重的左右腳步，一步步地往上走。雖然很不願意去想，但是未來自己將會面臨的彷彿地獄般的光景，卻一幕幕地浮現腦際。無法克制地，她又哭了。

被警察逮捕，頭上被蓋著頭罩，雙手上銬地被推上警車的樣子，全被清清楚楚地拍攝下來，影片透過電視螢幕。傳到觀眾們的眼中。那時她母親會哭著想自殺，父親在職場上的活動變得更低調，好不容易繳清貸款的房子也要賣掉，父母甚至想連夜搬家離開家鄉。

想成立老人看護ＮＰＯ機構的夢想瞬間化為泡沫，也沒能完成大學的學業。只因為一瞬間的疏忽，自己的人生就全部毀滅了。

她突然發現到，樓梯或樓梯間天花板的電燈都是關著的，所以四周都很暗。為什麼之前都沒有發現到這一點呢？這個社區裡有很多個地方的電燈都壞掉了吧？這是一棟老建築物，外觀也不特別，居民不會為了維持建築物的外觀，而用心地去替換壞掉的電燈。

早知如此，自己應該就不會傻傻地想幫忙換燈管了。洋子傷心地想著。她覺得頭痛欲裂，眼淚來了，忍不住又嗚咽起來。這個老舊社區裡的照明器具即使壞了，也無所謂嗎？反正是別人的事情，自己為什麼要多管閒事地想幫忙換燈管呢？要多繳電費也是別人繳呀！關自己什麼事呢？

她回到屋子，慢慢地關上玄關的金屬門，走回到屋主工作的空間，坐在室內大桌子前的椅子上。她就這樣呆呆地坐著，心慌意亂地想著接下來該怎麼辦。

死亡的嬰兒已經被她放在嬰兒床上了。因為不知道可以放在哪裡，就姑且先放在那裡吧！她想：剛才如果就放在嬰兒床上就好了。接著，她從包包裡拿出手機，把手機放在桌子上，眼睛一直看著手機。電視裡的電視劇仍然繼續著輕浮的劇情，女人開朗的笑聲聽起來格外刺耳，令人不愉快。

應該打電話給誰呢？不能打回家，母親聽到自己的狀況時，一定會痛哭失聲，自己也會跟著哭不停，那樣對未來一點幫助也沒有。

應該打電話報警。也就是說，應該要打電話自首，告訴警方自己害死了一個孩子。可是，自己一點殺人的念頭也沒有，反倒是一片熱心地想幫忙換露台的燈管，沒想到意外造成嬰兒的死。告訴警方詳情的話，警方能理解自己的困難嗎？大概無法無罪獲釋吧？應該還是會受到刑罰吧？

洋子不是很清楚法律，可是，她所犯下的錯，應該屬於重大過失，而不是蓄意殺人。而且她是初犯，完全沒有前科，雖然不是罰款就可以的犯罪，但就算被判個半年、一年的刑期，一定也可以得到緩刑吧！

可是，結果是那樣的嗎？嬰兒的雙親——尤其是母親，一定會非常憤怒吧！她能接受害死孩子的人只得到緩刑的處罰嗎？就算一審做了緩刑的判決，說不定她會聘請壞心眼的律師繼續控訴，直到自己被關起來為止。她一定不會放過自己的，她不會讓這個案件成為過失事件，會把這個案件弄成殺人事件。

這個意外事件如果變成了殺人案件，那絕對不是關個一年就能結束的事情，就算不會被判處死刑，被判關個好幾年，絕對是免不了的事。那麼，自己就會被關到女刑犯的監獄裡。這種事光是用想的，就讓她頭暈。被迫穿著囚服，長時間不能與家人見面，若又被關進多人同居的牢房中，恐怕還會被壞心眼的老鳥欺負，那麼一定會過著每天以淚洗臉的日子。

但是，比起上述的悲慘，更可悲的是：一個年紀輕輕的女子被逮捕的畫面，會完全被暴露在電視螢幕上，還被新聞性或談話性節目夜以繼日地拿出來討論，自己的照片也會不斷出現在電視畫面中，自己還可能會被扭曲成從小就愛虐待小動物或欺負同學的問題兒童。

不只自己會受到悲慘的對待，父母也會無臉生活在這個地方，他們的人生也會因此毀滅。鞆是個小城鎮，到時父親恐怕不得不離職，母親也會變得不敢邁出大門一步，自己當然也會失去成為護士的未來，全家都會淪落到社會最黑暗的角落。

大學的同學們也會被這個事件嚇一大跳，男同學們會放棄自己，紛紛避走，與事件相關的傳聞將會爆炸性地在校園內傳開，一下子就充斥了整個校園。教授們也會放棄自己，會抱著頭煩惱該如何對待殺人犯學生。學校本身也會怕受到牽連而聲望大跌，於是轉而出賣自己，甚至讓教授們編出自己是一個老是製造問題的學生的謊言。

就算休學了，也放棄結婚和生子的期待，從監獄出來後的自己，還是無法被社會接納，也不會有人願意和自己相親吧！今後的自己，恐怕只能待在社會的陰暗處，一輩子畏懼別人的眼光，過著不敢大聲呼吸的生活。

不，我不要那樣！她突然這麼想，一股無名火油然而生。自己明明一直都很認真，一直都比別人上進。在學校裡是優等生，經常參與助人的，不只一次兩次地接受過老師的誇獎，更深受同學、朋友的愛戴與尊重。

自己凡事總是先考慮到別人。朋友圈中，沒有一個女孩像自己這樣不計個人的得失了。但這樣的自己，為何還會遭遇到這樣的事情？不管做什麼事，自己總是全力以赴，讀書也很用功，也很積極地參加各種活動。這樣的自己為何偏偏成為這個世界的失敗者？太不合理了。老天不該允許這樣的事情發生。

洋子此時突然想起自己正在交往的男人。那個男人的名字叫小坂井茂，以前曾經當過演員，現在在咖啡館工作，還不算擁有固定的工作。

2

一群年輕人不是為了修車，也不是為了工作，沒事就喜歡聚在維修廠裡。這是汽車維修廠經常會看到的情形。這些年輕人有時也會在維修廠老闆的指示下，幫忙做一點雜事，不過，他們領不到薪水，也不見得可以學習到什麼嚴謹的技術。

說到讓小坂井打從心底感到興趣的東西，無非是汽車和機車了，所以他常去維修廠幫忙維修車子，學習維修的工作。不過，他這個人的個性一向不積極，所以他並沒有表現出非常積極學習或工作的樣子，也從來沒有向維修廠的老闆提到想在維修廠工作的事。他只是老闆的免費雜工，得到的好處就是老闆偶爾會把放在維修廠進行維修的外國跑車借給他開。但是，能夠這樣他就覺得滿足了。

小坂井並不特別具有成為維修技師的資質。他自己大概也很明白這一點。但是，他並沒有對某個職種有興趣，也沒有去摸索自己可以從事何種工作。但因為年近三十了，他也會像常人一樣開始感到著急，覺得不可以這樣繼續下去。然而他的世界實在太狹隘，不知道自己可以怎麼做，只能眼睜睜地任時光流逝。

若說他現在是否有固定工作，那麼目前在咖啡館裡當服務生的工作算是吧！鞆這個地方有幾家咖啡館，當他缺少生活費的時候，便在其中一家叫「潮工房」的咖啡館裡當服務生。由於他的長相和身材都好，所以有不少熟年女性和年輕女孩成為他的粉絲，對老闆而言，這樣的服務生當然是寶貝，所以只要他願意去，就會讓他工作。

小坂井原本想當演員，好像還在東京的劇團待過，也演過一些小角色，在電視裡出現過，不過卻從來沒有紅過。那時他一直在戲劇學校旁邊的咖啡館裡做服務生的工作，過了將近十年那樣的生活，但後來他的父母對他說應該結束那種生活了，於是他便和交往中、同樣從鞆這個地方出來的女演員，一起悄然回到鞆。但那個女演員後來自殺了。從那以後，他便與傷心作伴，對什麼事情都不感興趣，過著一成不變的生活。小坂井沒有兄弟姊妹，父親是公務員，一家住在公務員宿舍，如果他是來自做生意的人家，家人恐怕就會看不慣他的生活方式吧！

「潮工房」咖啡專門店離港口很近，是相當雅致的咖啡館，很受看護科女學生的喜愛。洋子和同學去過那裡之後，就喜歡上那裡，而且那裡離她家不遠，所以後來自己也會去那裡。其實洋子早就知道潮工房，也喜歡那裡，但在和同學一起去之前，還從來沒有進去過。

沒想到一旦去過後，就和小坂井慢慢變熟了。小坂井曾經在那位女演員住院時，在探病的時候見過洋子，並且與洋子有過交談，對洋子的印象很好。而小坂井總是把頭髮梳得整整齊齊的，穿著白色的襯衫，繫著黑色的圍裙，他那乾淨的模樣與好看的笑容，確實很吸引女孩子們，洋子也逐漸對他產生興趣。沒想到他竟然對洋子提出邀約，兩人於是成為會一起出去兜風、看電影的朋友。小坂井好像是真心喜歡洋子的。

但是，知道洋子和小坂井在交往後，朋友們出於被洋子搶得先機的妒忌，態度大變，開始說小坂井是花花公子，勸告洋子要小心小坂井，甚至說小坂井好像結交了很多不務正業的朋友。但在洋子的眼中，小坂井根本不像是混混或不務正業的人。小坂井高中的時代確實有一些類似飛車黨的不良少年行徑，但那純粹是父母放縱他的緣故。基本上，小坂井就是個公子哥兒，膽子小，習慣依賴別人，是一個相當被動的男人。他是只要別人稍微堅持一點，就會嘿嘿嘿地笑著，雖然帶著些猶豫，最後還是會依從別人意見的人。他偶爾也會有所反駁，但那也只是做個樣子，他不是會強硬地堅持自己的看法，要求別人照自己意思行動的人。

他來邀約自己時，也不是以身體的接觸為目的，也不像發生關係後，會對女子始亂終棄的人。他原本就不是那樣的男人，甚至還是一個像孩子般單純的人。在他們開車去廣島玩，或在昏暗的電影院裡時，他也不曾隨意碰觸她的身體或握她的手。洋子喜歡這樣的他。

小坂井雖然是飆車族，為人卻很正經也很老實，好像也沒有和別的女人在交往，如果自己對他說想要結婚，他好像也會點頭答應。不過，洋子雖然喜歡他，若說到結婚，卻覺得他還有些不足。洋子已經決定，她的結婚對象必須是可以掌管、代表ＮＰＯ事務的男人。選擇戀愛的對象，也是洋子成為看護師遠大計畫中的一環。

話雖如此，洋子並不喜歡那種凡事都得聽從他的大男人。如果對方有突出的能力，總是能做出正確的判斷，那麼凡事聽從他也無所謂。可惜截至目前，洋子的人生裡還沒有出現過那樣的男人，因此小坂井的順從性格，就成了一種優點。不過，任何事情都有極限，不會太自我固然是優點，但是小坂井卻有點優柔寡斷了。這樣的個性如何管理下面的護士呢？說不定反而會被她們騎到頭上。那樣一來，組織就會亂套，無法管理了。

小坂井的相貌雖然不是讓人驚豔的美男子，但他的笑容，和默默地聽著別人述說、露出驚訝表情的模樣，卻非常地吸引人，再加上長得高大，和他一起出現在別人面前時，顯得特別有面子。這一點也是洋子喜歡的。

小坂井的外形很容易讓人覺得他是會在女人主動搭訕下，適度地和女人玩玩的男人，洋子漸漸也有這樣的想法，覺得和小坂井玩玩就好。小坂井雖然年紀比自己大，但為人老實，因此就在交往的期間，洋子的心情漸漸改變，變得自己要求更深入的交往。

不過，洋子還是沒有想讓小坂井成為自己丈夫的想法。因為小坂井不夠聰明，沒有特別學養，也沒有強烈的工作意願和向上心。以男人來說，這樣的男人是有點不夠格的，所以洋子無法以他為榮，也無法對他產生尊敬之心。

小坂井有時也會非常帶勁地說些什麼人走右邊，車走左邊之類的道理，但他自己本人卻懶於執行那些道理，可以說是言行矛盾的一種表現。而且，一旦受到刺激，他就會情緒低落，表現出非常可憐的模樣。洋子希望自己的男人能夠有點神秘感，讓人摸不清楚他的底線。但小坂井太容易讓人看穿了。說得明白些，小坂井就是一個只能當作填空檔的男人。

當演員這件事，並不是他強烈企圖心下的願望。他也沒有像一般人那樣，有什麼小時候夢想，長大後也沒有發現什麼自己特別想做的新事物，只是一天送走一天地過日子而已。如果他沒有不錯的外表，洋子大概早就放棄他了。洋子常常想：連身為女人的自己，也有屬於自己的人生生涯規畫呀！如果小坂井有他所信賴的學長，而那位學長也對他不錯的話，他可能只要對方的一句話，就去當咖啡館的服務生、汽車維修工人、推銷員，甚至是流氓吧！總之一句話，小坂井就是一個沒有自我的人。要擁有自我，就必須要有自信；要有自信，就必須要有腦子。偏偏小坂井就是一個沒有什麼腦子跟想法的人。女人的話，通常有了外表就會有自信，但男人卻不是如此。

洋子目前還沒有結婚的想法，也沒有別的男朋友，而小坂井似乎很喜歡洋子，外表又長得不錯，所以洋子便帶著搖擺不定的心情，繼續與小坂井保持關係。

洋子從包包裡掏出手機，放在桌子上。她一直盯著手機看。電視的聲音讓她情緒紊亂。她站起來，關了電視。

洋子眼睛看著手機旁邊的桌子木紋，腦子不停運轉著。桌面上有無數的刮痕，那是居比先生做皮革藝品時造成的。佈滿室內牆壁的無數抽屜與櫃子裡，除了皮革材料外，還有各種大大小小的鑿子或大型的刀子，也有鐵槌和許多種類的烙鐵或焊槍之類的東西。當然也有在皮革上描繪圖案或上色的顏料。上面的這些東西，都是造成桌面各種刮痕的原因。

差不多是吃晚飯的時間了。洋子自己準備了晚餐的便當，那是她在自己家裡的廚房做的便當。她泡了茶，準備一個人吃便當。來這裡當保姆時，晚上總是吃自己準備的便當。但是，今天晚上她一點也不想吃，也不覺得餓。心臟好像被沉重的煩躁焦急情緒壓得難以動彈。她不停地嗚咽，覺得胃酸不斷往上竄。

就在她靜止不動的時候，她聽到了下雨的聲音。不過，她並沒有意識到下雨這件事，只是嘩嘩的雨聲不停地自動傳進她的耳朵裡。她之所以注意到下雨了，是因為雨聲越來越大的關係。她原本已經忘了下雨這件事了，重新意識到外面下雨，是因為雨勢變大了。

她緩緩抬起頭，慢慢地轉身回頭看露台。剛才慌亂地衝回室內，忘了關紗窗和玻璃門了，所以外面的雨看起來就像無數的白色線條。白色的線條日光燈忽明忽滅，一下子出現，一下子消失。濕氣化為煙霧，侵入室內了。但是她還是不想動。自己現在和一個死掉的人待在同一個屋子裡。待在像噩夢一樣的現實中，還站起來去關紗窗、關玻璃窗，那有什麼意義呢？

啊！她突然想到了什麼，一時之間只是呆呆地看著半空中。她注意到一件事情了。她想到那個露台的正下方，也就是這棟建築物入口處前，黑色水泥地上的飛濺血跡。這麼大的雨，會把血跡沖洗掉吧？

會完全被沖洗掉而看不見吧？如果會那樣，那麼，做魯米諾試驗時，反應也會變淡吧？不，更重要的是：沒有人會想到要在那個地方檢驗是否有血跡的反應吧！

如果是精密的檢驗，雨下得再大，或許還是會驗出來的。但是，如果沒有人想到那裡會有血，就沒有人會去那裡做檢驗了。不是嗎？久而久之，被住在這裡的住戶們經常性地踩踏，以及他們的鞋子帶來泥沙又帶走泥沙的情況下，痕跡一定會越來越淡。

不知道為什麼會突然想到這個。但是，這個想法就是突然出現在她的腦子裡了。這是惡魔性的自我防衛本能。洋子本身沒有發現到這一點，但她的精神面已經和常人不一樣了。

鑑識課的人會在玄關檢查有無血液的反應嗎？為什麼要那麼做？自己剛才為什麼一直那樣想？她這樣自問著，然後又是感到一陣暈眩，覺得眼前一片黑暗。可是，她像著魔了般繼續想著：

那是因為嬰兒死了的關係，所以警察應該會想到血會掉落在那個地方。然而，警察為什麼會有嬰兒死了的想法？那是因為有一具嬰兒的屍體。那麼，如果沒有嬰兒的屍體呢？如果沒有屍體，就不會那樣想了吧？可是，屍體不可能不見了，因為我——保姆就在這裡。能讓屍體自然地消失嗎？不可能。就算自己把屍體藏起來，也只會得到別人疑惑的眼光，只會被問：孩子到哪裡去了？

不——她又想：也不是不可能吧？

接著，她又想到：居比夫婦，也就是嬰兒的父母還有一段時間才會回來。

她抬頭看牆上的時鐘。還不到九點。居比夫婦回來的時間最早也要到凌晨一點，晚回來的話，則要到凌晨兩、三點。那種時候，居比夫婦就會打電話回來，請洋子睡他們為洋子準備的床，隔天早上一起吃過早飯後，洋子才會離開居比家。這已經變成習慣了。

總之，洋子現在還有很多時間來思考該怎麼辦。洋子在雨聲中不自覺地陷入沉思之中。這樣想或許太自以為是了，但是，這樣的大雨好像是在幫助自己。那麼，是老天在同情自己、垂憐自己嗎？老天對自己伸出救援之手了嗎？自己可以這樣想嗎？

因為今晚的這個事件，自己的人生就要在此結束了。不知道自己以後還會活多久，但現在自己才二十一歲，美好的人生卻要就此結束。

而且，就此結束美好的人生的人，不是只有自己，還有自己的父母。父母的人生也被捲進來了，他們也會跌落到無底的黑暗中。因為自己一時的疏忽，一家三口的光明人生便被剝奪了，從此要生活在黑暗的角落裡。

身為獨生女，自己曾經帶給父母一些驕傲。自己從小就功課好，當班長與重要幹部，是同學群裡的中心人物，還經常參加辯論與戲劇的演出。但今晚的失誤，讓以前的榮耀一筆勾消。不，不是榮耀一筆勾消就可以解決的事，而是還要面對淒慘的未來。自己將成為罪犯，成為全國皆知的殺人犯。

可是，還有四個小時可以想。況且現在還是一個下著大雨的夜晚。自己能在這四個小時裡，想出把自己和家人從絕望的地獄深淵拉出來的拯救之道嗎？

就算是自己任性的希望吧！她必須抱著這樣的希望。她不要因為一時的疏忽，就必須面對絕望般的困境。是自己造成了這樣的困境沒錯，但那畢竟是出於一番好意的行為呀！並不是因為自己的自私、懶惰或惡意造成的。完全出自純粹善意的行動，卻變成毀滅性的災難。因此，她認為自己有足夠的正當性去思考如何逃脫困境，拯救父母與自己的人生。

雨聲越來越激烈，雨勢越來越強，像是永遠不會停下來了一般。她轉頭看了一下外面，露台的紗窗和玻璃門外的露台前方，是暗夜中下個不停的傾盆大雨。雨勢這麼大，自己也回不了家。

自己能夠利用四個小時的時間和這暗夜的傾盆大雨，找到幫助自己擺脫這困境的方法嗎？不，不只自己，還有養育自己到今天的善良父母。能夠找到把他們從地獄裡救出來的方法嗎？

她已經有不管受到多大的痛苦，都要忍痛吞下的心理準備了。如果是肉體上的痛苦，她會甘之如飴地接受，因為自己犯下了如此的失誤。就算失去了一隻手，她也不會有怨言，自己都非忍耐不可。不，是自己必須忍耐。所以，有什麼方法呢？

洋子緩緩站起來，往露台的方向走去，然後關上紗窗與玻璃門。雨的聲音變遠了，室內變安靜了。

接著，洋子走向水槽，轉開水龍頭，讓水壺裝滿水，把水壺放在瓦斯爐上，點火煮水。

她靠在水槽邊，好像在等水煮開。但一下子後，她就走回到放著手機的桌子旁邊，伸手拿起手機，叫出聯絡人的名單，按了小坂井的名字。

3

「喂，阿、阿茂。」

洋子對接聽了電話的小坂井說。但是，她一開口，就注意到了，自己的聲音變得沙啞，而且還一直在發抖，牙根好像無法咬合般地幾乎說不出聲音。

「啊！誰？洋子嗎？」

小坂井回答，他的聲音聽起來很開朗。小坂井說話有東京腔。他曾經學過演戲，受到發音的訓練。洋子喜歡小坂井的原因之一，便是小坂井說話帶著東京腔。

「是。」

洋子說

「妳在哪裡？很冷嗎？」

小坂井問。洋子心想：是嗎？自己的聲音聽起來很冷嗎？那是因為自己正處於拚命的困境中呀！她拚命想著要如何利用既成的事實，找到有利自己擺脫困境的方法。

「阿、阿茂、茂……」

她說。但小坂井卻笑了，因為洋子的聲音聽起來太糾結了。

「妳怎麼了？」

小坂井滿不在乎的聲音聽在洋子的耳中，讓洋子覺得自己與他之間有著令人頭昏眼花的落差。現在的他還站在地表上，過著日常平靜的生活，但自己卻已掉落地底，蹲坐在潮濕的地獄裡。

「什麼事？妳在外面嗎？」

手機裡傳來小坂井身體移動的聲音，他好像從躺著的姿勢坐了起來。

「唔？我。我在發抖嗎？」洋子反問地說。

「妳在發抖。」小坂井說。

「快幫我。」洋子說。「幸好我們兩個人買了手機，可以這樣聯絡。現在只能依靠你了。拜託，拜託了。」

洋子越說越激動，牙齒都打顫了，裸露在衣服外面的雙臂都起了雞皮疙瘩。

「妳怎麼了？發生了什麼事嗎？突然這樣嚇我一跳。」

小坂井開玩笑似的說，想化解氣氛。

「阿茂，你現在在哪裡？」

「現在嗎？在家裡。在房間裡看漫畫書。」

「還好。那，沒有人在你的旁邊吧？」

「一個人也沒有。」

「很好。我現在在打工當保姆的人家家裡，在大樓社區。」

「噢，是水呑的大樓社區嗎？」

「是，水呑的向丘內海大樓社區，B棟的二〇四室，居比夫婦家。」

「嗯，那裡就是妳打工的地方呀。」小坂井說。

「對。」

「然後呢？」

「你能馬上過來嗎？」

「啥？——」

小坂井驚訝地喊道。

「拜託，不要大聲說話。」

洋子的聲音變小了。洋子想藉著自己悄悄說話的聲音，讓小坂井明白她正處於緊急的狀況下。

「這麼晚了？而且外面還在下大雨。」

「我知道現在已經晚了，但是，拜託你了，這種電話我也只能打給你了。我現在正處於很大的麻煩中。」

「車子掉懸崖了嗎？」

小坂井開玩笑地說，然後就笑了。

「不是，不過也差不多了……是更嚴重的事情。」

「哦？……」小坂井停止笑地說：「真的嗎？」

「真的，是攸關生死的事。拜託，我只能拜託你了，幫我。」

洋子說著，眼淚飆出來，話也說得語無倫次。小坂井似乎因此感覺到事態不太尋常了。

「攸關生死？」

「是的。」

「妳受傷了嗎？」

「還沒有受傷。」

「還沒有？」

小坂井提高音量地說。這也難怪，因為洋子是滿臉淚痕地哭著說的。

「不要管這些，總之請你過來。」

「知道了，妳要我怎麼去？」

「快點來就是了，拜託。」

洋子強調地懇求著，並且又哭了，因此一時說不出話。小坂井好像不知所措的樣子，因此也沉默了。過了一會兒後，他才說：

「可是，我要怎麼去呢？」

「沒有車嗎？」

「現在沒有，那輛飛雅特已經還給田中汽車行了。」

「那麼，可以搭巴士來嗎？」

「這個時間還有巴士嗎？已經晚了。不過，有小摩托車，是潮工房老闆的小摩托車，我借來騎了。」

「啊，那麼就……」

太好了。洋子想：因為如果搭巴士或坐計程車，就會有目擊者。

「可是，現在雨很大，那輛小摩托車已經舊了，或許會在路上拋錨。」

「拜託，你快來吧！以後什麼事都聽你的。」

「我要穿雨衣，再戴上全臉的安全頭盔。那樣就不會淋濕了吧？」

「穿上雨衣就來這裡。馬上來。以後我都會聽你的。好不好？求求你了。」

「到底是什麼事情呀！我真搞不懂。」

「電話裡不能說。請你，請你相信我。我愛你。」

「嗯，我知道了。我馬上就去。」

「你知道那個社區吧？內海社區，你以前曾經送我來過。」

「嗯，我知道。」

「不要告訴你的家人。悄悄地出來，然後離家遠一點的地方再發動小摩托車的引擎。」

「唔？為什麼要那樣？要去搶銀行嗎？」

「等一下再說明。摩托車加油了嗎？」

「加油了。」

「那就好。」

還好。在這樣的大雨中去加油站加油，一定會讓人覺得奇怪而多看兩眼，那樣就會製造目擊者了。

「我必須從窗戶裡出去嗎？」

那樣最好。洋子心想。她也不想讓小坂井家的人知道。

「拜託，就那樣吧。還有，到了社區後，把摩托車停在山坡下後，用走的走上來。B棟的二〇四室。」

「好。」

「不要被人看到。到了社區後，就打電話給我。」

「好。不過，我現在開始穿、找雨衣，拿著鞋子從窗戶溜出去，推著摩托車到離家遠一點的地方再發動引擎，再加上下雨的關係，恐怕要花三十分鐘才到得了水吞。所以再怎麼快，也要將近一個小時，才到得了妳那裡。」

「我知道。我會等你來。」

洋子一邊說，一邊努力地計算著。

那樣就太好了。她計算時間，要在小坂井到達以前，用保鮮膜之類的東西把死掉的嬰兒包裹起來，裝進手提紙袋，讓人家看不出裡面裝著嬰兒的屍體。她不怕讓小坂井知道自己發生了什麼事，但是擔心萬一小坂井讓人看了袋子的裡面，被看穿了就糟糕了，所以有必要包裹到讓人看不出裡面是屍體才行。

一個小時的時間應該足夠讓自己做準備了。此外，她還必須審慎地檢點計畫的細節，同時還要編出一套讓小坂井聽從的故事。她必須妥善做好準備。

「到了社區下面後，就打電話給我，我會下去接你。在信箱的地方等。」

「明白。」

小坂井回答說，於是洋子便掛了電話。

洋子用煮沸的開水，泡了茶。為了讓自己冷靜下來，她勉強自己一小口一小口地啜著茶。然後，手機響了。小坂井說他已經到社區下面的路了。於是洋子便叫他走上來，自己會站在B棟的入口處等他。

然後洋子便走到露台，一邊看著下面，一邊等待。雨勢還很大。樓下被雨水敲打的廣場上一個人影也沒有。幸好這個住宅社區位於鄉下地方，如果這裡是東京的話，即使是社區裡，也一定隨時會有人走過。明明是住了很多人家的住宅社區，卻異常地安靜。這和下著大雨也有關係吧！

不久後，穿著雨衣的小坂井出現在坡道的水銀燈下了。他戴著頭盔，小快步地往上走。於是洋子急忙奔出露台，進入室內，關上玻璃門後跑向玄關。

來到走廊後，跑著下樓梯。她在黑暗的樓梯間停下腳步，豎起耳朵仔細聽著周圍的聲音。她不想碰到任何人，也不想被人看到。

一旦自己靜下來，雨聲就傳進耳朵裡，也聽到了不知從哪裡傳來的水流聲。不過，除了上述的聲音外，就沒有其他聲音了。洋子躡足來到一樓，躲在不鏽鋼信箱的背後，靜靜地等著。

穿著透明雨衣，全身濕漉漉的男人身影，來到了建築物的入口處。因為全身濕漉漉的關係，脫頭盔的時候顯得有些辛苦。嘩啦啦的雨聲從他的背後傳來。

洋子從不鏽鋼製的信箱牆後面跑出來，投入小坂井的懷中，緊緊地抱住小坂井。

「啊！喂，別這樣，我全身都是濕的。」小坂井說。

「沒關係！」洋子說：「濕了也不要緊。」

她已經深思熟慮過了，身上的衣服濕了也無所謂。

這樣緊緊地抱著小坂井，並不是在表演給小坂井看，而是真的很高興看到小坂井來了。她一直獨自忍耐著無底的恐懼，現在終於不是一個人了。

為了自己，在這樣的大雨中來到這裡。小坂井的誠意，讓她打從心底裡感到欣喜。

洋子主動地靠近小坂井濕淋淋的臉，像在尋找小坂井的嘴唇磨蹭著，終於與小坂井四唇相接了。她的舌頭強行伸入小坂井的口中，舔著小坂井的前齒，吸吮著小坂井的嘴唇。

小坂井好像被洋子的舉動嚇到了，一時之間只能任洋子擺佈。因為全身都濕了，手和手掌也濕了，所以小坂井沒有回抱洋子。但很快地，他也回吻了洋子。

洋子稍微偏開頭說：

「從背後抱著我。」

她兩眼直直地盯著小坂井的眼睛，這樣要求著。

小坂井轉頭看看周圍，又回頭看看背後。背後只有嘩啦啦的大雨，沒有任何人影。

「我全身都是濕的。」小坂井說。

「沒關係。」

洋子小聲地，像叫一樣地說著。「濕了也沒有關係。」

於是小坂井便用拿著頭盔的手和空著的手，雙手濕漉漉地從洋子的背後環抱了洋子。

洋子穿著彈性布料的無袖衣服。她早就算計好要弄濕自己身上的衣服，因為這是她需要的。他們再度接吻，然後在分開身體時，洋子緊握著小坂井的手，並且用力拉他。

「到屋子裡去，來！」

她轉身，快步跑進走廊。

進入室內，一關上玄關的金屬門，洋子立刻把手伸到小坂井背後，鎖上金屬門。接著就從小坂井的手中，搶下他的頭盔。

「阿茂，你別動，就這樣站著。」

她命令似的說著，好像綁架了男人，要把男人關在自己的領域裡一樣。小坂井啪啪啪地拍掉雨衣上的雨滴，乖乖地站在玄關前的水泥地上。

洋子先把頭盔倒立地放在廚房的水槽裡，然後拿起放在水槽邊緣的橡皮手套，走回到小坂井的身邊。她把手套遞到小坂井面前。

「戴上這個。」

她命令式地說。小坂井嚇了一跳。

「啥？為什麼？」小坂井問。

「拜託，這是必須的。你要相信我，這麼做才能幫助我。」

洋子看著小坂井的眼睛說，然後伸手去抱小坂井，吻了小坂井。

洋子的唇離開後，小坂井好像下定決心般地戴上橡皮手套。這是在開什麼玩笑呢？小坂井想不透。

「會弄髒手嗎？」小坂井問。

「嗯，或許會弄髒。」洋子說。

小坂井戴上橡皮手套後，便看著洋子。他露出微笑，心裡還在想洋子是不是在開玩笑呢？洋子對小坂井提出一連串莫名其妙的要求，小坂井當然會覺得洋子是在開玩笑，所以才會帶著困惑的表情，笑著看洋子。

但是，洋子臉上一點笑意也沒有。不過，她好像在誇獎小坂井般，用力地對小坂井點了一下頭。在她的帶動下，小坂井也帶著訝異的表情，跟著點點頭。然後，洋子這麼說：

「欸，我們在這裡做愛。」

小坂井臉上的笑容消失，他呆住了。

「啥？」小坂井先是發出了疑惑的聲音，然後問：「妳說什麼？」

「做愛。在這裡做愛。現在。」

她重複說著，並且一直看著小坂井。

洋子眼神專注地，直盯著小坂井。她的表情非常認真，呼吸急促，肩膀上下震動著。那模樣看起來只能用情慾高漲來形容。

小坂井真的是被驚呆了。

「嘿，這是怎麼了？開玩笑的吧？」

但洋子用力搖搖頭。

「為什麼？」小坂井問。

「我想要。」洋子回答。

「我不明白。那個……」

小坂井這麼說的時候，洋子還是直視著他的眼睛。她沒有回答小坂井的問題，卻拉起身上的寬下襬裙子，並且扭動下半身，褪下內褲。

「啊、那個，但是……」

小坂井還想說什麼，但洋子的臉已經靠過來，並且用自己的嘴巴堵住了小坂井的嘴。

4

小坂井的身體在洋子強大而堅定的力量拉扯下，往玄關前面的廚房地板倒下。他沒有抵抗，順勢躺在地板上。但他的身上還穿著濕漉漉的雨衣，所以地板也濕了。

因為嘴巴被堵住了，所以一等洋子的嘴唇離開，小坂井便趕緊開口說：

「這個、雨衣，不脫掉的話……」

「沒關係。」洋子邊喘邊堅定地說。

洋子顯得很激動。這是性興奮的關係？還是因為別的事情所表現出來的興奮？她自己也不是很清楚，她的腦袋裡已是一片空白了。

「可是，地板會全濕掉的。這是別人的家。」

「沒關係，不要擔心。我會擦的。」

洋子說著，又摟住小坂井。她翻起裙子，把她赤裸的腿靠在雨衣上，緊緊纏繞著小坂井的腿，並用膝蓋掀開雨衣，進入小坂井的下身。

洋子急躁地拉下無袖上衣的一邊肩膀，並且自己解開胸罩背後的鉤釦。

小坂井用手指拉下胸罩，但看到戴在自己手上的橡皮手套，便想脫下手套，卻被洋子阻止了。她必須讓小坂井繼續戴著手套。

小坂井的身體往下沉，舔著洋子的乳頭，這突如其來的動作讓洋子發出呻吟聲。這不是演技，洋子的身體自然地向後仰。她小心地動作著，慢慢地降低自己的身體，用力把自己的唇壓在小坂井的嘴唇上。

她用左手把從兩腿上脫下來的內褲舉高到頭上，然後揮動手臂，把它扔放在室內的某個地方。那東西放哪裡都可以，但有必要丟遠一點。

洋子抱著小坂井，在四唇相接的情況下翻轉身體，讓小坂井在下，自己在上。接著，她的手往下移，解開了小坂井的腰帶與褲頭的鈕釦，把拉鍊往下拉，手伸入褲襠中。

洋子第一次這麼積極主動。她知道小坂井已經興奮起來了，便主動張開自己的身體。

「阿茂，進來，今天沒有問題，進來。」

洋子說著。她的身體也很興奮，但是她的腦子很清醒。這一切都是深思熟慮過的，是有必要這麼做的。

按照洋子的要求，結束了親密的行為後，兩人在鋪著木板的室內躺了一會兒。好像躺在雨中一樣，洋子的身體全濕了。仔細一看，地板已經被小坂井的雨衣所帶進來的水，弄得到處都是水了。但是，就是要這樣，這是計畫的一部分。

小坂井累得暫時動不了。他沒有想到來這裡後會做這件事，原本也沒有打算要做，但這確實是件費體力的活。

洋子慢慢站起來了，看了廚房一眼。流理台的下面有一個手提紙袋。被保鮮膜包裹起來的嬰兒屍體，就在那個紙袋子裡。

她搖搖晃晃地走到櫥櫃前面，拉開其中一個抽屜。她知道那個抽屜裡有細鑿子。拿出鑿子，用鑿子的尖端對準自己腹部的某一點。那一點位於肺部的下方與腎臟的上方之間。她一邊想像解剖圖，一邊用觸診的方式，找到了正確的位置。
沒有時間多做猶豫，猶豫只會讓自己下不了手。於是她拿出全身的力量，快速地把鑿子刺入自己的身體。痛！比想像中的還要痛。她覺得眼前的世界變白了，痛到想要哭，痛到覺得自己的腦袋被破壞了，痛到想發瘋，然後覺得意識漸漸不清了。
粘糊糊的血從流到按著腹部的手指上，慢慢地擴散開來。血也流到了裙子上，滲入布料中。痛得難以忍受了，洋子繼續按著傷口，鑿子的尖端一邊觸碰著內臟，一邊持續深入內臟間的縫隙。她絕望得想要大哭，想大叫。一片空白般的眼前，一下子變得黑暗。她感到暈眩了。
她閉起雙眼，咬緊牙根，不讓無力的膝蓋彎曲，拚命地想繼續直直地站立著。她只能這樣做。因為她殺死了一個人。
這樣就差不多了。她想。於是她反手握著鑿子的柄，想用全身的力量拔出鑿子。太可怕了。不行了。因為血的關係，鑿子的柄變得很滑；另外，她的腹部肌肉收縮起來，緊緊咬住插入腹部的鑿子本身。
洋子重新握好鑿子柄。這回她用兩手握著。咬牙悶哼，一鼓作氣地要拔出鑿子。
再怎麼忍耐，終於還是忍不住地哭出聲了。但她仍然拚命讓自己不要哀號出來。拔出鑿子了。鑿子從身體裡出來的那一瞬間，她的手掌便失去了力量，但尖銳的鑿子本身卻被僵硬的手指緊緊夾住，停在半空中。
血，大量地從身體噴出。按著腹部的手指間都是血，血也往下流，染紅了裙子，還往下滴到地板上，發出滴答滴答的聲音，聽來讓人心驚膽顫。
雖然想忍，可以怎麼樣也忍不住地呻吟了。洋子的身體向前彎曲，因為要站直太辛苦了。她眼前一黑，整個人就要暈眩過去了，但因為手肘撞到了櫥櫃的前板，這一痛讓她清醒過來。她的身體大幅地向前傾，但她不敢用染了血的手去扶櫥櫃，只敢用手肘抵著櫥櫃，努力讓自己繼續站著。

強烈的暈眩感讓她的腳不停地發抖，身體也一直想往下蹲。她的膝蓋微微彎曲了，想吐了，也想像怒吼一樣地大聲呻吟出來。她的呻吟聲違反了她的意志，越來越控制不住地大聲起來。這樣的疼痛確實是無法忍耐的。

她的意識越來越模糊，就要站不住了。這樣不行呀！洋子想著。如果就這樣昏倒，計畫就會失敗了。加油呀！洋子鼓勵著自己。現在的自己正在化不可能為可能。

洋子聯想到日本武士切腹的情形。她現在知道切腹是什麼感覺了，覺得切腹的武士真不容易。她的意識不斷地在消退，嘴唇顫抖，發出低沉的哭泣聲。要堅強這種事，說來容易，做起來絕對不容易。

「那、妳在做什麼？」

小坂井大聲問。他還穿著雨衣，急急忙忙地跑過來，塑膠製的雨衣因此沙沙作響。他摸著洋子的背，繞到洋子的身體前面，看著洋子的臉。

被男人這樣關懷，讓洋子心中的恐懼一下子爆發出來。她強烈地希望有人可以讓她依賴。這好像是女性的本能。洋子帶著依賴的心情看著小坂井，希望小坂井可以為自己做點什麼，讓她可以輕鬆一點。

然而，她的希望是不切實際的。小坂井不是醫生，根本不知道怎麼處理眼前的情形，沒有人教過他可以怎麼做。

「怎麼了？發生了什麼事？」

洋子聽到小坂井問自己的聲音。但她的耳朵怪怪的，因為小坂井的聲音聽起來好像來自遠處。洋子努力張開眼睛，交互地看著自己身上的傷口和地板上的血。

「被那個刺到了嗎？不小心刺到的？」

小坂井問。他的聲音聽起來好像來自五十公尺外的地方。意識雖然在逐漸喪失中，但她還是抓到了小坂井的聲音。

「請你，請你照我說的做。」

洋子好不容易地只能說出這句話。

她的眼睛完全看不到東西，腦子也無法思考了。疼痛的感覺已經擴大到了無限。可是，一定要照計畫行動才行呀！否則自己的人生就到此為止了。現在一定要移動到桌子那邊才行。只是，她實在痛到無法走路了。她一定要讓小坂井扶自己走到桌子邊才行。

「為什麼會變成這樣？是不小心刺到的吧？」

小坂井再問一次。她現在勉強還聽得到他的聲音，也可以理解他為什麼會這麼問。可是，她實在沒有力氣回答。

「照我說的……求求你。」

洋子又說。因為疼痛，她的上半身一直往下彎曲。眼看洋子就要跌倒了，小坂井連忙伸手支撐著她。

「好，好，我知道。」

小坂井在她的耳邊說。這回她聽得清楚了。

就在這個時候，滿是血的鑿子「咚」一聲掉到地板上。啊！現在掉的是什麼？洋子想著。疼痛讓她沒有意識到自己一直握著鑿子。

小坂井扶著洋子的肩膀，反射性地伸手想去撿那支鑿子。但是，血淋淋的鑿子讓他縮回了手。

「撿起來。」

洋子聲音沙啞地命令道。因為一定要撿起來。她希望他的手指痕跡留在沾滿血的鑿子柄上。

她看到小坂井撿起鑿子，也看到他還戴著手套。這樣的話鑿子的柄上不會有他的指紋，只會有戴著橡皮手套的男人手指痕跡。

「放在……流理台上。」

洋子要求著。於是小坂井看著洋子。

「啥？為什麼？」小坂井問。

「照我說的做！」

洋子發出慘叫般的聲音說。好痛呀！靠著僅存的一點微弱意識，用盡力氣也只能說出那幾個字，根本無法多做說明。

「啊？噢。知道了。」

小坂井惶恐地拿著鑿子，走到流理台那邊，把鑿子放在不鏽鋼的流理台上。

「帶我到桌子那邊。」

在他放下鑿子的同時，洋子又要求地說。

「啊，噢。好。」

於是小坂井抱著洋子的肩膀，慢慢地走著。配合著小坂井的腳步，洋子也緩慢地移動自己的腳。不這樣不行，因為洋子連桌子在哪裡都不知道，因為她的眼睛看不清楚了。

到了桌子旁邊了。洋子的腰碰到了桌子的邊緣，所以她知道到桌子邊了。於是她慢慢翻轉身體，腰靠著桌子的邊緣站著。一直讓她靠著的小坂井的身體一稍微退開，她的腰就變得無力，腳就往下沉。

「要坐椅子嗎？」小坂井撐著她的雙肩。

「不用了，我這樣就可以了。」

她忍著痛，費力地說著。還有很多事要做呀！於是她拚命張開眼睛，又說：

「把那邊的毛巾拿過來。」

洋子指著放在流理台側台上摺疊著的藍色毛巾。

「嗯，好。知道了。」

小坂井放開洋子的身體，快步走去拿毛巾。可以依靠的身體不見了，洋子覺得自己好像要癱軟倒地了。但她努力撐著。

「放在桌子上。」

洋子命令地說。小坂井像要晾乾毛巾般，把毛巾攤開來。

「啊，不是那樣。先攤開，再隨意揉搓成一團丟在桌子上。自然一點。」

「這樣嗎？」

小坂井依照洋子的指示做。洋子勉強張著眼睛，運用好像要消失的視力，拚命地看著小坂井的動作。

「還可以，但是，要稍微捲在一起……嗯，就是那樣，謝謝。」

兩人說話的時候，洋子身上的血更加擴散開，意識也更加模糊。

「傷口很深呀！去醫院吧……」

「這樣會死的。快去醫院吧！」

小坂井非常不安地說。

但是，那是不可以的。

「不要緊，刺傷的位置在腎臟與肺之間，沒有傷到臟器。」

洋子說。她用鑿子插入的位置，是慎重想過後才決定的。她對這一點有自信。她的解剖學的成績很好。

「可是流了這麼多血！失血過多的話……」

「看起來很多，其實還好。不要緊的。阿茂，拿茶杯，給我茶。」

洋子命令地說。

「妳要喝茶嗎？」小坂井覺得不可思議，驚訝地說：「這個時候還要喝茶……」

「去拿！」

洋子責備似的說。這是她仔細思考後的決定。

小坂井只好連忙去拿放在桌子上的茶杯。

「茶是冷的唷。」

他一邊說，一邊把茶杯交給洋子。

洋子用沒有血色的蒼白手掌接過茶杯，啪一聲把茶水潑在自己的傷口上。小坂井嚇了一跳。接著，洋子把還有不少茶水的茶杯放在桌子上，然後故意拉住杯子。杯子像畫圓一樣地轉著，從杯子裡潑出來的茶水在桌子上形成一個扇面，也弄濕了揉成一團的毛巾。藍色的毛巾色澤變深了。

「我要躺在桌子上。來幫我。」

洋子說。小坂井又嚇了一跳。

在小坂井的幫助下，洋子慢慢地趴在桌子，之前放在桌上的毛巾，正好就在她身上還在繼續出血的傷口下方。

「這樣可以了。」

洋子聲音沙啞地說。她的全身開始微微地抖著。

「仰躺著比較舒服吧？」

小坂井擔心地說。他想：傷口往下的話，血不是更容易從身體裡流出來嗎？趴在桌子上的洋子雖然點了一下頭，卻以含混不清的聲音回答：

「這樣就好了。沒辦法。」

「為什麼？這樣會死呀！」小坂井用幾乎就要哭出來的聲音說著。「什麼叫沒辦法！」

「放心，我撐得了。」洋子繼續說：「你看那個有很多抽屜的櫃子。在那邊，就在你的背後。是固定式的櫃子。」

小坂井回頭看，再轉頭回來，問：

「嗯，要做什麼？」

「櫃子前面的地板上，是不是有棍子？木頭棍子。」

「啊，有。」

他再次轉頭說。

「旁邊還有皮繩。有沒有？」

「有，有皮繩。」

地板上有一束綑成環狀的皮繩，有點粗，看起來也相當長。

「拿到這裡來，放在桌子上。」

於是小坂井便走到櫃子那邊，彎下腰去拿起棍子和那綑皮繩，再走回到桌子邊，正要把棍子和繩子放在桌子上時，他再度驚叫。

從洋子腹部流出來的血已經開始擴散到桌子上了。桌子上一片血紅，流到桌子邊緣的血，掉落到地板上，發出滴滴答答的聲音。

「這樣不行啦！去醫院吧。叫計程車！很嚴重了，這樣下去會死的。」

小坂井緊急地說。

但是，現在傷口周圍已經麻了，身體也漸漸沒有感覺，不再覺得那麼痛了。不能使用止血劑，也不能使用麻醉劑，只能靠忍耐來對付疼痛。

「不會，我壓著。現在這樣就可以了。阿茂，等一下就不會再流血了。我這樣趴著，你幫我把雙手伸到上面。」

洋子說。小坂井不了解她的用意，又問：

「唔？啊！要幹什麼？」

「這樣做就可以救我。」

「啥？為什麼？」

小坂井說。也難怪他不了解，因為這是洋子在看護學科裡學到的，用壓迫的方式來止血的方法。當然止血的方法還有其他很多種，但是那些方法都沒有洋子期待的效果。上課的時候老師說了：要止血的話，護士只要記住壓迫性的止血法就可以了，其他的方法沒有必要記住。

「然後把我的兩手、手腕，綁在棍子的兩端。」

洋子這麼說，又嚇了小坂井一大跳。

「啥？妳說什麼？」洋子的話一直讓單純的小坂井感到十分震驚，只好說：「喂，妳沒有問題嗎？在說什麼呀！」

「小聲！不要大聲說。這是和生死有關的事情。」

洋子說。但小坂井反駁地說：

「我知道這是和生死有關的事，看妳的樣子就知道了。但是，這不是單純生和死的問題了，這是會死的問題，再這樣下去，妳根本活不了，會死的。不是開玩笑的，我很討厭血，看了就想吐。」

小坂井說著，便轉開臉。

「振作點，再堅持一下。」

「我已經很堅持了！」小坂井驚叫般地說。「但為什麼要這麼做？我完全不能理解。原因是什麼？」

「原因？原因……我不能說。」

洋子說。以她現在的體力，她根本沒有力氣做漫長的說明。而且，她也猶豫該不該說，她還在衡量是不是要告訴小坂井真相。她是考慮到父母，才決定了這個計畫的。現在才開始實行計畫，萬一告訴了小坂井，小坂井勸自己放棄這個困難的計畫，要求自己去自首，那就麻煩了。

「為什麼呀？」

什麼也不知道的小坂井像在哭一樣地說。

「不讓我知道原因，只叫我這麼做那麼做，這樣能幫助妳嗎？」

「能。」

雖然覺得呼吸困難了，但洋子還是肯定地如此說。

「告訴我原因！到底要幫助妳什麼？」

「我不能說，你只要相信我就好了。」

洋子說。小坂井卻是張著嘴巴，一時說不出話。

「妳真的撐得下去嗎？會死的呀！真的會死呀！妳想死嗎？」

「我已經有覺悟了。」

洋子說。她的體力一直在消耗當中，聲音雖然嘶啞，但意志力一直讓她堅持著自己的想法。

「真的不能叫救護車嗎？」

「絕對不能叫，那樣做的話，我會死的。」

洋子堅定地說。

「不叫救護車的話，妳才會死吧！」

「我不會死的，相信我，你只要相信我就好了。」

「為什麼要這樣？為什麼要有那樣的覺悟？那是要死的覺悟嗎？到底是什麼事情？」

「欸，阿茂，你聽我說，我還想和你在一起，還想和你做愛。阿茂的想法也和我一樣吧？」

洋子困惑地說，但小坂井只是呆呆站著。

「欸，你說是呀！阿茂你也是吧？」

小坂井把臉轉開，但洋子還是盯著他的臉。又聽到外面的雨聲了。

洋子看著小坂井的臉，估量著小坂井。基於很多原因，她必須要估量小坂井。她必須看到小坂井的內心，才能決定要不要告訴他真相。說出真相真的好嗎？他會不會因此不要自己了？會不會繼續幫助自己呢？

如果他知道自己正在做違法的事情，為了他自身的安全，做出和街頭巷尾的婆婆媽媽一樣的行為，棄自己於不顧，那就完全沒有告訴他的必要了。如果是那樣，就只能繼續瞞著他。

但即使他願意幫助自己，以小坂井的能力來說，他能發揮足夠讓自己信賴的力量嗎？洋子覺得自己也需要判斷這一點。如果一旦被周圍的人指責，他就馬上說出真相，輕易地被周圍的人的意見所左右，那麼自己還是不要告訴他，幫他做決定比較好。那樣的話，對他、對自己都好。

「唔？啊！當然是的。」

小坂井好像突然回過神來般地說。他那六神無主的態度，讓洋子感到不安。他的表情不像是會為了心愛的女人，就算是做壞事，也會毅然決然去做的男人。

「所以，你只要幫我，只要這麼做就好了。這是我想了又想之後才決定做的計畫。你要幫助我。」

於是小坂井視線朝下，低聲說：

「我會幫助妳。可是……」

小坂井一邊說，一邊把洋子的雙手往上伸。洋子看著他的舉動，猜測他內心的情緒。

「把我的手綁在棍子的兩端，綁緊一點，緊到血都不能流動了也沒有關係，而且那樣還比較好。不那樣做的話，這個計畫就不能成功了，一定要綁緊。」

「什麼？」

小坂井再度抬起頭，露出愕然的表情。但就這樣過了一會兒後，他靠過來，雙手放在沒有沾血的桌面上。聽他的語氣，看他的表情，他好像要要求洋子把話說清楚。

「還要把手綁起來？洋子，妳要告訴我為什麼，我才好幫助妳呀！我現在什麼都不知道。從剛才起，妳到底讓我做了什麼？我真的覺得非常莫名其妙。告訴我，妳到底在進行什麼計畫？我知道了，才能避免失敗呀！」

聽了他的話，洋子也思考了。她想著：他的行動會和他說話的語氣一樣嗎？想了又想後，洋子說：

「我當然會告訴你。但是，我很害怕。因為我只能依靠你，如果你告訴我你不幫我，而且就此不要我，那我只有死路一條了。」

說完，她就盯著小坂井的臉看，心想：他是不管怎麼樣，都會堅定地站在我這邊的男人嗎？或是會拿著道德的盾牌，從我身邊逃走的人呢？洋子想知道這一點。小坂井不是一個堅強的男人，這是她早就非常清楚的事情。雖然她希望小坂井是前者，心裡卻還是覺得無法期待他是那樣的人。

「我已經說過我會幫妳了呀！」

小坂井說。但洋子卻從他的語氣裡，感覺到他有點隨意回答的態度。

「阿茂，求求你，別讓我自殺。」

洋子說著，淚水已經盈眶了。這是她感嘆自己的身邊為何只有這樣的男人的眼淚。

「不會的，我不會不要妳，妳相信我。」小坂井說。

「我可以相信你？真的可以相信你嗎？」

洋子邊哭邊說，心想：如果他是個能夠相信、信賴的男人，那該有多好。

「這不是當然的嗎？當然可以相信我。」

小坂井說，但聽起來卻覺得像是在逞強，讓洋子無法感到可以完全信任。這是關係到自己人生的事。不只她自己的人生，還有她父母的人生。

「從現在起，不管我說了什麼，你都不會拋棄我嗎？你能發誓嗎？」

她嘗試著問他。果然，小坂井的臉上出現了猶豫之色。洋子認真地看著他的表情，然後感到絕望了。

他開始感覺害怕了。於是洋子也因為強烈的恐懼，又開始哭起來。沒有人能站在她這邊，她必須孤零零地獨自戰鬥。她為自己這樣的命運感到絕望。

「阿茂，你怎麼不說話了？」

一沉默下來，雨聲就變得更清晰。

「阿茂。」

即使如此，洋子還是期待小坂井能說出什麼可以讓她感覺到安心的話。她一直等待著，但小坂井卻說出了讓她意想不到的話。

「是千早……」

「唔？」

「是千早的詛咒。」小坂井喃喃低語地說著。

「你在說什麼呀？」

「我這個人既沒有固定的工作，也沒有讀大學，想當演員也挫折連連，是一個一無是處的人。」

「唔？」

洋子露出驚訝的眼神，她不明白小坂井突然說出這些話的真意到底何在。

「什麼？你在說什麼？」

「洋子，妳的腦袋出問題了嗎？還是得了憂鬱症？或是精神分裂症？如果真是那樣，那我不會特別在意……」

小坂井注視著洋子的臉說。隔了一下子後，才與洋子四目相對。

「為什麼？你為什麼說這種話？」洋子說。

「因為從剛才開始，就覺得洋子不像平常的洋子，好像腦子怪怪的。妳想對我坦白什麼，是吧？最近看到很多這樣的事情。」

「很多嗎？」

「是呀！有很多相親的履歷書上，都會把這類的事情寫得很清楚。」

「什麼？」

洋子絕望地叫道。她感到強烈的衝擊，覺得眼前一片黑暗，胃部的肌肉劇烈收縮，一時之間失去了意識。過了好一會兒，她的意識與視覺才恢復過來，帶著驚恐的心情說：

「阿茂，你去相親了嗎？」

她戰戰兢兢地說，全身開始顫抖，而且越抖越強烈。小坂井雖然不是一個靠得住的人，但卻是自己相信唯一會站在自己這邊的人，現在卻在和別人相親？為什麼偏偏在這個時候讓自己知道這件事？是想讓自己死嗎？

「唔？沒、沒有，我沒有去相親。」

小坂井慌慌張張地說。

「你看了很多相親的履歷書？很多人送相親用的履歷書到你那裡嗎？」

洋子一邊說，一邊臉色漸漸蒼白起來。她倒吸了一口氣。小坂井要相親了？除了自己以外，他要跟別人結婚？明明有那樣的打算，卻一直隱瞞著我嗎？

「啊？不，不是妳想的那樣。不是正式的……」

小坂井說。但他說的是什麼話呢？相親就是相親，有什麼正式不正式的？相親是目前沒有交往的對象，卻很想結婚的人，才會做的事。

「雖然不是正式的相親，但你看了很多那樣的履歷書？為什麼？」

洋子說。她害怕得覺得自己的頭髮好像都豎起來了。

「啊，因為日東第一教會的老師指示，所以人家就把相親的履歷書送到我這裡來……」

洋子非常害怕，害怕到想吐，覺得胃酸已經衝到喉嚨口了。

自己會被拋棄。發生了這樣的事件，自己已經被捲入無底的噩運中了，現在竟然連小坂井也要拋棄自己，讓自己變成孤零零的一個人。

已經不行了。洋子心想：我已經走到盡頭，只有死路一條了。眼前又是一暗，洋子覺得自己就要死了。

「怎麼了？妳在嫉妒嗎？」

小坂井說。他的聲音好不容易傳進陷入恐慌中的洋子的耳朵裡。洋子又哭了，這不知道是第幾次的流眼淚了。絕望之上再來一個絕望。本以為絕望已經結束了，誰知絕望一再出現。

洋子也知道小坂井非常熱中於橫島的新興宗教——日東第一教會。潮工房的老闆是那個教會的信徒，小坂井受了他的影響，也加入了教會。

這件事也是洋子無法尊敬小坂井的原因之一。小坂井心懷挫折感。但在洋子眼中，小坂井的挫折完全是因為他本人不夠努力的關係，但小坂井卻不自知，認為自己不能有更好的人生，是運氣不好，因此求助於宗教。

洋子覺得那種想法太過不負責任。小坂井是男人，又不是街頭巷尾上那些庸碌的女人。是男人的話，就應該靠自己的努力來開拓自己的命運。她希望小坂井有這樣的認知。躲在宗教裡太奇怪了。如果連戀愛也要依賴宗教，那不僅奇怪，還太過分了。明明已經有我了，為什麼還要相親？洋子這麼想著。

「阿茂，你想結婚嗎？要和我以外的女人結婚？」

「我不會和別的女人結婚。」

「真的嗎？」

「真的。」

「我可以相信你嗎？」

「當然可以。」

小坂井眼神閃爍地說。洋子因絕望帶來的空虛而沉默了，只能任眼淚不斷從自己的眼眶流出。

「妳是不是牽扯到暴力團體了？」

小坂井問。洋子因為這句話而回神。

洋子雖然回神了，卻仍然抽泣地哭著，並且壓抑著絕望的心情。但她又自問：這樣的壓抑有意義嗎？

不過，受到小坂井那句話的刺激，洋子的腦子快速地轉動起來。他說「暴力團體」？這是洋子完全沒有想到的字眼。自己所表現出來的言行，在小坂井的眼中與想法裡，竟是與自己現實的困境，完全不一樣的事嗎？

「啊！你怎麼會那麼想？」

因為還沒有想到自己所要的方法，洋子便拖延時間似的問。

「因為那邊的東西，我才會有這樣的疑問。」

小坂井指著放在流理台下面的地板角落的一個大包裹說。洋子嚇了一跳，心想小坂井注意到那個東西了嗎？洋子呆愣著不說話，但她絕對不是在發呆，而是拚命在思考。

「那個東西該不會是毒品什麼的吧？」

他露出有點害怕的表情問道。

毒品？洋子心想：毒品、毒品——

又是讓洋子大感意外的一句話。怎麼一回事呢？小坂井在想什麼？洋子拚命地想著，她的想法必須跑在小坂井的前面才行。

一定要把握住小坂井的想法。但是，身體虛弱，思考力變得遲鈍的現在，實在很難運用腦力，動起腦筋來，老是轉不動。

她看著小坂井的臉，發現他的臉上有畏懼之色。他在害怕嗎？是嗎？所以想到了暴力團體？

小坂井把自己現在的困境，與暴力團體連接在一起了，想成是與麻藥、毒品有關的事件了。

洋子好不容易想通了這一點。

「阿茂，你有那樣的經驗嗎？」

洋子問。小坂井會這樣問，想必是他自己有類似的經驗吧！洋子認為小坂井並不是靠著他眼睛看到的東西，就能有這種想法的人。

「有是有。可是，事情牽涉到教團，是真喜多尊師拜託，寄放在我這裡的。老師當然不允許毒品那種東西的存在，但為了拯救混跡在黑道的信徒，擔心他因此被警察抓走，所以才暫時寄放在我這裡的。」

小坂井說。洋子不說話，只是聽著。

在洋子的想法裡，她當然希望小坂井是站在自己身邊的人，但是，她無法全面相信小坂井，也不認為小坂井是可以依賴的男人。不管是信念上還是能力上，小坂井都是不足夠的。既然如此，那就要利用小坂井的想法，讓他按照自己的希望去行動。除此之外，別無他法了。

「因為尊師很相信我，所以才會放在我這邊。妳也是嗎？我剛才稍微看了一下袋子裡面，是一個用塑膠布包裹起來的東西，挺大一包的，和我那一包很像。是嗎？是那種東西嗎？」

終於明白了。小坂井以為那個紙袋子裡的東西是毒品，並且推測是某個人寄放在洋子那邊的。他之所以會這樣推測，是因為他有相同的經驗。

洋子吸吸鼻子，嘆了氣，繼續努力想著。她想：小坂井因他自己的經驗，就以為她也遇到了相同的情形。這就是小坂井式的想法，以自己的經驗，類推到別人的身上。他現在正是如此。

洋子重新思考。既然如此，那麼，小坂井相親的事，或許也不是什麼令人絕望的事了。他只是在想起他自己的經驗時，想到參加教會集體相親的事，相親對他而言並不重要，那不是他自己決定的事。如果是他決定要去相親，就不會在這大雨之夜，來到這裡了。

沒事的，沒事的。洋子這麼想著。事情還沒有到真正絕望的地步。

「不愧是阿茂，真聰明。嗯，是的。」

想了又想後，洋子慢慢地說了。

洋子想，一定要利用現在的狀況，逆轉困境，不能失敗。

「果然是那樣的東西。但是，那樣的東西怎麼會在妳的手中？」

小坂井惶恐地問道。他受到衝擊了。這個衝擊讓他的聲音變得很緊張。

「醫院其實是很複雜的。尤其是經營上的問題。我去實習的福山綜合醫院也有很多問題。」

洋子一邊編故事，一邊說明著：

「一直很照顧我的院長和負責經營的單位，在面臨醫院發生經營困難，可能倒閉的時候，無心之下接受了和黑社會有關係的人的幫助，因此被要求幫忙處理麻藥毒品的問題。說是警察在追查，所以寄放到醫院，但警察也追查到醫院了，最後就寄放到我這邊來了。我拒絕不了。」

「那樣很糟糕呀！」

小坂井露出驚慌的神色說。他相信了！洋子感覺到自己成功了。小坂井就是這麼單純的人。

於是洋子繼續說：

「是呀！我想拒絕。可是，因為希望將來能繼續在那個醫院工作，而且班上比較要好的同學也會一起去那裡工作，所以拒絕不了。」

洋子吸了吸鼻子。她滿臉的淚水與哭得通紅的雙眼，都成為她的武器。

「那，妳現在在想怎麼辦？」

「裝作被搶走了。」

洋子裝無力地說。不過，其實也用不著裝，她確實是全身無力的。疼痛的感覺已經有點消退了，但原因可能是她感覺不到自己的下半身。

「什麼？為什麼？」

「就像現在這樣——我遭到別的黑社會組織的攻擊，被刺傷了，那包東西也被搶走了。」

「這樣太亂來了。丟到海裡不就好了嗎？綁上重的東西，沉到海裡呀！」

小坂井激動地提出一個常識性的方法。

「不能那樣。」

洋子反射性地說。不過，話說出口後，她還是暗自檢討了小坂井所說的方法，心想：或許那樣做也是個方法。她也希望屍體這種可怕的證物，越快從這個世界上消失越好。

不如就把處理屍體的事情，交給小坂井去做吧？洋子的心裡有了這樣的想法。但是還是不能那樣。萬一小坂井的行動失敗，屍體沒有完全沉入海裡，很快就浮出海面，或許還會被發現。那樣一來，前面的所有計畫都會敗露。而且，小坂井非常相信日東第一教會的尊師，萬一他一時迷惑，去找尊師商量，那——洋子因為有這樣的想法，所以不能信賴小坂井。

「為什麼？」

小坂井噘著嘴問。

「沒有那種時間。」

洋子回答。然後一邊說，一邊努力地想理由。

「在這裡的時間、回到家後，和父母在一起的時間，還有在學校的時間。每個人都會被問到和我在一起的時候，我什麼時候可以拿去丟呢？所以……」

「我去幫妳丟。」

小坂井又說。洋子聽他這麼說，內心強烈地動搖起來。如果能那樣，該有多好呀！

「不行，我不想把你捲入這件事裡面。」

洋子壓抑內心的猶豫說著。小坂井沉默了，過了一會兒才開口說：

「可是……唔，是那樣的嗎？我了解了。可是，萬一警察展開調查……」

「不會的。因為沒有人會說出這件事。所以，阿茂也不要對任何人提到這件事。」

「嗯，我不會對任何人說的。」

小坂井雖然這麼說，但還是覺得腦子裡一片混亂。洋子也覺得很混亂，心裡想著：那樣合理嗎？但她實在太累了，沒有辦法有條理地思考了。

「可是，為什麼妳必須要做到這樣的地步？」

小坂井問。於是洋子的思考又回到「想理由」的這一點上。

「還好只有醫院的當事人知道毒品在我這裡。他們會接受我的說法的。而且，由院長他們來說毒品被別的暴力組織的人搶走，也會被相信的。」

聽她這麼說後，小坂井眼睛看著半空中。

「是嗎……可是……」

小坂井也一直在想「為什麼」的問題。

「為什麼要把手綁起來呢？」

「如果只是隨便綁綁的話，會被說：為什麼不打手機報警呢？所以一定要把手固定在桌子上面，那樣手就動彈不得，什麼事也做不了。不是嗎？」

「唔，原來是那樣的。可是，如果不告訴別人妳被綁在這裡……」

小坂井想了又想後說。但洋子早就想過這個問題了，所以她很快就能回答出來：

「這間房子的主人居比夫婦會發現我……」

「啊，那樣嗎？」

小坂井的腦袋好像越發混亂了。不過，再想一想後，他好像也終於能夠理解了。
「不過，真的不需要我和醫院的當事者聯絡嗎？」
小坂井說。他一直以他的方式在為洋子著想。
「不能那麼做。那樣的話，阿茂你會被懷疑吧？」
「唔？啊！是嗎？」
小坂井說著，點了點頭。
「萬一你的聲音被記住，就有危險了。」
「是嗎？是吧……黑社會的人會來找我的麻煩吧！」
小坂井一邊點頭一邊說。
「阿茂如果出面去通知院長他們，黑社會組織的人也會從院長那邊知道你的存在，萬一他們覺得你可疑，恐怕就會做出攻擊你的事情……」
「唔，是……是吧。」
小坂井露出害怕的表情。
「這屋子的主人快回來了。所以我只要再忍耐一下子就好了。」洋子說。
「嗯。我知道了。可是，我把這個危險的東西帶回家後，要怎麼處理它呢？」
小坂井問。關於這一點，洋子也做好計畫了。
「阿茂，你的房間裡不是有冰箱嗎？你專用的冰箱。冷藏酒和小菜用的冰箱。」
「那個冰箱是潮工房的老闆給我的。老闆說那個冰箱小又不好用，不適合放在店裡。」
「那個冰箱一點也不小呀！」洋子說。
「確實不是小冰箱，是大的冰箱。本來是放在店裡的。」

「你先把那包毒品放進冰箱裡。等事情平靜了後，我再和你聯絡。你等我。」

「把那種東西冰起來嗎？」

「對。聽說那樣比較好。」

「冰起來比較好？……為什麼？那是什麼毒品？」

那是什麼毒品？這個問題洋子沒有想過，她也沒有那一方面的知識。

「阿茂，你可別打開看。」

洋子非常認真地說。

「啊？嗯，我不會打開。」

小坂井這麼說，洋子鬆了一口氣。

「答應我。」

洋子慎重地一再叮嚀。

「我知道了。」

「我也不知道是什麼毒品，只是聽說冰起來比較好。」

「噢……可是，把手綁在棍子上後，要怎麼把棍子固定在桌子上？」

「你看那邊的櫃子。」

小坂井回頭看，那是一個固定在牆壁上，有著很多抽屜的大型櫥櫃。大概有幾十個那麼多吧！

「從右邊數起的第二排，由下往上數的第三個抽屜，裡面有鐵錘和釘子。那個抽屜是放皮革加工用工具以外的大型工具抽屜。」

「從右邊數起的第二排，從下往上數的第三個？……」

小坂井一邊用手指指，一邊數。

「對，就是那個抽屜。把整個抽屜拿到這裡來。然後把綁著我的手的棍子釘在桌子上。」

「什麼？還要釘在桌子上？」

小坂井大聲地說。還好外面還有下雨的聲音。洋子這麼想。

「對，要釘牢一點，然後把裝著那包東西的袋子帶走，趕快回家，等我跟你聯絡。明白嗎？」

「唔，嗯，我懂。」小坂井說。

「我會打電話到你的手機。」

洋子說。

「一定會打給你的，等我的電話。」

5

洋子讓小坂井用兩條毛巾塞住自己的嘴巴，矇住眼睛，還要他把自己的手往前拉，把自己固定在桌子上後，才讓他回去。不過，在讓小坂井回去前，她還告訴他不要關掉室內的燈光，因為兇嫌是黑社會的人，那種人離開房子時，還很有規矩地關掉室內的燈光，會讓人覺得奇怪。不過，最重要的還是她不希望小坂井發現露台裡有閃爍個不停的日光燈。

她也讓小坂井帶走橡皮手套，要他隨便丟棄在路上的某個地方。因為如果從手套的內側驗出小坂井的指紋，那就麻煩了。洋子注視著小坂井的眼睛，懇求他：不管誰問你，即使是警察問你，你也不能說你進入過這間屋子。於是小坂井也以認真的眼神回看洋子，對洋子說：我知道，我絕對不會說的。

雖然小坂井的意志力並不是那麼強，但洋子覺得在這一點上，小坂井應該還可以被信賴。重要的是，她覺得警方應該不會去調查；因為警方如果來調查自己時，自己會供說有幾名暴力團體般的男人侵入居比先生的家，並且對自己施暴。依據洋子自己的估算，就算警方展開調查了，恐怕也是一陣子以後的事了。

心愛的孩子遭到綁架，還被要求贖金；再看到腹部被刺，受了重傷的保姆，及要求不能報警的那封信。洋子不覺得居比夫婦會去報警。而贖金的金額，正好是他們目前付得了的錢。以前和居比閒聊時，居比先生曾經說過存款的事情。要求贖金只是為了做樣子，實際上洋子並沒有想要得到那些錢。

看到自己受傷，居比夫婦一定會聯想到自己的兒子——善樹的安危。洋子如此推測著，並且也想到：因為要求的贖金在居比夫婦的能力範圍內，為了不讓孩子受到傷害，他們夫婦應該會答應贖金的要求，也不會去報警。她聽說居比太太很不容易懷孕，好不容易才生了善樹，想到失去孩子的痛苦，居比太太一定會好好考慮。

在小坂井到達之前，洋子就已經用左手寫好了要求贖金的信，把信放在嬰兒床裡。為了避免被小坂井發現，所以她把信放在小棉被的正面。但做為母親的居比篤子一定會去翻動嬰兒床，看到那張信。

洋子寫的交付贖金的地點是淀媛神社，時間是隔天的十點鐘，還在信上寫著看完信後要立刻把信燒掉。居比夫婦應該會按照她的要求去做。

因為一時想不出有什麼更好的地點，所以就寫了淀媛神社。不過，淀媛神社還算是不錯的選擇。如果她選擇的地點是居比夫婦不知道的地方，那麼他們一定會向周圍的人問路，那樣就會出現危險了。被居比夫婦問路的人一定會對警方說吧！如果不說的話，就會變成他們的責任了。而且，洋子從之前和篤子聊天時，知道篤子清楚淀媛神社。

不過，就算居比夫婦帶著贖金到淀媛神社了，既不會見到綁匪的身影，也不會看到嬰兒。因為事實上根本就沒有綁匪。居比夫婦會因此徹夜逗留在神社，不知如何是好地待到天亮吧！但天亮後，他們會去報警嗎？——

洋子雖然有點擔心，但還是認為他們應該不會去報警吧！他們一定會覺得事情有什麼變化了，然後回家等待綁匪的聯絡。但是家裡的電話一直沒有響。過了一天、兩天，甚至一個星期、兩個星期了，都接不到對方的電話。接下來居比夫婦會怎麼做呢？

洋子認為他們什麼也不會做。換作她自己的話，她也是那樣。因為隨著時間的經過，就越來越難對警方做說明了。沒有在第一時間通報的理虧心態，讓他們失去報案的機會，只會覺得悔恨不已。嬰兒被綁走了兩個星期後，就很難向警方做說明了。因為時間過去太久了。警方一定會責備他們為什麼沒有馬上報案。還有，就算他們能夠忍受警方的指責，因為時間久了，目擊者或相關者的記憶也都模糊了，查問起來會更加困難。居比夫婦會這麼想吧！

善樹君才四個月大。如果失蹤的是已經讀小學的孩子，那就無法隱瞞了。學校會來問孩子怎麼沒有去上學？附近的鄰居也會問：你家的孩子怎麼了嗎？所以，一定得報警。那種情況下，不管當事人做何想法，也會在周圍人的強制下，不得不去報警。

可是，善樹出生才四個月，附近的鄰人們幾乎都還沒有見過他。居比夫婦不是會和鄰居閒話家常的人，善樹也不是個愛哭的孩子，住在這裡的住戶，或許有人根本不知道這一棟裡有善樹這個嬰兒。男人們通常不會去關心鄰居的事情，會去關心鄰居的婆婆媽媽們，應該對善樹也沒有印象。這種狀況下，就算有人來問孩子的事，應該也很容易找個理由搪塞過去。

對居比夫婦來說，也一樣吧？讀小學或中學的孩子與父母之間有很多交流，親子之間有更多的回憶，所以失去孩子的痛會很深刻。但善樹才四個月大，居比夫婦與他應該還沒有建立起什麼回憶，所以印象也比較淡。世上也有很多夫婦會去墮胎，日子久了之後，就會忘記那個已經失去的孩子。但被拿走兩百萬，就不見得會被忘記了。至少女人絕對不會忘記。不過，錢是會回來的，努力再賺就有。話說回來，孩子不是也一樣嗎？孩子也可以再生啊！洋子自欺欺人地想著。

結果一定會是那樣的！洋子如此想著。如果信念足夠強大，想法就會變成現實。自己很快就會被送進醫院治療吧？等自己恢復體力，身體可以活動了後，就打電話給小坂井，拿回嬰兒的遺體，再悄悄地獨自處理掉嬰兒的遺體就行了。那樣事情就解決了。

只要不報警，就沒有所謂的嬰兒被綁架的事件，也沒有嬰兒意外墜樓死亡的事情。那樣的話，警察不會來盤查自己，自己也不需傷透腦筋去想如何回答警察的問話的問題。當然警察也不會去找小坂井問話，那麼小坂井剛才對自己的承諾，也就不會受到考驗了。

外面的雨勢越來越大，已經是傾盆大雨了。雨聲從略微開啟的露台玻璃門那邊傳入室內。只剩下自己孤獨一人的室內，充滿了大雨的聲音。雨啪啦啪啦地打下來，嘩啦嘩啦地流動著。洋子甚至聞到水的氣味。因為眼睛被矇起來的關係嗎？聽覺和嗅覺變得敏銳起來。她覺得自己像被放在流動的河流裡。

可是，自己的手被綁著不能動彈，所以不能去關門，也不能使用手機。洋子再一次確認自己目前的狀態，身體的不自由，反而讓她產生難以形容的安心感。一想到此，身上的疼痛好像減輕了不少。為了止血，她一直使勁壓迫著傷口，而綠茶的丹寧成分也為傷口做了消毒。

小坂井在不知情下，獨自在大雨中，騎著摩托車把嬰兒的屍體帶回他的家。雨這麼大，他能安全回到家嗎？她突然擔心起來。沿海的馬路會變得像河流一樣嗎？

不過，洋子的擔心一閃即過，因為她的腹部猛烈地痛起來，還讓她很想嘔吐。一直控制著絕望情緒的大腦，好像麻痺了一般，什麼也不能想了。洋子壓抑著疼痛與想吐的感覺，動也不敢動地待著，睡意卻漸漸湧上來。洋子想：是腦內嗎啡起作用了嗎？大腦正在努力使自己忘記疼痛。

洋子覺得一小時就像一天那麼長，她在沒有止境的時間內等待著，等待居比夫婦回來。她希望他們能夠快點回來，她有很多話要告訴他們。那些話像戲劇裡的台詞，她早就準備好在心裡了。不管承受多大的痛苦，她都一定要把那些話傳達到他們的耳朵裡。如果自己昏倒了，就不能對他們說出那些話了。所以她希望他們快點回來。再不回來的話，她就要昏倒了。

不過，其實昏倒了也沒有關係。因為擔心自己失去意識，所以她已經預先準備好一封信。為了完成這可怕的犯罪現場，她不惜刺傷了自己。看到受傷的自己後，不管任何人都會認定這是一場悲劇吧！

洋子好像沉溺在海洋底部般，手腳痛苦地掙扎了很久很久。就像她的意識時而亢奮，時而消沉一樣，她的身體慢慢地沉到深海的黑暗中後，又緩緩地往上浮起。然而，這些都是洋子的想像，因為事實上她的雙手往上伸，身體被牢牢地固定在桌子上，根本一動也不能動。

慘烈的叫聲讓她恢復了意識，那一瞬間她才發現自己剛才已經失去意識了。把她的手綁起來的皮繩被割斷了，她的手自由了。矇著她的眼睛，堵著她的嘴巴的毛巾也被拿走了。她的眼睛雖然還閉著，卻開始感覺到亮光了。啊！回來了嗎？洋子想，居比夫婦終於回來了。

「妳沒事吧？發生了什麼事？振作點！」

男人的聲音說道。洋子覺得自己的身體被搖晃著，但對方好像發現到洋子受傷了，動作立刻變得十分柔和。剛才流了很多血，自己現在的臉色一定很蒼白，或許對方還會以為自己已經死了。但那樣就糟了。而且對方的動作如果太用力了，自己的傷口恐怕會再度裂開而流血不止。

在疼痛而變模糊的意識裡，洋子只知道一件事，那就是：有些話一定要說出來才行。所以她用了全身的力氣來張開嘴唇。她告訴自己：快！快說話。一定要讓對方知道自己還活著才行。

「對不起，對不起。」

洋子死命地道歉著，她一邊道歉，一邊奮力鼓起剛才已經消失的力氣。她稍微張開眼睛，看到在刺眼的日光燈下抱著自己的人，正是這家的男主人——居比修三。

她打從心底地感謝著：她終於得救了。她還不斷地強烈暗示自己，一定要這麼想才行，然後她的眼淚便順利地從眼眶裡流出。

因為嗚咽而語氣凌亂了，但洋子仍然一再道歉著。

「快叫救護車！馬上報警。」

一聽居比先生這麼說，洋子便死命地阻止著。她像女演員說台詞般地，說出自己事先準備好的話：

「孩子……善樹被綁架了。對不起、對不起。我雖然拚命對抗他們了，但他們是男人，而且還有好幾個人。我被他們按住，肚子被刺中，還被強暴了。」

「啊！」

居比修三發出驚訝的聲音。

洋子希望修三掀開自己的裙子，查看自己被脫掉內褲的地方。但部位太敏感，居比修三並沒有那麼做。

「壞人說絕對不可以報警，而且還要求了贖金，報警的話……」

說這樣就夠了。又逐漸要失去意識的洋子這麼想著。非說不可的話，都已經說完了。所以接下來她只是一味地道歉，反覆地說著「對不起」。

「好了，夠了。」

居比先生的聲音讓她覺得心情放鬆。她控制住想吐的感覺，也不再想吐了。在她模糊的意識角落裡，存在著一股淡淡的感謝之意。

啊！我要昏倒了，洋子如此想著。還想著：或許自己會就此死去。

「救護車！快叫救護車！」

篤子聽到丈夫這麼叫道。但是她並沒有按照丈夫說的做，因為她慌亂地走來走去，似乎不知道要做什麼才好。她好像撞到嬰兒床，好像掀開了嬰兒的被子，並且——

「善樹、善樹啊——」

洋子聽到了女人驚叫的聲音。

啊！幸好。不知為何，洋子那時竟然這麼想著。並且想道：幸好事情按照自己的計畫進行著。如果自己老實向她道歉，說自己害死了孩子，不知道她會怎麼對待自己。洋子在放心中完全失去了意識。

6

張開眼睛，便看到早晨的陽光從窗簾的縫隙射進來。

她首先想到的，便是：啊！雨停了。

第一個浮上還不是很清醒的腦袋裡的想法，就是必須打電話給小坂井。於是她伸手在枕頭邊尋找皮包。她的單肩包不在枕頭邊。她轉頭看看四周，知道自己在醫院裡，看樣子，這裡好像是福山市立醫院。自己被送到這裡來了嗎？她想：如果能夠看到外面的話，就能更清楚地知道自己在哪裡了。

這裡好像是單人病房。她原本以為自己會被送到有許多病床的大病房，沒想到竟能躺在單人房裡。或許是因為自己曾經在這裡當過實習護士，而得到特別的照顧。

她的視線回到正前方，看到的是白色的天花板。視線慢慢移到旁邊的牆壁，看到掛著點滴瓶的架子，點滴的藥水袋往下垂懸著。

她環視了一圈病房，發現病房的牆壁上沒有掛時鐘，舉起自己左手，手腕上也沒有手錶，不過卻插著點滴的針。不知道現在幾點了。不過，今天應該是八月二十五日，還有，看樣子現在還是早上吧。

另外，她想起自己之前拿下手錶，放進單肩包裡的事了。手機也不在身邊。電視就在她的正前方。不過，她知道這是要買儲值卡，插入儲值卡才能看的電視。她不知道現在是幾點，只能憑感覺、氣溫和從窗簾縫射進來的陽光，猜測現在還是早上。

令她覺得意外的是，她不再覺得不舒服了，既沒有想吐的感覺，也不再覺得疼痛。她摸了摸自己的腹部。傷口上貼著大塊的紗布和大型的膠布。傷口附近一點感覺也沒有，大概是麻醉劑的藥效還沒有消退，一點食慾也沒有。

她看到自己的單肩包在遠處的白色桌子上面了。還好這個單肩包也被帶進醫院了。手機應該就在包包裡面。

洋子想從床上起來，但她嚇了一跳，因為她完全不能動，她的下半身沒有感覺，腦袋也變得昏昏沉沉。洋子很努力地想要讓自己清醒，卻又感到強烈的睡意。因為剛才勉強動了手和頭部的關係吧？現在好像虛脫了般，覺得全身無力。可是，不可以沒有力氣，必須打電話給小坂井和父母才行。然而她越想動，就越沒有力氣動。

當洋子再次醒來的時候，陽光已經更亮了。奇怪的是，現在比剛才更難張開眼睛。腦袋還是模模糊糊的一片，意識比剛才更不清楚。她試著努力讓自己的頭腦清醒一點，結果是喚醒了腹部的疼痛。疼痛感覺越來越明顯，那種執拗不休的痛，讓她非常地不舒服。

以前從沒有經歷過這種痛。她覺得好像是人還活著，身體就在腐爛的那種痛。而且痛點已經不只在傷口的腹部一帶，連背部、雙腳，都在痛；左邊的肩膀也很痛。她想她現在一定沒有辦法走路，因為連起身的力量也沒有了。洋子非常著急，因為一定要趕快打電話才行，一切要從現在開始，家人不知道自己現在的情況，從昨天晚上到現在，一直都沒有回家，媽媽一定在擔心了。

躺在床上不能動，只能眼睜睜地讓時間一分一秒地過去。她的頭腦漸漸清醒，但在清醒的過程中，腦袋卻越來越痛，疼痛的感覺無限上升；原本覺得不怎麼樣的痛，漸漸變成不緊咬牙根，就無法克制的強烈疼痛。痛得眼淚都流出來了，也忍不住地呻吟出聲了。她像孩子一樣地流淚、啜泣著，因為那實在是無法忍耐的痛呀！

她希望能夠止住疼痛，因為一痛起來就令她感到絕望。昨天發生的事，自己一時失手鑄成大錯的記憶回來了。後悔、絕望，洋子又放聲哭了。

哭了一陣子，她的情緒逐漸穩定了，便想著：無論如何一定要先打電話給父母。她想要把單肩包移到枕頭邊，因為手機就在那個包包裡。可是自己動彈不得，只能麻煩護士來幫忙了。

她想到呼叫護士的按鈕了。自己現在是住院的患者，病房裡應該有呼叫按鈕。於是她抬頭往天花板的方向看，尋找呼叫按鈕。看到按鈕後，她立刻按了那個鈕。

很快地，腳步聲便從走廊那邊傳過來。洋子心想：這麼快！是護士吧？或許不是我這個房間的護士吧！但她還這麼想著時，病房的門就咚咚地被敲響了。洋子試著說「請進」，卻被自己完全沙啞的聲音嚇了一跳。那是幾乎沒有音量的聲音。

門開了。一個稍微年長的護士進來，開口就問：

「啊，醒了嗎？」

「是。」

洋子回答。這個護士知道洋子是看護科的實習生，便以學長的語氣對洋子說話。有個人跟在護士後面，也進入病房。洋子看到那個人後，不禁嚇了一跳。

「洋子，妳怎麼樣了？還好嗎？」

母親急迫地問道。又說：

「妳爸爸也很擔心，想來看妳，但是他要上班，不能請假。」

「對不起，讓你們擔心了。」洋子道歉地說。

「妳現在覺得怎麼樣了？」

「沒什麼，不要緊的，就是發生了一些事情。」

洋子一邊對抗著身體的不適，一邊準備說出事先想好的謊話。

「妳不用說了。居比先生已經告訴我了。」母親說。「妳現在說話很辛苦吧？」

「嗯，是呀……」

洋子老實地回答。

「居比先生說他凌晨回家時，發現妳出事了。雖然他家裡也一團亂，但他還是先把妳的事情說給我聽了。」

洋子趕緊地把食指放在嘴唇，示意母親不要再說了。既然這件事不能讓警方知道，所以也不能讓醫院裡的護士聽到。

「馬上就中午了，能吃東西嗎？」

護士問，聽她的口氣，她似乎不太開心。洋子搖搖頭，因為她現在完全沒有食慾。

「可以吃一點粥，或喝點牛奶吧？」她問。

「好，就那樣吧！」

洋子回答。於是護士很快轉身離開病房，關上病房的門。
「居比先生說了些什麼？」
洋子問已經站在枕頭邊的母親。
「他說小嬰兒被綁架了。但是叫我保密，不能說出去。」
「是呀。」洋子說。「不可以說的。」
她的傷口不斷地發出疼痛的信號，那種痛擴及全身，讓她非常地不舒服。但奇怪的是，在她和她母親說話的時候，疼痛的感覺減輕，她變得可以像平常那樣說話。剛才那種劇烈的不舒服感消失了。洋子覺得非常奇妙，也感嘆親人的力量。
「千萬不能告訴警察。居比先生好像打算付贖金來解決問題，所以媽媽千萬不要告訴任何人。暫時也不要讓爸爸知道這件事。」
「知道了。但是，不報警真的沒問題嗎？」
母親一邊說，一邊拉來一把摺疊椅，坐在她的枕頭邊。
「沒問題的。」洋子說。
「妳被壞人刺傷了？」
母親擔心地問。
「是呀！不過，不會有事的。」
「真的嗎？」
「真的。沒有傷到內臟，很快就會好的，所以不用擔心了。」洋子說。
「妳嘴巴上這麼說，這不是還在吊點滴嗎？」
母親抬頭看著點滴的袋子說。

「這是營養劑。打點滴是為了保證營養劑可以確實進入血管裡。大家都是這麼做的。」

「保證營養劑可以確實進入血管裡？」

「是呀！利用點滴注射的方式，什麼藥劑都可以很快地進入身體，不是嗎？看，從這條管子進入。」

母親的視線於是從點滴的針頭，移轉到女兒的臉上。並且問：

「闖進居比家的，是怎麼樣的男人？」

「應該是黑社會的流氓吧！我沒有看到他們的臉。」

洋子說。母親如果再問，她恐怕就會不知道如何回答了。她不想對母親說被強暴的事，而且她也還沒有想出虛構的男人的面貌。

「誰會闖進居比家，搶走嬰兒呢？那個居比先生心裡有底嗎？」

「他說完全想不出來誰會那麼做。對了，把那個包包拿給我。」

洋子打斷母親的話，指著母親的背後，要求地說。

「這個嗎？」

母親回頭，指著包包說。

「對。」

於是母親把包包拿過來，輕輕地放在洋子的胸前。洋子把右手伸進包包裡，很快就找到了手機。她慢慢拿出手機，把手機放在枕頭邊，然後也拿出手機的充電線。接著她還在包包裡摸索手錶。摸到了，但她沒有把手錶拿出來。

「把包包放回原來的地方吧！」

她拜託母親地說。既然有了手機，沒有手錶也可以知道時間了。

「現在幾點了？」

洋子看著把包包拿回去放的母親的背部說。

「十一點半了。」母親回答。

「媽媽，妳去一下廁所。」

「怎麼了？我現在不想上廁所呀。」母親說。

「給我五分鐘就好。我要打一個電話。和打工的事情有關的事。」

「噢？五分鐘是嗎？那我就去一下。」

母親說著便離開房間到走廊去了。洋子立刻拿起手機，打電話給小坂井。他應該在等自己的電話，現在也一定非常地不安。洋子想著要先向他道歉，讓他不要擔心。但這其實是一通確認的電話，主要是要知道小坂井是否已經把她委託的東西安全地帶回他的房間，並且放進冰箱的冷凍庫了。

昨天晚上小坂井離開後，應該是趁著父母熟睡中，從窗戶悄悄地回到自己的房間，把嬰兒的屍體放進冷凍庫裡，接著就去睡覺。但現在他大概已經在潮工房工作了吧！他應該會按照自己說的去做，因為基本上他就是一個順從的男人，並且現在在等自己的電話。可是，小坂井沒有接電話。鈴聲一直響著，過了一段時間後，才傳來手機的女性電子音：

「您撥的電話沒有回應，可能是接收不到信息或沒有插入電源。」

沒有打通電話。洋子把手機放進被窩內。那一瞬間她也沒有多想，只是覺得小坂井可能正在忙，沒空接聽電話，心想等一下再撥就好了。

母親回來了。不久後，午餐也送來了。不鏽鋼的餐盤上有幾個小碗盤，盤內放著剛才護士所說的少量食物。送餐來的，是另一個年長的護士，她非常熟練地把附著在病床上的餐桌推向洋子，然後把餐盤放在餐桌上，就離開了病房。

母親拿起塑膠製的湯匙，舀了一匙粥，送進洋子的口中。洋子基本上沒有食慾，但為了讓自已有力氣，就必須進食。她努力地咀嚼著。

就在她吃了粥，也用吸管吸了牛奶的某一個瞬間，突然想起讓她害怕的事情。她覺得剛才打給小坂井的電話，有奇怪之處。

那通電話剛開始的時候，是等待接聽的鈴聲，鈴聲響了很久。後來突然就傳出「您撥的電話……」的電子音。

她不禁愣住了。如果是沒有電源的話，那麼一開始就不會有鈴聲，而是馬上就會傳出女性的電子音。那是鈴聲響了一陣子後，才出現電子音的錄音聲。那意思是小坂井聽到電話鈴聲，打開手機，確認是她打過去的電話，沒有回覆就關掉手機的電源嗎？——想到這種可能性時，洋子愣住了。為什麼呢？洋子想著。小坂井從來也沒有這樣做過，他不是會這麼做的男人。但他為什麼這麼做了呢？

關掉電源的這個行為很奇怪。他應該沒有必要那麼做，而且也不該那麼做。因為那樣自己就不能與他聯絡了。只要有電源，就還有語音留言的功能，她就可以在他的手機留言箱裡留言，讓他知道自己現在的狀況，並且讓他知道自己現在希望他做什麼。但他的電源切掉了，留言箱的功能就消失，自己也就無法留言給他了。小坂井自己也會因此產生困擾吧！

到底發生了什麼事？小坂井在想什麼？莫非發生了什麼突發的狀況？

洋子感到強烈的不安。就像夏天的雷雨雲一樣，突然就出現了，並且一下子就佈滿了天空。洋子的身體馬上就不舒服起來，全身好像受到暴風雨的拍打，吸入口腔的牛奶怎麼都嚥不下去了。

吞嚥不下的牛奶竄進氣管，洋子猛然咳起來，牛奶也跟著吐出來。這樣的刺激帶動了上半身的震動，她的身體痙攣了，剛剛才吞下去的粥，隨著這陣的波動，也從胃裡衝出來。她覺得嘔吐物已經來到血管的上方，非常地不舒服，也非常地痛。她又哭出聲了。

不會吧！不會吧！她的心裡滿是問號。莫非小坂井背叛自己了？這樣的疑問浮上腦海，不停地撥弄她不安的神經。

難道小坂井打開那個包裹了？他因此感到震驚，受到驚嚇而不敢接自己的電話了？現在的他正獨自面對著嬰兒的屍體，擔心害怕地思考要不要去報警？

一想到這裡，洋子就覺得眼前一片黑暗，疼痛的感覺更是遍及全身。她覺得自己的精神好像要被疼痛與不舒服感壓碎了。

身體裡的所有器官好像也開始失控了。她覺得她體內各器官的機能停擺，各個部位都被拆散了。痛與不安讓洋子放聲大哭。

看到女兒突然變成這樣，洋子的母親站起來，問：

「怎麼了？洋子，妳怎麼了？」

7

之後，洋子又打了好幾次電話到小坂井的手機裡，但結果都一樣。小坂井手機的電源關掉了，打了幾次都只聽到女性的電子音，不能用到他手機裡的留言功能。

一天過去，兩天過去，洋子的身體雖然逐漸恢復中，但她的身體仍然無法離開床，所以也沒有什麼差別。好不容易可以下床上廁所了，但光是廁所與床之間的來回，就讓她全身疼痛不已，所以她沒有想過要搭電梯，也沒有去過一樓的喝茶室。因此，更別想說要去小坂井家或潮工房找小坂井，直接問他是怎麼一回事。

一天打了好幾十次的電話了，但小坂井還是沒有接電話。洋子甚至想：小坂井是不是把手機搞丟了呢？但如果是那樣的話，他應該會直接到醫院來找她，或是會想什麼辦法來和自己聯絡。如果是以前的他，一定會那麼做的。

電話打不通，也不能在他的留言箱裡留言，也沒有來醫院。這意味著什麼呢？意味著他不需要自己的傳言。是嗎？是這樣的嗎？除此之外，洋子實在想不到還能有別的意思了。總之，他身邊一定發生了什麼事。洋子這麼想著，但卻想不出他會發生什麼事。她急得都快瘋了。

第四天的早上，洋子又打了電話給小坂井，沒想到電話的鈴聲響了，這表示手機處於開機的狀態。洋子又驚又喜，幾乎想要大聲喊：終於通了。一想到馬上就會聽到小坂井的聲音，竟然有著想流淚的感覺。洋子這幾天一直處在孤獨與不安之中，過著非常痛苦的每一分鐘。終於可以和他說話了。啊！自己已經不能沒有小坂井了。但是，才想到這裡，手機突然進入留言的狀態。洋子感到十分沮喪，不過，她還是打起精神，對著手機留言：

「我是洋子。你怎麼了？為什麼不和我聯絡？為什麼不接電話？我已經沒事，身體也漸漸康復了。我很想見你。給我電話，等你的電話。請打電話給我。再見……」

然而，一直等到黃昏，小坂井還是沒有回電。洋子等不下去了，便又打了一通電話。可是，這次小坂井的手機沒有開機，電源是關閉的。洋子絕望、虛脫了。到底發生了什麼事呢？她怎麼想也想不通，也想累了。她空空洞洞的腦袋裡，不禁浮上「我完了」、「我們完了」的念頭。

二十九日的上午，來幫洋子量體溫的年輕護士突然問洋子：

「欸，聽說妳在當保姆，而且被歹徒刺傷腹部了。」

「是。」

洋子瞬間神經緊繃起來，她很小心地回應。護士站裡的護士都在談論我的事嗎？如果是的話，那自己就更要小心說話了。她不想護士們增添話題，免得生出更多的傳聞。對當事人而言，製造傳聞這種事，就是在給當事人最大的羞辱。

雖然對方是年輕的護士，但既然已經是醫院的正式職員了，那麼年紀應該至少比洋子大個兩、三歲吧！護士們一定都知道住院中的洋子是福山市立大學看護科的學生吧！所以對洋子說話時，都是以上對下的口氣在講話。所以，儘管洋子是躺在病床上的病人，對洋子卻不怎麼客氣，讓洋子不太舒服。

「在居比先生家當保姆的，就是妳吧？」

洋子真的被她的問題嚇到了，一時之間猶豫著能不能承認。

「是，我就是。」

洋子還是回答了。她本能地覺得這個護士好像知道了什麼重大信息。

「嗯，果然就是妳。」

護士一臉得意地點頭說著。

「請問，有什麼……」洋子問。

「妳呀！還好已經不再流血了。如果妳還在流血的話，就必須每隔三個小時量一次體溫。」她說。洋子認為她在閃避話題。

「是，那個……」

洋子咬住話題不放。故意問我是不是居比先生家的保姆，想必是自己的周遭發生了什麼事情，而且是與居比家有關的事。洋子這麼想著。

「發生了什麼事嗎？我很擔心居比先生夫婦。如果他們怎麼了，我覺得我也有責任。所以，如果妳聽到了什麼，請妳一定要告訴我，我不會對別人說的。」

「可是——不能說耶！」她說。

「拜託。我不會告訴別人的，更不會讓別人知道是妳告訴我的。」

洋子不肯罷休地纏著護士。

「唔——好吧，我告訴妳，但妳絕對不可以對別人說喔。即使是妳的父母，妳也不能告訴他們。保護病人的秘密是我們的義務。」

「我不會說出去，因為我也是當事人之一呀！」

洋子強調地說。這話聽起來像是很有責任感的發言。護士似乎被洋子說動了。

「說得也是。」

護士說，然後接著說出讓洋子十分震驚、甚至不敢相信的事情。

「居比夫婦今天早上被送進這裡了。現在正在急診室裡。」

「啊！——」

洋子嚇了一大跳。她一大聲說話，就覺得頭暈眼花，也驚訝得差點要暈倒。

「為什麼？他們為什麼會被送到急診室？」

洋子大聲問。到底發生了什麼事？在自己的計畫裡，去了淀媛神社的居比夫婦會一無所獲地回到自己家裡，然後安靜地等待歹徒再度聯絡。但是，歹徒不會再和他們聯絡，他們的孩子也永遠不會再回來。不過，他們並不會失去他們的兩百萬。讓居比夫婦受傷這件事，完全不在她的計畫裡。

「妳說他們被送進醫院。他們受傷了嗎？」

「是的。」護士說。

「住院了？」

「是的，而且居比太太現在還在重症監護室接受治療。」

「啊！」

洋子說不出話來，她完全驚呆了。

她不明白到底發生了什麼事。住院了？而且還在重症監護室裡？那是受了重傷，有生命危險的病人接受治療的地方。

「請告訴我。求求妳告訴我，他們到底怎麼了？」

洋子拉著護士的衣服，哭著懇求著。

洋子想：果然發生事情了。她直覺地認為小坂井沒有給自己電話，一定和這件事有關聯。

「他們哪裡受傷了呢？也是被刺傷的嗎？」

洋子纏著護士問。居比夫婦是被誰傷害的呢？自己只是編了一個故事，並不存在真實的歹徒呀！

「他們被縫起來了。」

護士又說了讓洋子難以置信的話。

「什麼？妳說什麼？縫？」

因為太令人匪夷所思，洋子以為自己聽錯了，便一再地問。這一連串令人出乎意料的話，讓洋子驚嚇連連。

「被縫起來了。這裡和這裡，眼瞼和嘴唇。居比太太的嘴唇和居比先生的眼瞼被縫起來了。」

「啊！——」

不知道是第幾次了，洋子又一次尖叫出聲。並且說不出話來。

這不像是現實的世界會發生的事情。難道是自己在作噩夢嗎？她真的覺得很困惑，慢慢地意識變得不清楚了。

竟然發生了想也想不到的事情。這個打擊讓她眼前一暗，並且眼冒金星，天花板也轉動起來。

「為什麼？……那、是怎麼一回事呢？為什麼會那樣？被縫合了？為什麼要把眼睛和嘴巴縫起來呢？」

洋子尖聲叫著。

「誰知道……」

護士好像被洋子激動的表現嚇到了。

「那種事……為什麼要做出縫眼睛和嘴巴的事呢？」

「我也覺得奇怪呀。」

「是誰？是誰那樣傷害了居比夫婦？」

「我怎麼會知道呢？大家也都覺得『怎麼會這樣啊！』」護士說。

「那……實在太殘忍了。居比夫婦現在的情況呢？」

「好像沒有生命的危險。居比先生現在的情況比較好，正在康復中。」

「還有其他的傷嗎？」

「沒有，沒有別的傷了。」護士說。

「孩子……」洋子說。

「什麼孩子？」

護士問。洋子猶豫了，她覺得自己好像說了不該說的話，自找麻煩了。

「沒有，沒什麼。」

洋子避而不答。

「妳說孩子？什麼意思？」

這回換護士窮追猛問了。好像在向洋子抗議：不可以只從我這裡得到消息而沒有回報呀！

「沒什麼。因為他們夫婦有孩子，所以……」洋子只是這麼說。

「我知道的就只有這些了。」

護士說，然後就轉身離開了洋子的病房。

病房裡只剩下她自己一個人，洋子呆住了。受到那些話的衝擊，洋子又發燒了，也開始又咳了起來。昨天也有咳嗽，但現在咳得更頻繁了，讓她覺得很不舒服。每咳一下，就會震動到傷口的部位，帶來強烈的痛。或許是感冒了，洋子覺得胸口很不舒服，這種不舒服和之前經驗到的疼痛不一樣。

她很努力地去思考，可是怎麼樣都想不明白。到底是發生了什麼事情，讓情況變成這樣的呢？還有，是誰？對居比夫婦做了這麼可怕的事情！孩子被綁架，也被勒索了那麼多的錢，他們的人身還遭受了這麼可怕的傷害！

如果這一切是洋子造成的，那麼洋子深感愧咎。但是，為什麼會變成現在這個樣子呢？那不是洋子的計畫。洋子覺得按照她自己的計畫的話，應該不可能出現這樣的局面。

孩子怎麼樣了？這是洋子現在最在意的事情。小坂井有把嬰兒的屍體好好地保管在他房間內的冰箱裡嗎？如果沒有的話，現在還是炎熱的夏天，恐怕很快就會腐敗了。

這天下午，高遠醫生來檢查傷口時，洋子問醫生：

「那個……我聽說居比先生和他太太今天早上被送到急診室，現在已經住院了。我覺得我對他們有責任，所以很擔心……」

「噢。」

於是醫生一邊檢查洋子的傷口，一邊以事不關己般的口氣說：

「我覺得妳還是不要在意他們的事比較好。不是嗎？」

「我辦不到呀！醫生。」

洋子一邊流淚一邊說：

「我是他們孩子的保姆，在他們的家裡當保姆。我聽說他們的眼睛和嘴巴被縫起來了。」

「哦？妳連這個也知道了嗎？」醫生說。

「是的。所以請告訴我，他們到底發生了什麼事？」

醫生的表情變得嚴肅了。

「妳目前的身體承受得了嗎？」醫生問。

「我可以。我真的很擔心。如果什麼也不知道的話，我會……」

強烈的不安、恐懼感，壓得洋子淚流滿面了。

「我覺得我要瘋了。」

高遠醫生看她這個樣子，忍不住嘆氣了。

「其實，我也不是知道得很清楚。」

醫生先這麼說著。

「不過，綜合我從警方那邊聽來的，」醫生開始說了。

「嗯。」

洋子輕應了一聲，等待醫生繼續說：

「那對夫婦的孩子好像是被綁架了。」

「啊！——唔，是。」

她重新調整語氣。此時如果表現出太驚訝的模樣，難免讓人覺得奇怪。因為那是自己已經知道的事了。

醫生檢查完傷口，又用紗布把傷口蓋起來後，還幫洋子蓋好棉被。

「妳傷口復元的情況很順利。等一下護士會來幫妳換紗布。」醫生說。
「是。謝謝醫生。」洋子說。
「還覺得哪裡不舒服嗎？」
「會……想吐。」
「嚴重嗎？」
「嗯。」
「好，我會給妳開一點止吐劑。」
接著，醫生便繼續說：
「居比夫婦帶著贖金去指定的地點時，遭到歹徒綁架，後來居比太太的嘴巴被縫合，居比先生的眼睛被縫合，然後被丟棄在鞆小學後面的山丘草地上。」
「什麼！——」
洋子再度發出驚訝的聲音。
這不是洋子在作態，她是真的太驚訝了。因為這簡直像噩夢一樣，是超越洋子所能想像的情況。洋子真的從沒有想過那樣的事情，那是連作夢都不可能會夢到的事。到底這是怎麼一回事？事情為什麼會演變成這樣呢？
「真不敢相信！那麼，他們兩個人得救了嗎？」
洋子忍著胸口的鬱結，繼續問道。
「嗯，還好。」醫生說。「他們的生命是沒有什麼問題了。尤其是居比先生，他幾乎可以說是已經復元了。他們好像被關了一天一夜，不過，除了眼睛、嘴巴被縫合外，好像沒有受到其他更嚴酷的對待或虐待了。」

「還好……」

洋子喃喃地說。這是她的真心話。

「是誰對他們做了那麼殘忍的事呢？」

「不知道。警察也說不知道。」

「找回孩子了嗎？」

孩子是洋子最想確認的事情。她知道不可能找回孩子，因為孩子已經死了，而且應該在小坂井房間的冰箱裡。

「嗯，找回來了。」

醫生的這句話讓洋子全身起了雞皮疙瘩。她感到一陣惡寒，意識一下子飄得好遠。超出她預料的事情，再一次襲向她。她覺得自己的背後有惡靈，那惡靈正在毀滅她。

洋子發不出驚叫的聲音，反而沉默了。她現在只擔心自己的心臟會受不了負荷，而停止跳動。

「找回來了……」

洋子顫抖地說。如果孩子活著回來，那就是午夜奇談了。

「但是被殺害了。」醫生說：「孩子的屍體被放在養熱帶魚的水槽裡。」

洋子又是一陣的眼冒金星。她要昏倒了！怎麼會——怎麼會這樣呢？小坂井呢？

「那——那太……真的嗎？」

「嗯，真的太殘酷。令人難以置信的暴行。居比太太親眼看到那個水槽了。水槽就被擺在她的眼前。」

醫生說。

洋子終於哭出來了。在醫生的眼中，洋子的眼淚應該是因為同情居比太太而流的吧！但事實上，那是洋子感到絕望的眼淚。

發生了這麼可怕的事情，那是自己想都想不到的可怕事情。洋子感到強烈的不安，因此哭了。

看到洋子這樣，醫生心想：所以我剛才才會不想說呀！洋子大聲地哭著，她嚎啕大哭起來。

醫生低頭看著她，問說：

「是這樣的。警方的人也來了，大概會要求和妳談談。怎麼樣？」

「我不能見他們！我做不到。」

洋子哭叫著說，她不斷地大聲哭泣。

醫生看著她好一會兒，覺得自己也安撫不了她了，便走出病房去叫護士。

8

二十九日的晚上，洋子稍微恢復了體力，並且想到了一個方法。小坂井每天都會去潮工房工作。到了晚上九點左右，來店裡吃飯的客人差不多吃完，小坂井的工作就告一段落了。如果在那個時間打電話到潮工房，小坂井一定會接電話。以前就是這樣的。

如果店長也在店裡的話，店長會接電話吧？那麼只要馬上掛斷電話就好了，然後隔天再打電話。洋子從來沒有問過小坂井的工作時間表，只知道他在店裡的時間相當多。如果只有他一個人在店裡的時候，他一定會接電話。

以前小坂井曾經對她說過一件她有些在意的事。那是：如果是手機打到店裡的電話，潮工房的電話顯示器上，就會出現來電者的電話號碼。洋子因為從沒有見過那樣的電話，所以以為小坂井在騙她或在開玩笑。但如果他說的是真的，萬一自己用手機打電話過去，那麼小坂井一看就會知道是自己打過去的，他有可能因此不接電話吧？洋子認為還是用公共電話打到潮工房比較好。這個醫院的公共電話在一樓。她現在的身體狀況已經可以獨自去搭電梯了，便想去一樓使用公共電話。

可是，她現在不能像之前想的那樣，電話打過去後，就直接責問他為何不接電話的理由。因為他可能已經知道自己託給他的那個包裹的內容物了。或許他已經知道那並不是什麼毒品，而是一具嬰兒的屍體。那表示他知道自己欺騙了他。那時，該被責問的人反而是自己。

嬰兒的屍體被放置在母親的面前。這表示有人打開了那個包裹，知道包裹裡面是屍體。嬰兒的屍體一旦被發現，居比夫婦的小孩被搶走的事，就曝光了。所以她才要虛構孩子還活著，只要居比夫婦付出贖金，孩子就可以回來的故事。

那是洋子一再思考後，所虛構出來的故事。但是，不知道是誰，竟然給洋子虛構的故事加了篇章，策畫了確實要拿到贖金的情節。那個人是誰呢？洋子並沒有告訴任何人自己腦中的想法。莫非那個人是小坂井？她不禁產生這樣的懷疑。她當然也沒有對小坂井說過自己的想法，而小坂井也沒有能看穿自己腦中想法的能力。

可是，事情演變成這樣了，這樣的演變一定是和小坂井有關。包裹被打開了，才能設計出後面的那些事。但若說到是誰打開那個包裹的，洋子認為除了小坂井外，沒有別人了。但他為什麼要打開包裹呢？洋子很想這樣責問小坂井。明明四目相望地做了那樣堅定的約定了。然而洋子覺得自己沒有資格責備小坂井，因為是她先騙了小坂井，並且利用了小坂井。想必小坂井已經明白這一點了。如此，洋子覺悟到小坂井為何不和自己說話的理由了。是因為被信賴的情人欺騙而感到憤怒、失望，再加上道德心與正義感的驅使吧？或者，或許也還有別的理由。不管是什麼理由，洋子都想知道，否則自己真不知道該怎麼辦了，她不知道她現在應該用什麼態度，應該怎麼做才好。

小坂井已經知道自己的秘密了，或許他們之間也完了。不，不是或許，是理所當然吧！可是，即使和他聯絡上後，兩人之間會有激烈的口角，互相謾罵，她也覺得一定要和小坂井再講講話才行。她必須知道事情發展成這樣的原因，否則那將成為今後自己的致命傷。洋子想著，並且做出了決定。

九點十五分，洋子走出自己的病房，扶著走廊的牆壁慢慢走到電梯前。進入電梯後，她的身體靠著電梯的牆，按了一樓的按鈕。

電梯來到一樓，走出電梯，她依然扶著牆前進。所幸公共電話就在離電梯不遠的地方。她拿起聽筒，插入電話卡。因為還沒有習慣使用手機，使用公共電話的機會還很多，所以她也買了幾張電話卡。拿起聽筒，插入電話卡後，她又拿出手機，從手機的聯絡簿裡，叫出潮工房的電話號碼，才按了公共電話的數字按鈕。

醫院一樓大廳已經熄燈了，四周靜悄悄的。雖然應該不會講太久，但現在身體的狀況還很虛弱，站著講話的話，恐怕會很辛苦，所以洋子把旁邊的椅子拉過來。但她的動作有點粗魯，椅子腳劃過地板，發出尖銳的摩擦聲，聲音大得讓她嚇一跳。

鈴聲響了。洋子緊張到覺得心臟已經跳到喉嚨口，她身上的每個細胞好像都綳緊了。大概不久之後就會聽到小坂井的聲音了。但是，此時的她已經沒有用手機打給小坂井時，在聽到小坂井的手機傳出來的鈴聲後會有的興奮與喜悅了。她已經沒有什麼期待了。接下來她與小坂井的對話，一定會很悲慘吧！但是，為了自己，她必須知道小坂井到底發生了什麼事。

「喂，這裡是潮工房。」

是小坂井的聲音。既不沉悶，也不特別開朗，聽起來平平淡淡，和平常小坂井的聲音沒有兩樣。洋子很訝異他能這麼平靜。

小坂井果然在潮工房裡。他明明好好的，卻不打電話給自己。

「阿茂。」洋子說。

「啊……」這是小坂井的回覆。

「你為什麼不打電話給我呢？」

洋子說完這句話，便沉默了。

洋子想：不能責備小坂井。因為自己並沒有資格責備他。

「為什麼不打電話給我呢？我會很擔心呀！」

洋子調整語氣，小心地不讓自己的聲音聽起來很嚴厲。

「啊，對不起。」

很意外的，小坂井道歉了。洋子沒有想到小坂井會道歉，並且不明白他為什麼要道歉。

「我想過要打電話給妳，但是工作很忙。」

仍然是不輕不重的語氣，顯見他的心情和一顆心七上八下的自己截然不同。洋子感到困惑了。

這當然是藉口。但是，洋子除了感到意外，也有點慶幸。因為小坂井沒有生氣。

「你不擔心我嗎？」

洋子想：自己發出這種程度的抱怨應該沒有關係吧！

「啊，我當然擔心呀。」

他又是輕輕地說著，但太輕了。洋子沉默了。小坂井那樣的語氣算什麼？是因為背後隱瞞著什麼事情嗎？

洋子不說話了，小坂井也沉默了。過了一會兒，小坂井才像突然想到什麼似的，說：

「那個，妳還好嗎？身體怎麼樣了？」

這是在裝蒜嗎？雖然一直覺得小坂井不是一個靠得住的男人，但他以前從沒有用這樣的態度來對待自己。這算什麼？他在想什麼呢？

「我打電話給你了，你為什麼都不接？」
洋子儘可能平靜地問著。
「啊，電話？」小坂井說。
「那個，那是……」
他吞吞吐吐地說。
「那是什麼？」
洋子冷靜地問。
「我的手機不見了，掉了。」小坂井說。
真的嗎？洋子想。沒想到他會說出這麼差勁的話。不過，洋子也不知道他說的到底是真的還是假的。不過，她實在無法相信小坂井現在說的是真話。
「我打了好多電話給你，打了好幾十通電話。」洋子說。
「對不起。」
小坂井又道歉。他的道歉意味著什麼呢？小坂井的反應完全超出洋子的預測。他的這種態度，讓人覺得他還不知道那個包裹裡面放的是什麼。這種想法會不會太樂觀了呢？洋子這樣自問著。但她沒有答案。
「可是，電話的鈴聲響過，然後鈴聲突然停止，手機的電子音說是手機關機了。後來我又打了很多次，都說是手機關機，沒有電源。」
洋子說。她盡量讓自己的聲音聽起來不像在抱怨，藉此來摸索小坂井的反應。洋子全神貫注地想要看穿小坂井的想法。
「噢，是嗎。」小坂井說。

「那是你做的嗎？」洋子問。

「我做的？做了什麼？」

小坂井好像真的不明白，竟然還如此反問。

「你看到來電的電話號碼，知道是誰打來的，所以關了電源。」洋子說明道。

「我沒有那麼做，我不知道，那不是我。」

小坂井強調地說。可是，他的語氣讓洋子覺得他好像在說謊。小坂井本來就是一個很不會說謊的人。

「真的嗎？」

「真的。」

「那麼，你為什麼不主動打給我呢？」

「我忘了妳的電話號碼了。是幾號？」小坂井說。

「阿茂。」

洋子決定了，繼續這樣的對話，一點意義也沒有。她覺得該直截了當地問。

「你是不是有話要對我說？」

「什麼？」小坂井說。

「你要對我說什麼，就直接說吧！」

洋子說。她已經對小坂井死心了。如果小坂井已經知道了，她想乾脆把事情說明白。既然嬰兒的屍體已經被發現了，未來再說什麼謊話都沒有用。自己和這個男人已經不可能繼續下去，看來也無法從這個事件脫身了。這實在太無奈了。但是，如果有可能的話，洋子希望還能保有從這個事件脫身的機會。

「要說什麼話……什麼？」小坂井問。

「有吧？那就說吧！都無所謂了。」

洋子很乾脆地說。現在的狀況讓她不知道自己應該怎麼做才好。是什麼都別做，等著警察來抓自己呢？還是應該去自首呢？她希望有足夠的訊息，讓她來做判斷。

「要說什麼？沒有呀。」小坂井說。

怎麼一回事？洋子想著。真的沒有話要對自己說嗎？難道情況和自己想的不一樣嗎？洋子想了一下子後，說：

「阿茂，你知道居比先生夫婦吧？」

「嗯。」

小坂井說。完全感覺不到他有在賣弄的意圖，他只是很坦然地「嗯」了一聲。

「知道嗎？」

她先試著這麼問。

「知道什麼？」

小坂井說。洋子搞不明白了。沒辦法，她繼續說道：

「居比太太的嘴唇被縫起來，居比先生的眼皮也被縫起來了。」

「什麼！——」

小坂井大聲地說。他表現出很吃驚的模樣，好像真的不知道。如果這是演技，那他真的太會演了。

「怎麼會那樣呢？」小坂井問。

「嬰兒被綁架……」

洋子只說這幾字，就停下來。如果他看了自己委託給他的包裹，那麼他應該就不會認同自己所說的「綁架」，會提出反駁吧！

「嗯。」

然而小坂井卻又是只是「嗯」。

洋子很驚訝。因為小坂井的回答聽起來還是那麼自然。洋子無可奈何，只好繼續說：

「他們夫婦準備了贖金要換回孩子，沒想到他們也被綁匪擄走，被關了一天一夜，還受到了那樣的暴行。這些你都不知道嗎？」

「不知道。」

小坂井很自然地就這麼說。這也不像在演戲，不像在說謊。

「小嬰兒被殺了……」

洋子喃喃地說著。重點就在這裡了。小坂井接下來會怎麼說呢？會有什麼反應呢？如果他已經看過包裹裡的屍體，應該多少會懷疑嬰兒的死，是她造成的吧？

「啊，是嗎？」他說。

「你不知道嗎？」洋子訝異地問。

「不知道。不管是電視還是廣播，都沒有報導那樣的新聞。」

洋子不解了。如果小坂井是在說謊，那他現在的態度就讓人更加困惑了。而且，小坂井應該不是那麼會演戲的人。

洋子的心跳開始加速起來。既然如此，她決定要直逼問題的核心了。

「阿茂。」

洋子說。她覺得自己的嘴唇變乾，膝蓋在發抖。

「我交給你的那個包裹，你放到冰箱裡了嗎？」洋子問。

「啊，等一下。」小坂井說。

「客人要結賬了。店馬上要打烊了。打烊以後我再打電話給妳。」

小坂井快速地說著。

「真的嗎？」

洋子問。她懷疑小坂井真的會打電話給她。

「真的。」

「你忘了我手機的號碼了吧？」

「告訴我妳手機的號碼。」

小坂井很快地說著。於是洋子說了自己的電話號碼，電話斷了。但洋子手仍然拿著聽筒，在安靜的醫院大廳中站了好一陣子。

洋子一邊蹣跚地走回病房，一邊思考著。應該怎麼解讀小坂井剛才的態度呢？她覺得小坂井所說的話裡，或許有一半以上是真的。聽起來，關於居比夫婦遇難，他似乎真的不知道。洋子不覺得他是在演戲，而他不是那麼會演戲的人，基本上他是一個真誠的人。

不過，關於他沒有打電話給自己的理由，就不覺得那麼可信了。他在解釋這一點時慌慌張張的，聽起來就像在說謊，拚命想隱瞞什麼的樣子。他說手機不見了。可是，平常的生活裡，果真會有弄丟手機這種事嗎？

不管怎麼說，很快就會知道答案了。洋子這麼想著。小坂井說打烊後打電話給她，她告訴小坂井電話號碼了，而小坂井似乎也把號碼抄在紙上了。如果他再說弄丟電話號碼的紙條，那就太說不過去了。

如果他當真打電話來了，那麼他剛才說的話，就比較可信了。如果沒有，那麼他今天說的話，就全部是謊話。那時，自己就必須把小坂井視為敵人。

9

「是這樣的。老實說，我必須向妳道歉。」

小坂井依照承諾，打電話來了。就這一點來說，洋子是高興的。但是，他一開口就說了這樣的話，而且吞吞吐吐，聲音黯然。洋子第一次聽到小坂井用這樣的音調說話。

「怎麼了？」洋子躺在床上，把手機貼在耳朵旁邊問。「我已經聽到什麼都不會感到驚訝了。說吧！」

這是真心話。事情發展到自己的思考能力無法抵達的地步，事事驚心。所以現在不管聽到任何事情，應該不會再那麼吃驚了吧？

「沒有即時和妳聯絡，讓妳擔心了，我真的覺得很抱歉。不過，我覺得這樣事情會更順利。」

洋子又嚇了一跳，她沒想到小坂井會說出那樣的話。他完全不知道自己在想什麼，不應該會說出那種話。不過，嚇一跳歸嚇一跳，洋子保持沉默著。

「我覺得對妳來說，那是很好的結果，是最棒的結果。」小坂井說。

「是嗎？」

洋子只是這樣回答。當然，這並不表示她相信小坂井說的。小坂井一定是誤會了什麼，她一定要搞清楚小坂井所說的話的意思。

「所以，我希望妳能耐心聽我說完。等一下我說的話裡，剛開始的時候可能會讓妳很震驚，但最後卻是對妳最好的結果。好嗎？」

小坂井說。洋子只是說「好」，但心裡卻想著：他哪來的自信，可以說出這樣的話呢？在洋子的記憶裡，依賴性強的小坂井說話從來不是這樣的。

「是這樣的。那天我騎車回家，車子騎在縣道時，旁邊突然衝出來一輛摩托車。」

「啊！——」

洋子說——出車禍了？

可是，她除了這麼想外，竟然一時腦袋空白，沒有別的想法。肉體上的傷，再加上不斷感受到絕望的精神打擊，她已經身心俱疲了。所以此時的她，已經沒有去思考「這是什麼意思？」「以後可以怎麼做」的力氣了。

「沒事的。妳冷靜聽我說。不要那麼吃驚。」

小坂井特別溫柔地說著。

「雨下得很大，馬路像小河一樣，眼前非常模糊。在那樣的大雨中，一旦把頭盔的眼罩放下來，就幾乎看不清楚任何東西了。妳知道的，頭盔上的眼罩又沒有雨刷。」

「嗯。」洋子說。

「所以啦，對方也和我一樣，根本什麼都看不清楚。因為已經深夜了，縣道上已經沒有來往的車輛了。一輛也沒有。因為如果有車子經過的話，不管是小轎車或卡車，經過的時候都一定會嘩啦地濺起很大的水花。而且，車子如果是從右邊的巷弄出來，也能感覺得到。但是，摩托車太小了，小到會讓人忽視它的存在。」

洋子沉默著，她很害怕聽到接下來的話。

「因為我常走這條線道，很熟悉這條路，所以就像平常一樣，騎得很快。但那輛摩托車突然就從旁邊的巷子衝出來，我也沒看到那裡有巷子，雖然緊急煞車了，但是摩托車打滑，一時停不下來，所以就直接撞上了對方。」

洋子還是沒有出聲，只是直掉眼淚。為什麼偏偏在這種時候發生那種事呢？實在太倒楣了。

「不過，不管摩托車有沒有打滑，結果都會一樣。因為對方突然就出現了，根本想躲也躲不掉，直接就撞到對方的側面了。我還記得當時對方的摩托車在大雨中，被撞得滑了出去。不過，接下來的情形我就不記得了，因為我也昏倒了。但當我清醒過來時，發現自己躺在路中央，便連忙爬起來，扶起倒在路上的摩托車。不過引擎已經無法發動了，所以我只好把摩托車牽到路邊。我也把對方的摩托車扶起來，同樣停在路邊。接著我就去扶那個人，把他拖到路邊。可是……他並沒有醒過來。」

「嗯。」

洋子全身無力地回應著。

「他腦震盪了。我也一樣。但他的情況比我嚴重，所以沒有馬上清醒過來。當時我還覺得全身都在痛，但幸好沒有骨折。一時之間我不知道該怎麼辦了。因為是深夜了，路上根本沒有路過的車輛可以求救；我也不想打電話報警，因為我身上還有妳委託的毒品呀！打電話向朋友求救的話，又覺得很丟臉，因為出車禍是很蠢的事，會被嘲笑的。於是我打了電話給潮工房的老闆，我對他說：我剛剛出車禍了，真對不起。但現在對方昏迷不醒，請你過來幫幫忙。」

「結果呢？」

洋子無力地問。

「鹽澤先生睡得迷迷糊糊的，但他還是對我說：我現在沒有車，沒有辦法過去幫你。不過，你在那裡稍微等一下，我會幫你想辦法的。於是我就掛斷了電話，在那裡等待救援。可是，因為腦震盪的關係，我的頭非常痛，雨又下個不停，不斷地打在我身上，再加上路的兩旁也沒有可以遮雨的地方，所以我就走到昏迷的那個人身邊，把他的臉轉過來。我知道，如果此時他嘔吐了，或許就會死掉，因為嘔吐物往上衝的話，可能會堵住他的氣管。我想：先把他移動到沒有雨的走廊下，自己也可以躲躲雨。可是不知怎麼了，我又昏倒了。我再一次醒來時，發現自己被一個撐著傘的人救了。」

「那個人是誰？路過的人嗎？」洋子問。

「不是路過的人。那時已經是深夜了，更何況還是在縣道上。」

「哦？那麼是誰呢？」

洋子緊張地問著。她本能地感到害怕，並且直覺地覺得「就是那個人」。是那個人讓事情發展成現在這樣。

「是真喜多尊師。」

小坂井說。他的語氣帶著幾許欣喜的意味。

「唔……」

洋子呆住了。日東第一教會的總帥親自去了？為了小坂井一個人？

「真喜多尊師？」

「是呀！」

真的可以從小坂井的聲音裡，聽出小坂井的喜悅。

「尊師親自去了？那麼晚了，又下著大雨？」

洋子問。於是小坂井強調地說明道：

「導師就是那樣的人。他把每一個信徒都視為是非常重要的人。」

洋子沉默了。她想：真的是那樣嗎？大深夜裡，冒著傾盆大雨去縣道，不會沒有原因吧？

「而且，我是他貼身的信徒，相當於親衛隊的隊員，他很重視我。或許妳不相信，但確實是那樣。貼身的信徒有難、遇難，就是他本人有難、遇難，他就是這樣對待信徒的人，把信徒的困難，當作自己的困難，也是教會的困難，這也是神為了提高教義的意志。尊師是有崇高理想的人。」

洋子的內心感到懷疑，但卻沒有說出口，只是默默地聽著，和偶爾發出「所以呢……」的喃喃低語聲。

「尊師真的是一個了不起的人。」

小坂井又說：

「我看了一下馬路，看到了尊師的車子和卡車。尊師讓我坐在卡車的副駕駛座，親自問我發生了什麼事。」

「你告訴他了？我的事情你也說了嗎？」

洋子驚訝地說。但小坂井卻不以為然地反駁地說：

「當時的氣氛下，我不可能不說呀！」

洋子又沉默了。

「妳聽我說完嘛。因為對妳來說，這樣是很好的結果呢！尊師坐在我旁邊，握緊了我的右手，對我說：發生了什麼事，說出來吧。當時的氣氛，根本容不得我隱瞞任何事。」

聽小坂井這麼說，洋子實在很想罵他幾句。他怎麼這麼輕易就說出去了呢？

「是潮工房的老闆打電話給尊師的嗎？」洋子問。

「嗯，好像是的。」小坂井回答。

「直接聯絡田中汽車行不就好了嗎？」

洋子說著，眼中泛淚。如果那樣的話，大概就不會有後來那些事情了。但是，她現在能抱怨的，只有剛才說的那一句話。想想自己的立場，她不能責備小坂井。是自己在下那麼大的雨的晚上，讓小坂井獨自回去的。在那樣的晚上發生車禍，是可以想像的事情。和注意力不足的他比起來，自己更應該注意到這一點才是。

然而小坂井卻另有理解。

「嗯。我也覺得那樣太麻煩尊師了，所以沒有打電話向教會求救。不過，潮工房的老闆捐給教會不少錢，真喜多尊師好像也對老闆說過，有困難的時候，隨時可以和他聯絡。」

洋子無話可說了，因為她想的根本不是那樣。她的意思是一開始就不該打給潮工房的老闆，而是打給田中汽車行。讓汽車行來處理車禍現場，不是更合理嗎？

還是因為小坂井以前的女朋友在汽車行焚身自殺，所以不好意思打電話向汽車行求救？如果是那樣，那只能說事情發展成這樣，純粹是自己背負了無法抗拒的命運使然。

「尊師和我說話的時候，其他的信徒已經幫忙把我的和另外那個人的摩托車，都抬到卡車上了。尊師告訴我不必擔心，會把我和摩托車送回家，他會處理接下來的其他事情，我只要安心在家裡休息就好。尊師還說被我撞到的那個人也是信徒，會把他送到同樣是信徒開的醫院接受治療，叫我也不必擔心那個人。」

「那我託你處理的那個包裹呢？」

洋子帶著絕望的心情問。

「我想是放在尊師的車上了。後來我再也沒有看到那包東西了。我曾經問過尊師那包毒品的事，尊師對我說：那東西很可怕，不是你處理得來的事情，一切都交給我吧！我會負責處理好這件事的。尊師是這麼說的。」

洋子不知道還能說什麼了。

「我非常了解尊師的能力，他真的擁有非常大的能力。所以我覺得讓尊師處理這件事，就可以不必擔心了。我相信尊師一定會處理得很好。老實說，我也鬆了一口氣。」

洋子邊聽邊嘆氣。她嘆氣：這就是小坂井所說的最好結果嗎？依賴性強的小坂井的好結果，就是找到一個最能夠信賴的人，並且因此感到喜悅。

「尊師對我說：你回去好好待在家裡，暫時不要和任何人接觸，工作的地方最好也休息個兩、三天，潮工房的老闆那邊，我會去替你說。最重要的是，你絕對不能和把毒品寄放在你這邊的人聯絡。你一定要嚴守這一點，否則事情就會變得很難處理了。」

洋子沉默地聽著，任憑眼淚滑過臉頰而下。自己所造成的事件，因為意想不到的發展，竟然轉移到日東第一教會的手中。

「沒有和妳聯絡是我的不對，可是，我已經給尊師帶來很多麻煩了，所以我不得不聽尊師的囑咐。可是呀，我覺得這是最好的結果，而且尊師還說妳不會有事的，不用擔心妳。」

小坂井高興地說著，但洋子只能沉默以對，她已經沒有什麼話好說了。小坂井繼續說道：

「尊師還說絕對不會對世人說出妳的名字；還說也會保護妳。尊師還告訴我，說妳對教會有貢獻，希望我過一陣子後能帶妳去教會。這是很棒的事情。」

洋子默默思考著：尊師說我對教會有貢獻？我做了什麼了？我沒有做過對教會有貢獻的事呀！如果哪天我真的跟小坂井去教會了，尊師會對我說什麼嗎？洋子光是這樣想，就覺得很害怕。

「還有，對不起，我對妳說謊了。手機的事情如妳所說，並沒有不見了。我想過，如果妳問我為什麼沒和妳聯絡時，我決定告訴妳『我的手機不見了』，妳果真問我為什麼沒有聯絡的話，所以我就那樣回答了。因為就算妳打電話來，我也不能和妳說話，所以才乾脆關掉手機的電源。第一次是我一時疏忽，關得慢了。妳打電話來時，我總是會猶豫著要不要接，所以才會關掉電源。

對不起。」

小坂井說到這裡，告一段落了，便暫時沉默了。洋子已經沒有什麼話好說了。這種時候還有什麼好說的呢？

「尊師說要保護妳的時候，我覺得非常高興，也覺得放心了。」

洋子還是只有沉默。

「雖然尊師已經幫我和潮工房的老闆說好了，暫時不去店裡上班也沒有問題，但我覺得差不多可以去上班了，所以今天就來店裡，正好妳也今天打電話到這裡來。原本我也正想打電話給妳的。我說的是真的。

「結果還是妳先打來了，所以我就順口說手機不見了。但是聽妳說起居比夫婦被綁架，眼睛、嘴巴被縫起來的事時，我真的嚇到了。我完全不知道居比夫婦的事，而且，所有的新聞報導，也都沒有提到他們的事。」

洋子嘆氣了。如今她已經知道了，這是日東第一教會的真喜多尊師的作為。這位尊師代替她，為她不得不設定的虛構故事寫了續篇。

小坂井繼續說：

「雖然我不知道居比夫婦的事情到底是怎麼一回事，但是，現在這個情形對妳來說是最好的，不是嗎？尊師對我保證了，他說不管是妳的名字還是妳的人，他都不會說出去。

「妳也覺得這樣是最好的吧？沒有接妳的電話，真的很抱歉，可是，是尊師嚴格要求我不能和妳通話的關係呀！妳能理解嗎？因為我覺得事情進行得很順利，對妳來說這樣是最好的。為了妳好，應該就要這樣。

「還有，我希望妳放心，今後不管誰逼問我，我都絕對不會說出自己去過居比家的事。就算警察問我，我也絕對不會說；就算被打、被踢、被拷問，我都不會說。希望妳一定要相信這一點。

「藏著黑社會組織的毒品這件事，妳一定也很困擾吧？對吧？可是，妳現在再也不用擔心這件事了。這不是很棒嗎？真喜多尊師說會幫妳處理，所以妳和我都只要不作聲就可以了。這樣不是很好嗎？我們只要不說話就行了。等事情的風頭過去了，一切就會恢復平靜，日子會和以前一樣，像什麼事情也沒有發生。

「到那時，我們再一起去橫島的教會吧！我會介紹妳認識真喜多尊師。怎麼樣？唔？那樣好嗎？就那樣吧！」

小坂井越說越帶勁。

10

隔天早上，洋子醒來，一張開眼睛，便看到一個陌生的男子坐在自己病床邊的椅子上；另一個男子站在窗邊，看著窗戶外面。

「誰？你是誰？」

洋子吃驚地問道。

「妳醒了嗎？早安。」

那男人說。

「你是誰？我要叫人了。」洋子說。

「沒關係。不過，我們已經得到高遠醫生的同意了。」

「我要叫警察。」

「請便。不過，為了妳好，我並不贊成妳那麼做。」他說。「而且，我也叫得動警察，三十分鐘內，就可以叫到六名警察來這裡集合，他們都是福山署和鞆町署的警察、刑警；他們也是從沼隈鎮守神的森林找出居比夫婦的成員。」

洋子沉默了。

「我們是從福山署來的。不過，我們是悄悄來的，並沒有帶警察來。我們這麼做都是為了妳。」

「為什麼說是為了我？」

「因為不想讓警方知道妳做的那些事。我們不是警察，妳有權保持沉默。」

「什麼？」洋子說。「我不懂你說的意思。不過，你這麼做，是想得到什麼好處吧？」

「很好嘛！妳一下子就說到問題的核心了。」

男人很佩服似的說。又說：

「我只是想抓到尼爾森．朴。妳的事情不是重點，但對日本而言，他卻是一個非常危險的男人。那個男人非常狡猾，做了很多壞事卻一直沒有露出狐狸尾巴，逃過了世界其他國家警察的追捕。如果能得到妳的證詞，或許就可以將他繩之以法，讓他受到法律的制裁。」

「尼爾森．朴？……他是誰？」

「他在這裡的名字是日東第一教會的真喜多尊師。」

看到洋子欲言又止的樣子，男人又說：

「妳知道他吧？是吧！他是妳男朋友非常崇拜的人。」

洋子不說話。

「妳想反駁也可以。但妳沒有反駁，這表示妳默認了。是嗎？」

稍微沉默了之後，洋子說了：

「對不起，我覺得不舒服……」

「想吐嗎？醫生應該給妳止吐劑了。」

「叫護士……」

「我剛才就說過了，如果妳要叫人，只會叫來警方的人。那樣的話，我就必須在警察的面前，把妳做的事情說出來了。」

洋子又不說話了。她想了一下後，才說：

「如果我說我要看你們的警察證，你們應該也沒有吧？你剛才也說了，你們不是警察。」

「我們不是警察，但我們是應福山署的邀請，來幫忙辦案的人。」

「既然不是警察，就沒有辦案的權限吧！我覺得一般人沒有回答你們問題的義務。」

「那麼，我就請有辦案權限，能讓一般人有回答義務的人來吧。」

他說著，就從懷裡拿出手機。

「不管妳在誰的面前說，我都一樣。不過，那樣的話，最遲到今天的黃昏，妳的父母就會知道妳的事。」

洋子又沉默了。

「然後，到了明天早上，不管是鞆町的人還是福山的人，就會透過報紙或電視的報導，知道妳的事。後天，全國人都知道了，一個星期後，全世界的人都知道了。」

「你想說你知道了什麼嗎？」

顯得有點煩躁的洋子，打斷了男人的喋喋不休。男人笑了。

「妳以為我在故弄玄虛嗎？以為我其實根本不知道什麼嗎？我勸妳別以為有這種可能性了。因為我已經去過居比夫婦家，並徹底調查過露台了。尤其仔細地調查了梯凳附近。」

男人一邊說，一邊觀察著洋子的眼睛。

「我還在B棟入口的草叢裡，撿到了鐵鎚。」

洋子仍舊無語。

「那是居比先生的鐵鎚，我非常清楚妳做了什麼事情。」

洋子沉默地看著天花板。男人又說：

「居比家的保鮮膜少了很多。我也知道那些保鮮膜用到什麼地方去了。」

洋子咬著嘴唇不說話。

「妳沒有抗議，表示我說對了吧？」

男人說。洋子還是不說話。

「我雖然都知道了，但是警察還不知道。如果妳坦白地告訴我事情的經過，讓朴被逮捕的話，我就如妳所願地離開這裡，回去橫濱。」

「你的意思是我做了什麼違法的事情嗎？」洋子問。

「妳做了異於常情的事。」他說：「那是過失殺人。」

「我還沒有同意你說的事情，請你不要誤會。」洋子說：「我有幾個一般性的問題。」

「妳問吧！請說。」男人答道。

「如果在法庭上自白的話，等於是在一大群旁聽者的面前說，結果是一樣的。不是嗎？」

洋子試著問道。於是男人便說：

「可是，那畢竟比沒有自首意願的動作，結果被警方逮捕來得好很多。雖然不可能無罪釋放了，但可以取得商討的機會，得到對自己有利的狀態。」

「怎麼樣有利的狀態？」

「比如說隱瞞姓名、把臉遮掩起來，不在法庭上露臉，或者以秘密證人的方式提出證詞等等。」

洋子默默地思考著。

「被逮捕的話，就會變成天下知名的新聞。如果這個事件與朴有關，那肯定會變成國際新聞。與其過著擔心那一天來到的提心吊膽日子，還不如早早自白的好。如果妳願意在這裡把話說清楚，我答應妳，會幫妳處理以後的事情，盡量保護妳的名譽，把妳的名譽損失降到最低。」

洋子沉默著。

「妳的父母總有一天會理解妳的。」

「理解什麼？」

「理解那不是惡意的過失。只是……」

洋子又沉默了。

「只是什麼？」

好像承載不住沉默了般，洋子開始說了。

「妳的證詞只占一半的影響力。如果要逮到朴，還需要另外一個人的證詞。」

洋子又沉默了。

「妳已經知道另一個人是誰了吧？就是小坂井先生。他是妳的忠實夥伴。有了他的證詞，就可以起訴朴了。」

洋子繼續沉默著。

「小坂井先生的證詞非常重要，重要到只有他一個人的證詞就幾乎足夠了。但是如果有妳的證詞，那就更加完美了。」

「小坂井先生說了什麼嗎？」洋子問。

「他拒絕回答，堅決行使緘默權，完全否認二十四日的雨夜曾經去過妳所在的內海住宅社區的居比家。不只那天晚上，他還說從來沒有踏入居比先生家一步。然而，他會如此堅定地否認，完全是因為對妳的承諾……」

「啊！」

洋子忍不住叫出聲。

「我明白了。原來就是這樣呀！你先去問過小坂井先生了。你去過潮工房了吧？你要求他作證，卻被他拒絕了，所以才來找我。如果我答應你了，小坂井先生也會跟著答應。是這樣沒錯吧？」

「妳說對了。」他承認地說。

「奸詐！」

「是嗎？」

他露出訝異的表情說。

「為什麼要找上我？我是一個受重傷的人。你想要得到他的證詞，就徹底地逼問他就好了呀！利用女人來讓他就範，這不是奸詐是什麼？」

聽到這番話，他卻忍不住笑了，並且說：

「妳是惡人先告狀呀！」

「什麼？」

洋子不高興地說。但他卻回答：

「妳說得好像妳一點錯也沒有的樣子。如果妳是那樣的，那我就不會找上妳了。這一次的事件，可以說完全因妳而起。小坂井先生完全是因為妳，受了妳的指使，才會不顧自身安危地在大雨中那樣奔波。」

洋子不說話地轉過身去。

「雖然妳受到重傷了，但那個傷是妳自己造成的吧？妳是看護科的學生，也很清楚止血的方法。雖然不如醫生那麼了解人體，但腦子裡還是有一張人體的解剖圖，而且也很清楚茶水裡的單寧酸有殺菌的效果。」

洋子只是背對著男人，不發一語。

「無辜的人是小坂井先生，不是妳。我順帶說一句，就算妳裝傻，把我當成跑到妳病房的床前對妳胡言亂語的男人，那可是沒有用的。」

洋子暗自嘆氣了，但她的心越跳越快，心想：這個男人充滿了自信，他到底知道了多少呢？

「所以我也學小坂井先生，為了妳，偷偷地來到妳的背後。昨天以前，我一直和警方一起行動，為了瞞著他們來見妳，我可是費了不少工夫。」

洋子的肩膀上下動著。從她的這個背影，就知道她又嘆氣了。

「不過，妳做的事情，卻成為讓朴上鉤的最好陷阱。」

「陷阱？」

洋子責問道。這是她沒有想過的觀點。

「沒錯。他一直想要懲罰居比夫婦。他們夫婦明明只是一般人，卻傲慢地想勸說他的信徒脫離教會，而且還讓他的信徒發生了車禍。」

洋子雖然背對著男人，但男人說的話顯然讓她嚇了一跳。她完全不知道那些事。

「而妳正好在這個時候因為一時的過失，讓居比夫婦的孩子死了，並且為了隱瞞過失，還掰出嬰兒被綁架的戲碼。但妳找來的幫手，卻偏偏是朴貼身的忠誠信徒。」

洋子心驚膽戰地聽著。阿茂是朴的親信？那麼，阿茂的說法是真的嗎？

「妳那急就章之下的計畫、嬰兒屍體，和被妳利用的親信。這些條件強烈地吸引了朴。於是他便接手了妳創作的，延長嬰兒被綁架的故事，利用那些具有吸引力的條件，打算好好地教訓那對傲慢的夫婦。」

洋子繼續沉默。

「即使是朴，也難逃那樣的誘惑。當然，這也是他太小看鞆町和福山這個地方的警察的緣故。或許正因為他是宗教家，以為眼前出現的好條件，是天上的巧妙安排，所以才會渾然不覺地掉進陷阱。考慮了一個晚上後，一向小心謹慎的朴終於決定利用他以為的那些好條件，結果卻是一腳踩進陷阱裡。」

洋子仍然背對著男人，但整個病房裡都可以聽到洋子急促的呼吸聲了。

「於是，他終於冒險地執行了那個危險的刑事事件，能夠懲罰藐視自己的人確實很痛快。但是，那個懲罰行動漏洞百出，根本就是自掘墳墓的冒險行為。能夠懲罰藐視自己的人是多麼大的誘惑，況且又有平白送上門來的完美條件。」

背對著男人的洋子其實已經張大了眼睛，她打從心底驚訝事情竟然會變成這樣。可是，她也完全能理解事情變成這樣的原因。

「所以，他掉進陷阱了。現在，妳也了解了吧？總之，這就是事情的經過，妳和小坂井先生只要在法庭上，老實說出你們做過的事情就可以了。法官會以你們的話為證詞，即使厲害如朴，也很難提出反駁，再也無法逃之夭夭了。」

洋子的背一動也沒動。

「毫無疑問的，這可以說是妳的功勞。為了表示對妳的感謝，我希望可以幫助妳，把妳的名譽損傷降低到最小的限度。所以，這樣可以嗎？」

洋子還是沒有回答。

「現在，我要說出妳在居比家發生的事，從頭到尾地說出來。如果我有說錯的地方，請妳指正。」

「我不要聽。」洋子嚴厲地說著。「憑什麼要我聽你說那些話？都是你想像出來的吧？」

「如果妳覺得那只是我的想像，可以馬上指出我的錯。」

「我用不著聽。那就是你的想像。」

洋子半轉身，臉朝著天花板。

「不讓我在這裡說的話，我的氣就無法放出去，只好把好不容易發現的事情，說給警察聽了。妳要我那樣嗎？」

洋子沉默了。

「妳是個聰明人，卻沒有好好思考如何使用自己的聰明，結果聰明反被聰明誤。妳犯錯了，犯錯了就必須處理，必須把傷害降到最小。可是。如果妳一味地逃避，只會讓傷害變成最大。」

男人繼續說道：

「妳抱著嬰兒，發現露台的日光燈一直在閃爍，便抱著孩子走到露台。妳想換日光燈管，那支壞掉的燈管下面，有一個梯凳。妳雖然有點猶豫，但還是抱著孩子，踩上梯凳。但那梯凳……」

「不要說！」洋子雙手掩耳地叫著。「不要說了！我不想聽！」

洋子拚命坐起上半身，哭喊著，滿眼淚水地瞪著男人。

男人的言詞，活生生地喚醒了那夜沉淪到地獄的絕望。她實在聽不下去了。她要發瘋了。這個男人不明白她的絕望嗎？

「為什麼非讓我聽到這些不可？為什麼？」

稍微沉默後，男人才說：

「我剛才已經說過理由了。為了這個地方、為了日本，一定要抓到朴這個人才行。而為了抓到他，就必須擁有妳和小坂井先生的證詞。這是逮到朴千載難逢的機會。那麼聰明的朴的一生，也會因為一個人或兩個人的證詞而到此為止。」

「那樣的……」洋子說。

「朴因為眼前出現了一個看似條件非常好的機會，而犯下了一個很大的錯誤。那個機會就是妳的計畫，最後成為讓他淪落的陷阱。」

「那和我無關。我什麼也不知道。」洋子哭叫著。「和我一點關係也沒有。我只是一個受傷的人。請你回去吧。不管你說什麼，我都不知道；我也不明白你到底在說什麼！」

「是嗎？」男人說。

「是的，我完全不明白。我也不知道毒品什麼的，總之都和我沒有關係！」洋子叫道。

「妳會後悔的。」男人說。「錯過了這個機會，妳的人生就會變得悲慘。好好地想想吧！妳原本是一番好意，想幫忙換燈管的。」

「不要說了！」洋子用盡全力地哭叫。「你根本不了解我的感受！明明什麼也不了解，卻還對我說這麼多話！」

「那小坂井先生……」

「對，你去找他就好了呀！」

洋子邊哭邊喊，眼淚與口水四濺了。她嚎啕大哭起來。

「當然，我一定會去找小坂井先生。」

男人一邊站起來，一邊說著。

「而且，我一定會讓他說出真相。」

「有本事就去呀！」洋子邊哭邊叫：「他絕對不會說出你希望聽到的話。因為你說的都不是事實。」

「他會說的。」男人平靜地說。「他一定會說。到時，妳也會說吧？」

「不會說！阿茂絕對不會說！」洋子喊叫。

「會說。」

男人又說，並且從懷裡拿出一張名片，放在桌子上。

「這是我的名片，放在這裡。如果他說了，妳就打電話給我，說出事情的真相。」

「不說。」洋子再次強調。「阿茂也不會說。」

「誰知道呢？等著瞧吧！」

他自信滿滿地說。

「那麼，我告辭了。」

男人微笑地點頭示意，往病房的門走去。一直沒有說話，站在窗邊的男人也隨後走出洋子的病房。

男人離開後，洋子又哭了好一會兒。哭完了，她辛苦地起身，讓右腳先下，赤著腳努力地走到桌子邊。

她拿起男人放在桌子上的名片，看著名片上的名字：御手洗潔。洋子噘嘴不屑地「哼！」了一聲。這是誰呀！然後想也不想地撕破。她一撕再撕，直到名片變得粉碎了，才把撕碎的名片丟到垃圾桶裡。

「阿茂絕對不會說！」

她又說了一次。

第十章

1

鞆町署和福山署的刑警，與來自東京的偵探御手洗，二度造訪在潮工房的吧檯工作的小坂井。他們要問的，便是：小坂井先生，二十四日那天晚上，你去了內海住宅社區，並且進入社區內的居比夫婦的住家了吧？藉著這個問題，讓小坂井的回答成為證詞。

小坂井尤其害怕其中那位叫做御手洗的偵探，因為他好像已經掌握到事實的經過了。他指出小坂井在大雨的那天晚上，在辰見洋子的要求下去了居比夫婦的家，並且接受洋子的委託，帶走了一個大型的包裹，還把洋子的雙手綁在棍子的兩端，並把棍子固定在居比修三製作皮革工藝品的桌子上。偵探還指出小坂井離開居比家後，把洋子託放給他的包裹，轉交到日東第一教會的真喜多尊師手中。

因為御手洗偵探指出的事情都極為正確，所以小坂井很害怕這個偵探已經查明所有事情，他的信心因此有些動搖了。不過，這個偵探顯然還不知道那天晚上自己離開住宅社區時，在大雨的縣道上出了車禍，並且被真喜多尊師救了的事；他只是猜測到自己把洋子委託的包裹交給了尊師。小坂井因此知道那位偵探並非什麼事都知道，就是因為這一點，他才有勇氣堅持與洋子的約定。

在偵探與刑警逼問下，小坂井表示：二十四日那天結束潮工房的工作後，他就直接回家，之後就一直待在家裡，直到第二天的下午。他還說他的父母應該可以證明這一點。

關於這一點，小坂井是很有信心的。因為他去內海住宅社區，和從內海住宅社區回家，都是瞞著父母從窗戶進出的，所以父母完全不知道那天晚上他曾經離開家的事，也不知道他向鹽澤老闆借了摩托車。

而且，那個晚上一直下著雨，下雨的聲音掩蓋了許多其他的聲音，隔天早上他還忍著摔車後身體的疼痛，和母親吃早餐，母親以為兒子一直都在家裡。所以如果警察去問母親，母親一定會說兒子一直都在家。

偵探對小坂井說：不是來調查你是否犯罪的，是為了抓到更重要的壞人，需要得到你的證詞。但小坂井問那個人是誰時，偵探卻說現在還不能說。小坂井微微地感覺到偵探所說的壞人，可能就是真喜多尊師，這讓他更加認真地極力否認偵探問的事情。小坂井覺得：從很多意義上來說，尊師就是自己的恩人，如果沒有尊師，就沒有現在的自己。因此，只要能夠保護尊師，即使危及到自己的生命，他也願意承受。

他不只否認二十四日晚上去過內海住宅社區，甚至表示從來沒有去過那個住宅社區，也不知道那個住宅社區在哪裡。他說他從來沒有踏入那個社區內，更別說踏入好像位於二樓的居比家。他強調自己不只二十四日以前沒有去過那裡，二十四日以後也沒有。小坂井反覆地澄清二十四日晚上沒有出門，並且嚴厲否認自己去過內海住宅社區。

小坂井確信自己並沒有留下進入過居比家的痕跡。他對這一點充滿了信心。因為下雨的那天晚上，自己依照洋子的指示，從頭到尾都戴著居比家廚房的橡皮手套，沒有拿下來過。離開居比家，跳上停在社區下面的摩托車，騎上路後，他也還一直戴著手套，直到騎了一段路，才在中途丟掉手套。所以他可以非常有自信地說他從沒有去過居比家。想到這樣可以保護情人與尊師，他就全身充滿了力量。警察和偵探因為他的極力否認，好像死心了，於是離開了潮工房，再也沒有上潮工房來找他。

聽說居比夫婦後來從市立醫院出院後，居比太太因為受到打擊，再也不願意住在那個社區。那裡曾經發生過的悲慘回憶，讓她對那個家產生抗拒的心理，再也無法踏進舊家一步。於是，在「伊甸園」老闆娘的介紹下，他們夫婦二人好像暫時住在老闆娘的親戚經營的小旅館「鞆旅館」裡。聽說失去了孩子後居比太太精神狀況不太穩定，她身上的外傷已經痊癒，卻仍然繼續去市立醫院的精神科接受醫生的治療和吃藥。

發生了那樣的事情後，居比先生也想離開住宅社區，但鞆町是個小地方，他們一時也找不到理想的住家。製作皮革工藝品時，有時會發出不小的聲音，而且皮料也會散發出很重的氣味。剛進入居比家時，或許不會注意到聲音與氣味的問題，但他家廁所旁邊的走廊上好像有縫紉機，大概是皮革藝品的製作過程中，有時也會用到縫紉機。要找到可以容許發出聲音和散發出氣味的住家，實在不容易，這讓居比夫婦非常頭痛。表面上是在找住的房子，其實是在找可以製作皮革藝品的小型工廠。

就在他們不知如何是好時，同情他們的常石造船的會長幫助了他們，把一艘即將報廢的舊船借給他們使用。那艘舊船的引擎還能動，船也還能走，進行改裝後或許還可以當作觀光船。不過，由於船的船型和裝備都太老舊，所以想賣也找不到買手。那艘船的艙底有一個大房間，即使晚上在裡面發出吵人的聲音，也會被浪潮掩沒，不用擔心會吵到別人，再加上因為一直停靠在境濱的碼頭，可以從陸地拉電纜到船上，即使沒有發動引擎，也不用擔心沒有電的問題。

會長對居比夫婦說：不妨把社區房子裡的所有工作道具，全部搬到船艙的大房間裡，暫時把那裡當作工作的地方吧！會長還說：船雖然有些生鏽了，但船上有廚房，也有寢室，在找到新的住家兼工作室前，就在這艘船上工作如何？居比夫婦一聽，好像毫不猶豫就接受了常石會長的好意。這些傳聞透過母親或常到店裡的客人的嘴巴，一一進入小坂井的耳朵裡。

有一天，老闆鹽澤來到店裡，和小坂井一起站在吧檯時，對小坂井說：

「這是居比先生的邀請函。」

老闆說著，便讓小坂井看明信片。小坂井嚇了一跳。但他正在洗東西，所以沒有伸手去拿。

「是給誰的？不是我吧？」小坂井問。

「給我們的。」老闆說。

「為什麼呢？上面寫了些什麼？」小坂井又問。

「謝謝大家的擔心了。就寫這樣。」

老闆說，然後拿出水壺，把水注入壺內，放在火上煮。然後，他一一打開咖啡罐的蓋子，檢查罐內的咖啡量。

「謝謝大家的擔心為什麼要發邀請函？」

「因為停泊在境濱碼頭的船艙內成立了工作室，想辦個發佈會讓大家知道……」

「發佈會？」

「嗯。說是要讓大家都看到他們夫婦已經恢復精神了。其實做生意就是要那樣。如果老是生活得有氣無力的，生意就不會上門了。」

「嗯。」

小坂井說，並且同意地點點頭。

「聽說船艙內的房間相當大，有教室那麼大哦。據說還可以在那裡開課，居比先生說要教大家製作皮革藝品，邀請大家去接觸皮革，試做一下皮革藝品。」

「哦，大家嗎？大家是指誰？被邀請的都是誰？」小坂井問。

「我也不很清楚。但是，不外是一些商店或賣百貨的人吧！好像說這是第一次的邀請，主要的對象還是鞆町這個地方的店家。」

「店家？……」

「所以我們也被邀請了。我們是咖啡店，還邀請了經營小酒館的、有女服務生的酒廊、飯店、旅館、小吃店等等的人家。這是第一次，希望經營這些店的店家們共襄盛舉。居比先生準備了皮革材料和道具，他願意指導大家，教大家開心地做一些皮製的杯墊或皮書套之類的皮革藝品，還說可以在這些皮革藝品上印上大家的英文店名。」

「哦。」

小坂井有點被吸引了，他抬頭看老闆的臉，老闆也露出很感興趣的表情。

「我也覺得那樣很不錯。」

老闆也看著小坂井說。

「不過，邀請了那麼多人，他有那麼大的工作台嗎？」

「好像能夠容納得了那麼多人。想想看，有印上USHIO KOUBOU㉒的皮杯墊，不是很棒嗎？我覺得我們店的裝潢，和皮件有搭，可以多做一些那樣的杯墊。而且這次做出來的杯墊，都是免費贈送的。我們就去看看吧！」老闆說。「聽說還有茶水點心，和瀨戶內海的海產招待。」

「發佈會的時間呢？」小坂井問。

「明天中午。應該是會避開晚餐的時間吧。好像會有三明治之類的輕食。」

看樣子老闆已經決定要去了。

從鞆町的港口到境濱的碼頭有一段距離，所以常石造船公司還派了巴士來接客人。鞆町的街區狹窄，房子老舊，建造不了車庫，所以，即使是有車的人，也很少擁有自家的車庫，所以舉辦活動的主辦單位，經常必須安排受邀者的交通問題。

來到停在對潮樓下面的巴士前，就看到已經聚集了很多人了。巴士出發後，一抵達境濱的碼頭，大家便魚貫下車，走到棧橋上。

㉒潮工房的日語發音。

停靠在碼頭邊的船果然看起來相當老舊，不過，一走進船內，被白色油漆重新粉刷過的船艙煥然一新，看起來很乾淨；而樓梯下居比的皮革工作室裡還佈置著鮮花，牆壁上也貼著金銀絲緞，很是豪華，讓人覺得好像耶誕節提早來到了。低沉而安靜的爵士樂在空間裡迴盪著。是女性歌手的聲音。

受邀來的人在工作室裡繞了一圈後，又上了樓梯，來到通道上，眺望著海面。但小坂井一直站在甲板上，和老闆並肩看著大海，只看得見工作室內的某一部分。鹽澤老闆叫小坂井盡量待在他的身邊。

今天來的人大都是鹽澤的熟人，所以他忙碌地在通道上走來走去地打招呼，並且介紹小坂井給那些人認識，說小坂井是店裡的年輕人。而被介紹給小坂井認識的人，則是接手「幸福亭」的「小雪」老闆娘和她的女服務生、「伊甸園」的老闆娘，和新來的年輕女侍。還有小坂井比較不熟悉的「錦水別館」的從業員、「鷗風亭」飯店或度假旅館——Bela Vista的人員，及婚宴會場的從業員等等，人數還真不少。

「啊！下雨了。」

一個年輕的女子說。於是小坂井看向她手指指的方向。對面的小島上果然一片白茫茫，下方的海面上則是波濤翻滾。雨滴好像已經打在海面上了。霧氣漸漸飄上來，下雨的濕氣很快就包圍了船的四周。眼下的水面一片片的漣漪，雨水打在船身上的聲音，噼哩啪啦地響起。

「哇！」

女孩子們的叫聲四起。她們的喊叫不是因為被淋濕了，而是雨勢實在太大了。女孩子們叫著「我帶摺疊傘來了」「我忘了帶傘了」的聲音此起彼落。

這時，船的引擎起動了，發出的聲響之大不亞於雨聲。引擎在轉動，地板在震動，船好像準備啟航了。

「各位來賓，打擾了。」

一位像是船務員的人走到通道上說。他身上的襯衫胸口上有藍色的「常石」字樣。這個人應該是常石造船公司的員工吧！

「請大家進入船艙的皮革工作室，居比先生想和各位打招呼。」

於是小坂井便加入移動中的賓客，一起下樓梯，低著頭鑽進工作室的入口。居比夫婦站在左手邊的正面，他們的前面是擺著三明治和紅茶壺的工作台。

小坂井因為驚訝而一時呆呆站著。這是他第一次見到居比夫婦，讓他感到驚訝的不是居比夫婦，而是這個船艙內的工作室內部，好像內海住宅社區裡居比家室內的翻版。這裡的正面水槽有水龍頭和不鏽鋼的流理台，還有烹飪食物的廚房和洗手檯。左右兩邊的牆壁上設置著排列整齊的無數的抽屜，和小坂井曾經見過的那個大型木製櫥櫃幾乎是一模一樣。那些抽屜、櫥櫃裡，收納著各種皮革材料和無數工具、參考書籍、資料、寫真集。

不過，再想想，其實也沒有什麼好驚訝的。居比夫婦把社區大樓內的工作道具與材料移轉到這裡來，為了方便作業，重現了以前的室內設置，實在是不足為奇的事情。

這個船艙內的工作室裡完全沒有窗戶，但只要打開日光燈，室內就像白天般的明亮。但在室外雨聲的襯托下，小坂井覺得這個工作室的氣氛，和那個晚上的居比家氣氛實在太像了。小坂井因此心裡有點毛毛的。

「謝謝各位今天大駕光臨，我是居比修三。」

居比修三站在流理台的前面說，站在他旁邊的女性深深鞠躬後，接著說：

「我是居比篤子。之前的事情驚擾了各位，並且承蒙各位的關照，我們夫婦非常感謝大家。那件事已經過去一段時間了，如各位現在看到的，我們已經打起精神，振作起來了。真的非常感謝大家的關心。」

接著是丈夫說話：

「現在外面好像在下雨，不過，天氣預報說黃昏的時候雨就會停了。」

居比修三的話一落下，小坂井就聽到旁邊的人發出了放心的輕呼聲。小坂井也一樣。

「內人在那件事情發生後，身體的狀況變差，精神的狀況也變得不穩定，但是託各位的福，現在也終於逐漸復元了。讓各位為我們擔心，我們真的覺得非常不安。很想向各位表達道歉之意。我們夫妻想了又想，準備了一點小小的心意。因為我本人只懂皮革工藝，除了皮革工藝外，什麼也不懂，所以只能靠這點手藝來答謝大家。我想教大家做一些皮革的小藝品，請各位不要認為我是在誇耀自己的本事。」

接著，居比修三向前跨了一步，舉起右手，說：

「請各位到前面來。工作台已經排好了，請隨便找個位置就座，必須使用的材料和工具，我也都為大家準備好，放在工作台上了。製作杯墊的材料還有很多，手邊的材料如果使用完了，請告訴我，我會馬上做補充。」

於是大家紛紛向前，尋找自己的同伴相鄰而坐。

「工作台上還有三明治與紅茶。非常抱歉，只準備了些簡單的東西，而且還是冷的食物。我想請大家先吃點東西，然後再開始我們簡單的皮革杯墊的製作課程。」

小坂井也走向前，找了潮工房的老闆旁邊的位置。他從一疊紙杯中，取出兩個套在一起的紙杯，放在老闆的前面，注入紅茶。

這時船突然明顯地晃動了。感覺上是船已經起動了。居比修三說：

「船剛剛開動了，會在瀨戶內海上稍微繞一圈，繞到牛窗那邊。用過食物的朋友也可以上樓梯，欣賞一下瀨戶內海的風光。不過，我們製作杯墊的課程從一點半開始，麻煩各位注意時間了。

「另外，因為之前我們夫婦兩人意氣消沉，常石造船的會長看到我們那樣，於是提供了這艘船，借給我們當作工作室。我們夫婦非常感謝他，覺得他是我們的大恩人。會長今天也來了，他想向各位打個招呼。現在請容我介紹常石會長。有請會長。」

居比修三舉起右手，示意著背後，穿著白色船員服的常石會長就站在居比修三的後面。居比鼓掌請會長上前，眾人也紛紛鼓起掌來。於是會長向前走，來到居比修三的身旁。

「請大家不要鼓掌。」

會長笑著說。居比此時走到附近的椅子坐下。

會長先和大家打過招呼後，就開始對船現在正在行走的路線，做了一點說明。他說這艘船等一下會經過幕府末期時，坂本龍馬的伊呂波號與紀州藩的大船相撞的地點；現在離那個地點大概還有二十分鐘的航程，有興趣的朋友可以到甲板上去觀賞。他還說：不過，各位看到的還是一片大海，因為海面上並沒有標示撞船地點的旗子。

然後他又說今天他也想做杯墊，所以也找了一個位置坐下。

居比修三再次站起來，說希望大家一邊吃東西，一邊聽他說話。他拿起筆，在白板上寫下「皮」與「革」這兩個字，並問大家知道這兩個有什麼不同嗎？看到大家都搖頭了，他才開始解說。

他的說明是：「皮」是指覆蓋在動物身體上，還附著著毛的皮膚，一般稱之為「毛皮」；而「革」是指去除了毛，並且經過鉻鞣或鞣酸等鞣製過後的動物皮膚。接著他又說明了有哪些動物的皮革可以做成工藝品，及各種鞣製皮革的方法。

因為快過二十分鐘了，大家便站起來，走上樓梯，再度來到甲板上。居比先生和常石會長也和大家一起到甲板上來，一邊看著大海，一邊為大家解說伊呂波號事件的前後經過，以及伊呂波號被撞後的賠償金金額，和坂本龍馬沒有拿到賠償金就遭到暗殺的事件。

船已經來到伊呂波號被撞的現場，遠遠的彷彿可以看到四國的陸地了。會長說：龍馬知道輌港這個地方有「焚場」，所以把伊呂波號駛向鞆港。

突然有人這麼叫道。於是大家的目光便轉向那個人手指指的海上。一個像鯨魚般的龐大物體，僅露出黑色的背部輪廓，在海上優遊自在地游著。

「啊！」

「是鯨魚嗎？」

一個女子的聲音說。但馬上有人回說：瀨戶內海沒有鯨魚。那個黑漆漆的物體不久後就潛入水中深處，消失了蹤影。不過，那個物體所帶來的驚恐，似乎沒有馬上退出女賓客們的心中，她們仍然驚呼聲連連。

小坂井也看到那個不知道是什麼的物體了。雖然外表看不出來，但他確實暗自嚇了一大跳。他想：那東西果然現身了嗎？

在教會內部裡，他已經聽說過好幾次關於這隻怪物的傳說了，有人一本正經地認為那是受到惡魔差遣，要來消滅日東第一教會的怪物。那人說：在晚上進行划船訓練時，那怪物很明顯地攻擊了我們的船隻。教會的人員根據那個人的敘述，還印了與那怪物有關的傳單，並且畫了插圖，散發給巷弄間的一般市民。

過了一會兒後，大夥壓下剛才看到怪物的驚嚇心情，從甲板上走回到工作室，開始學習製作皮革杯墊。居比修三站在大家的前面，說明如何將英文字母印在杯墊上的方法，及注意事項。他說：今天不使用火，所以要用鎚子敲打前端附有鉛字的金屬方塊，就可以把鉛字的痕跡打印在皮革上。

小坂井手拿圓形的皮革材料，聽著居比修三的解說。他想起在東京時，曾經短暫地就讀御茶之水補習學校的事。因為上課、聽講這種事，是小坂井非常不擅長的事，總會讓他覺得無聊、想睡覺，所以他才會沒上多久的補習學校，就放棄了。當然，上課打瞌睡這件事，和老家不會寄生活費給他有關係。為了籌措在東京的生活支出，他只好每天晚上在酒吧裡打工，結果造成長期睡眠不足。但不能持續補習學校的課業，最主要還是他不喜歡上課和讀書。這是事實。

不過，抱著參考書，搭乘千代田線的地鐵通學的那段日子，也挺愉快的。例如在回町屋的地鐵上，意外地有位子坐時，把英文課本攤開在膝蓋上的感覺，特別讓他覺得有意思。還有，即使是站在人擠人的地鐵裡，覺得也比現在活得有精神。比起安靜地在鄉下過生活，當時為了要開拓人生而努力的日子，自然是鮮活有勁得多。現在想起來，當時的那些感覺都變得珍貴了。現在終於了解了，當時的自己正好生活在選擇人生方向的季節裡。

小坂井覺得自己的選擇好像已經結束了。在不知不覺中，自己已經度過了選擇人生的季節。他覺得已經大致看到自己以後會過著什麼樣的人生了。截至死亡來臨的那一天，自己將會沒有變化地過著這樣的生活吧！

自己是哪裡出錯了嗎？他曾經這麼想過，那時自己如果認真地去上補習學校，用功讀書，然後進入一流的大學，那麼人生會和現在不一樣吧？一定是這樣的吧！一定會有所改變，會有很大的不同。自己大概還會住在東京，並且在有名的企業裡工作，而不是像現在這樣，過著每天只是去潮工房上班，去日東第一教會參加活動的生活。而且因為收入微薄，還必須住在父母的房子裡，沒有獨立的能力。

小坂井低頭，看著即將變成杯墊的圓形褐色皮革。皮革上還沒有印出文字或圖案。那時走出高中的校園，在回家的途中，和千早坐在被稱為雁木的海邊石階梯上，被千早勸說加入戲劇社的自己，就像眼前這塊圓又平的皮革。皮革上會出現什麼樣的圖案，就看現在自己努力了。

啊！真想從那一瞬間開始，再重來一次人生，小坂井這麼想著。穿著白襯衫、黑長褲的自己旁邊，坐著穿著藍色裙子的千早；腳下便是海水，小魚們游來游去的，經常一眨眼就潛入靠在碼頭邊的漁船下面。

瀨戶內海的陽光是耀眼的——啊！真想重來一次人生呀！如果可以的話，即使沒有什麼本事的自己，也一定要救千早，那麼千早就不會死，兩人會過著更好的人生吧！

就在小坂井想到這裡時，「咚」的一聲巨響突然傳入每個人的耳朵裡。整個工作室都震動起來，女性們發出尖銳的驚叫聲，大家都從椅子上站了起來。小坂井如此，鹽澤老闆也一樣。

「哇！」

有人發出這樣的叫聲。

「嗚哇——」

這是驚叫的聲音了。

小坂井一看，一道相當粗的水柱，從站在前面的居比修三的腳邊強力地往上竄起。

「觸礁了！」會長大聲喊道。「把洞堵起來！快把洞堵起來！」

居比修三蹲在水柱邊，也大聲喊著，卻不知道喊了些什麼。他拚命地想用兩手按下往上噴的水柱，但以他那樣的方式，是阻擋不了水柱的。

「老公，這個！」

居比太太遞了兩、三塊板子給丈夫。居比修三立刻把板子放在水柱上。水勢一下子往下落了。

「快堵起來！不堵住的話，船會沉。快！拿鐵鎚和釘子來！快！」

居比修三開口大叫。居比太太站起來，但她好像慌了手腳似的在打轉，不知道要去哪裡拿鐵鎚和釘子。

小坂井踢倒椅子，快速地跑動起來。此時他的心裡想的是：那怪物果然來攻擊了！在惡魔的驅使下，怪物開始攻擊日東第一教會了。這是法難，是日東第一教會之難，所以自己一定要振作起來，因為只有自己知道這是怎麼一回事。

他跑向面對廚房的右側櫥櫃。從右邊數起的第二排，由下往上數的第三個抽屜，裡面有鐵鎚和釘子。那是放大型工具的抽屜。其他的抽屜放的是製作皮革工藝品的專用道具和製作藝品的皮革材料。小坂井對準目標跑去，完全不看別的抽屜。

他不假思索地拉開那個抽屜，很快地從裡面拿出鐵鎚和釘子，然後轉身往水柱的地方跑去。

啊！那天也是這樣的——就在這個念頭浮現在他腦海的那一瞬間。

「你怎麼知道是那個抽屜的呢？小坂井先生。」

工作室內響起了這樣的說話聲，聲音很大。

「可以了，水可以停下來了。」

那個聲音又說。

於是水柱更往下落，發出最後的「啪休」聲後，瞬間消失了。

接下來便是像冰凍了似的寂靜。沒有人說話，也沒有別的聲音了。

「唔……」

小坂井呆呆地站著，雙手還抱著鐵鎚和釘子盒。發生了什麼事？到底怎麼了？

大家都回頭看著。小坂井也膽顫心驚地回頭看，尋找那個將空間凍結起來的聲音的主人。

那個叫做御手洗的偵探，就站在大夥的後面，而站在御手洗後面的人，好像是御手洗的助手。

御手洗慢慢向前走，指著小坂井手中的鐵鎚和釘子盒，說：

「小坂井先生，你怎麼知道鐵鎚和釘子在那個櫥櫃從右邊數起第二排，由下往上數的第三個抽屜裡呢？」

他邊說，邊走過小坂井的身邊，並且瞬間從小坂井的手中拿走鐵鎚。

「因為你是知道的。但是，為什麼知道鐵鎚在從右邊數起第二排，由下往上數的第三個抽屜裡呢？」

接著，偵探用右手拿著鐵鎚，並且把鐵鎚舉高到頭上，一邊揮動著鐵鎚，一邊說道：

「那是因為你曾經進去過居比先生的家。就像那天一樣，你從那個抽屜拿出鐵鎚和釘子，把綁著辰見洋子雙手的棍子，用釘子釘在工作台上。我說對了嗎？」

小坂井只是呆呆地站著。他心想：這是怎麼一回事？剛才是在演戲嗎？所謂的觸礁事件，其實是引誘自己上當的餌嗎？是在演戲嗎？——

「沒、沒那種事。」

小坂井感到暈眩，好不容易才說得出話來。他拚命動腦筋，應該可以找到擺脫目前困境的方法吧！

「我從邊邊一個個拉開抽屜了，不知道拉開到第幾個才……湊巧拉開那個抽屜，看到裡面有鐵鎚。」他邊說邊喘，並且指著剛剛被他拉開的抽屜。

「沒錯，就是那樣，我找了好幾個抽屜了，但是其他抽屜裡的東西，都是皮革材料和做皮革藝品的工具。所以……」

「裡面有皮革材料嗎？」御手洗問。

「有呀，當然有，裡面有很多。」小坂井說著。

御手洗點點頭，然後指著小坂井手中的小盒子，說：

「請把那個盒子放在工作台上。」

小坂井感到疑惑地呆呆站著，並沒有按照御手洗的要求做。

「小坂井先生，請把那個盒子放在工作台上面。」

御手洗又說，小坂井這才慢慢地照做。接著，御手洗指著櫥櫃，說：

「請站到櫥櫃這邊來，小坂井先生。」

小坂井腦子裡一片空白，不知道御手洗是什麼意思。

「小坂井先生，請快一點。」

御手洗催促地說。小坂井無奈，只好舉步向前，走到櫥櫃前面。

「請打開抽屜吧。」御手洗說。「除了剛才放有鐵鎚與釘子的那個抽屜，請打開別的抽屜。」

「要開哪一個？」小坂井問。

「都可以，隨你喜歡。」御手洗回答。

於是小坂井只好伸手去拉最靠近自己的抽屜。一拉，他就嚇了一跳。因為拉不開。小坂井用力再拉，並且試著搖動抽屜，可是還是拉不開，抽屜緊緊固定在櫥櫃架裡。

他連忙伸手去拉嵌入櫥櫃架裡的其他抽屜。他一個個地拉，還搖一搖。但是都一樣，一個也拉不開。

「怎麼會這樣？」小坂井叫道。「這個、這是怎麼一回事？」

「小坂井先生，這些抽屜都被釘死了。」御手洗帶著同情的語氣說著：「除了右邊數起第二排，由下往上數的第三個抽屜，其他的抽屜都釘死了。你剛才直接就跑向那個抽屜，並且一下子就拉開抽屜。攝影機已經拍下你剛才的動作了。」

御手洗又說：

「你明白了嗎？小坂井先生。你並沒有從別的抽屜開始拉開來看，別的抽屜也是拉不開的。你從這麼多的抽屜裡，毫不猶豫地以那個抽屜為目標，直接就拉開了那個抽屜。」

小坂井回頭看。兩個來自鞆町署的刑警就站在後面，他們正慢慢地走向小坂井。

御手洗問：

「因為你知道哪一個抽屜裡有鐵鎚和釘子。好了，小坂井先生，你老實說吧！二十四日的晚上，你進去過居比先生的家了吧？」

小坂井好像中了魔法般，動作十分緩慢地點了一個頭。

第十一章

忽那從忽那造船的辦公室，打電話到福山市立醫院。打造漁船的鎚聲不斷在窗外叮叮噹噹地響著。

忽那說：

「是，我了解。智弘君的情況好像不太好。所以我只要半天就好了。我想帶他回家。當然，我會負責去帶他，我會開車去。他想把他房間裡的漫畫、小說和模型之類的東西，帶到醫院的病房。

「……要消毒嗎？是嗎……那麼就不帶去醫院了。我帶他回去他的房間看看，然後去看看他喜歡的海邊，到處看看。不走路，都坐車。他也這麼希望著。不知道以後會變成怎樣，這或許是最後一次了。拜託了。是，是的，我了解。這件事拜託了。不這麼做的話，我以後一定會後悔的。」

忽那抱著全身被棉毯包裹著的智弘，從醫院的後門出來，慢慢走向停在附近的忽那造船的廂型車。跟著出來的護士幫忙打開車子的後門，抱著智弘的忽那慢慢地把智弘放在後座的位子上，才輕輕地把車門關起來。

「請早點回來。」

護士說。忽那默默地低下頭來。

視線慢慢地在深藍昏暗的海底前進，穿過岩石的表皮，看到了一大群魚從視線前橫渡過去，每條魚的眼睛都放出了閃耀光芒。

「啊，那是什麼？這裡是哪裡？」

智弘問。他的聲音非常無力。

「你醒了？」

忽那的聲音從少年的背後傳入少年的耳中。他坐在少年的後方，並且抱著少年。

「這是怎麼了？這裡是天堂嗎？我死了嗎？」

智弘說。忽那微微一笑，說：

「你胡說什麼呀！弘君，這裡是瀨戶內海的海底。」忽那說。

「嗯，光線是從上面灑下來了。」少年說。

「對。射出光線的話，魚的眼睛也會發亮吧？」

「是耶！會發亮。」

「剛才經過的魚群的魚，眼睛也都發亮了吧？」

「嗯。」

「看到了嗎？」

「嗯。」

「嗯，很像星星吧？」

「像梵谷的畫，這裡好像晚上呀。」

「梵谷？你是說你房間裡的那幅畫嗎？」

「嗯，梵谷的《星空》。」

「啊，嗯，確實是。不過，有個地方更漂亮。我們去那裡看吧！」

忽那說，然後操縱著前方的操控盤，加快了速度。於是海底的風景也快速地移動起來了。

「弘君，看到前面的谷地了嗎？我們要下去那邊了。那就是海底下的谷地。」

透過眼前的兩扇圓形小窗戶，可以看到腳下就是緩緩往下的斜坡。
「看到了嗎？那裡就是谷底了。你知道那裡有許多什麼東西嗎？」
「不知道。」
「珊瑚，谷底裡滿滿的都是珊瑚。」忽那說。
「啊，珊瑚呀！」少年喃喃地說著。
小窗的視野已經下降到群生的珊瑚上面了，然後直線前進，慢慢經過珊瑚群的上方。
「弘君，你仔細看。我現在要用紫外線照射珊瑚群。」
不知道哪裡射出了紫外線光亮，珊瑚群就在這個時候變成一團團散發出無數青色小光芒的塊狀物。像繁華熱鬧的無數星星，谷底像巨大的青色天空般，佈滿了發出青色光芒的小顆粒。眼前與眼下，都是一閃一閃的青色光點。
「嘩——」
少年發出驚歎的歡呼聲。
「很像星空吧？弘君，無數的青色星星，占據了這個谷底。那是珊瑚的蛋白質在發光。」忽那說。
「真的耶！好大的星雲呀！像宇宙一樣。」少年也說。
「是呀！這就是宇宙，這裡就是宇宙。瀨戶內海的海底裡，有一個這麼大的宇宙。」
「比真正的星空更可觀，更漂亮。啊！真的好美呀！」少年說。
「啊，漂亮吧？除了這裡以外，再也找不到這麼漂亮的地方了。」
「真的呀！」
「我的心情平靜了，好像被洗淨了一樣。我一直想讓你看到這個地方。」忽那說。
「珊瑚的青色光，從魚群的眼睛發出來的光，還有魚的背部反射的光。這些光亮形成了光的漩渦。」

忽那喃喃低語地繼續說著：

「我一直覺得這裡非常神奇，像是大自然之神為這個世界的底部所準備的風景。但是，我也總是在想：神到底是為了誰呢？這是要做給誰看的？所以才準備了這麼美的景色？」

發青光的星雲還在眼下繼續擴展。

「弘君，我們所說的瀨戶內海就像現在我們看到的，是裝滿了許多小星星的籠子。」

「籠子？」

「是的，光的籠子。」

少年好像在想什麼而暫時沉默了。過了一會兒，才說：

「唔，是籠子……是吧！」

在暗處的忽那用力地點了一下頭，說：

「是非常大、非常大的四方形籠子。瀨戶內海就是這樣的海。別的地方不會有這樣棒的海了。這裡也是我最喜歡的海，我想一輩子都住在這裡，即使老死在這個地方也不會後悔。」

「每天從陸地上看到的海的底部，竟然是這樣的世界呀！」少年說。

「是的。不來看看，是不會知道的。因為這是從陸地看不到的美麗世界。」忽那說。

「從前這片海的海底佈滿了這樣的珊瑚，但是後來漁夫們的拖網削掉了海中的岩石，傷害了珊瑚的世界，只剩下拖網碰不到的谷底還有珊瑚。」

「哦，這樣呀？太可惜了。」

「是呀，真的很遺憾。」

然後兩人都沉默了。靜靜地思考後，少年這麼說：

「這樣靜靜地看著，覺得好像聽到了什麼音樂。」

「是嗎？」忽那問。

「嗯。」

忽那也安靜下來，他想試試看，是否自己也能聽到少年說的音樂。可是，他什麼也聽不到。

「弘君。」忽那說。

「什麼？」

少年反問。少年的聲音沙啞，呼吸聲也很清楚。

「上次阻撓你向那些壞孩子報復，我很抱歉。我後來常想，應該讓你報復的。真的很抱歉。」

忽那說著，便對著少年低下頭來。但少年卻像用了全身的力量般地猛然說：

「不是的！那件事忽那先生是對的。後來我仔細想過了，我一直在想，如果我真的做了那件事，就會讓他們受傷，等我長大後，我就會後悔自己曾經做了那樣的事情。現在是應該忍耐的時候。謝謝你那個時候阻止了我。」

在昏暗的海底中被青色的光點籠罩著，忽那一直默默無言。他這麼想著：

自己也這麼想過。但是，可惜這個少年已經沒有機會成長為大人了。

忽那越想心越亂。他真想如少年說的那樣，少年也有一天可以長大。但是，他無論如何也沒辦法那麼想。因為少年勢必會帶著那時的懊惱離開這個世界，而這都是自己造成的。

第十二章

1

御手洗站在可以看到 Bela Vista 度假旅館草坪的陽台上，接黑田課長打來的電話。黑田的聲音聽起來很興奮，一開口就說：

「御手洗老師，辰見洋子終於同意說實話了！」

「是嗎？」

御手洗也興奮地說著，還打了個響指。

「我們告訴她：小坂井已經吐實了，妳再堅持也沒有用。經過一再勸說，並且按照老師您說的，以盡量不讓她露面，也盡量不提及她的名字做為條件，請她在法庭上作證。最後她終於答應了。

「接著我們又和小坂井聯絡，讓他知道洋子也同意說實話了，並請他們一起出庭作證。並且告訴他：洋子以後的人生會過得非常辛苦，做為男人的你，一定要保護她；如果你能誠實作證，就不會被判什麼罪。總之，說了很多給他聽……」

「嗯，對，這樣很好。」御手洗說。

「還有，我們也告訴他關於日東第一教會對居比夫婦所做的惡行，要他盡快脫離教會，而且我們也會暫時保護他的人身安危；甚至，如果他與潮工房的老闆不合，我們也願意幫忙他在福山市這邊找工作。」

「這也很好。」

「二十四日那天晚上，不，應該說是二十五日那天的凌晨，根據小坂井的說法，他離開內海住宅社區的回家途中，在縣道上出了車禍，所幸被日東第一教會的朴救了。」

「嗯，嬰兒的屍體就是在這個時候落入朴手中的嗎？」御手洗問。

「是的。接著小坂井便把在內海住宅社區發生的事情，一五一十地告訴朴。基本上小坂井非常崇拜朴，只要朴表現出誠懇的樣子，小坂井就什麼都會說，不會對他隱瞞。」

「嗯。」

「小坂井當場表示懺悔，並非常感激在這樣大雨滂沱的深夜，竟然趕來拯救像自己這樣沒有用的人的可敬尊師。」

「看來朴這個人對信徒弟子好像非常好……」

「事實並非那樣。」

御手洗馬上這麼說。

「怎麼說呢？」

「因為他已經聽說在伊甸園工作的友美出車禍的事了。」御手洗說。

「哦？」

「鞆那個地方的日東第一教會的信徒很多，所以朴很快就得到友美車禍的消息，也知道是誰讓友美發生了那樣的車禍。他甚至知道居比這對做皮革工藝的夫婦住在水呑的內海住宅社區，並且為了去伊甸園上班，而把嬰兒交給保姆照顧。像這類細微的情報，他都掌握在手中。」

「嗯。」

「而那位保姆名叫辰見洋子，是福山市立大學看護科學生，她的男朋友就是在潮工房的吧檯工作的小坂井。這些都是從潮工房的老闆口中得到的訊息。另外，小坂井發生車禍的事，也是潮工房的老闆告訴朴的。朴從出事的時間和地點上來判斷，猜測到辰見洋子或許和居比夫婦都和小坂井的車禍有關。」

「哦哦。」

「朴是個非常聰明的人。綜合了情報後，瞬間便做出了判斷。他立刻起床，冒著大雨到發生車禍的地點。他也很了解小坂井，相信小坂井不會隱瞞他，會對他說實話。」

「哇。」

黑田對御手洗的推理感到非常佩服。

「但是朴為什麼要那樣……」

「因為他認為必須懲罰居比夫婦。因為居比夫婦認定日東第一教會不是正派的教會，還勸說虔誠的信徒脫離教會，甚至因此造成信徒出車禍，受了重傷。在有了懲罰居比夫婦的想法後，那天半夜老天又送給他一個準備得相當完善的計畫。」

「辰見洋子為了脫罪而設定的計畫嗎？」

「沒錯。對朴來說，辰見洋子的計畫是天大的誘惑。」

「噢。」

「朴發現事態果然如自己所料，覺得非常滿意。他知道只要延長洋子的計畫，自己的想法就可以獲得理想性的呈現，到時居比夫婦將會遭受到前所未有的痛苦。可是，因為畢竟有一個嬰兒失去了生命，讓這件事的本質變得有點複雜，所以他還是猶豫了一下。可是，對他來說，洋子的計畫實在太完美了，他捨不得棄之不用。」

「我明白了。」

「是洋子讓一向謹慎的他，也不小心掉進了陷阱裡。於是他自掘墳墓了。如果沒有洋子，朴一定還能繼續逍遙法外吧！朴一疏忽，竟然製造了兩個足以挾制自己的證人。還有居比夫婦，他們毫無疑問的，一定也會對自己遭受暴行的事情出庭作證。」

「還有一個人。」黑田說。

「誰？」

「在小坂井的那起車禍裡，被小坂井撞傷的人。那個人在車禍後被送到福山的小池外科醫院住院，但一出院就被我們找去談話。我們和他說了很多，他好像也能出庭作證。話說回來，那個人也是日東第一教會的信徒。」

「原來如此。」

「還有，因為車禍肇事的人是小坂井，所以尊師便要求那個人不要說出車禍和小坂井的事。但在我們不斷的勸說下，那個人還是說了。」

「有勸說他脫離日東第一教會嗎？」

「我們也把日東第一教會對居比夫婦所做的惡行告訴他了，他聽了之後，就說要脫離教會。大部分的信徒都不知道尊師對居比夫婦做了那麼可怕的事情，知道了以後都非常吃驚，才明白自己被日東第一教會騙了。」

「那麼可以提出公訴的條件都已經備齊，可以開始戰鬥了。」御手洗說。

「還有，毒品的事呢？有在追嗎？」

「這邊沒有什麼進展。」黑田回答得很乾脆。但又說：「雖然我們推測是貝克資材的人向日東第一教會的人購買毒品，卻找不到有力的線索讓他們開口吐實，我們既不清楚大阪那邊的對手是什麼人，所謂的半灰色組織的行動向來不留痕跡。他們的嘴巴都很緊，一味強調最近沒有什麼違法的事情。

「不過，我們查出宇野芳江的男人是誰了。那個人果然是貝克資材的人，叫作守山。不過，他不承認曾對芳江施打毒品。他經常去芳江的店，我們還懷疑他也把毒品賣給店裡的某些常客。可是，掌握不到證據，就沒有辦法讓他開口說實話。

「聽說來自朝鮮的毒品，好像是以投棄海中的方式，直接進入教會手中的；而教會不僅擁有水上摩托車，也有很多潛水的裝備，好像裝備得很齊全。如果能夠逮捕到教會的老大，就能順勢讓他們投降吧？朴是芳江的保護者，到時還能告他遺棄致死罪，及違反毒品法的罪。」

「朴現在在日本嗎？」御手洗問。

「在。根據出入境管理局的報告，他並沒有離開日本，所以應該還在橫島的教會裡。不過，要怎麼辦呢？讓鞆町署的三橋或石橋等人去教會抓人嗎……」

「當然不能那麼做。要動員編制一百三十名人員的大型機動部隊，突擊橫島的教會，進行大規模的搜查行動，逮捕所有的幹部、中堅分子及全體人員，務必一網打盡。教會內一定有很多可以作為證據的東西，統統要帶走，一件也不能留。還有，絕對不能讓他們有時間處理那些證據。教會的後面就是船和大海，那些證據一旦被丟到海中，要找回來就困難了。」

「嗯。說得是。」

「朴一定早早就擬定好被突擊時的應對之策了。所以，突擊前我們一定要先看清楚橫島的地圖，和教會建築的內部圖面，做出合理的作戰計畫，列出清單，註明哪裡有什麼東西，分派責任區，突擊行動一旦開始，各責任區也同時開戰。這就是戰爭。」

「是。」

「速度最快的小組負責控制後面的船塢，如果能有防彈背心、催淚彈、ＳＷＡＴ級的裝備那是最好不過了。這件事要越快進行越好，請馬上準備吧！還有，一定要抓到朴。」

「對了，我已經和內閣調查室的佐佐木先生取得聯絡了。」黑田說。

「嗯，他怎麼說？」

「他說：時機成熟時，就是戰爭的時候，到時就會利用巴士，從大阪送機動部隊到這裡來。」

「黑田兄，現在就是那個時候了。時機已經成熟，戰爭要開始了。」御手洗說。

「啊？是嗎？」

黑田還悠閒地說著。

「當然。現在要進行的是電光石火般的行動，動作太慢的話就會讓朴跑掉，以後恐怕再也沒有機會逮到他了。」

「是。可是，需要花一些時間做準備。」

「要多久？」

御手洗焦急地問。

「需要個三天吧！」

「太慢了。」御手洗馬上說。「請在兩天內準備妥當。對手很厲害，可以說是身經百戰的人。如果太花時間的話，可以不準備防彈背心或槍，但一定要有催淚彈，還有可以抵擋石頭攻擊的盾牌。請機動部隊在兩天內到達鞆町。」

「那麼我現在就去……」

「是的，請立刻去聯絡。不過，你與東京或大阪那邊聯絡時，請使用手機。還有關於強行調查，突擊橫島的事和日期，只能給你信賴的一、兩個人知道，絕對不能隨便對別人提起。」

「哦？這是為什麼呢？」黑田問。

「說不定警方裡有奸細。因為這個地方有太多日東第一教會的信徒了。」

「啊，真的嗎？」黑田大聲地說。

「這是常識吧！黑田兄。這種事例不是很常見嗎？警察的組織龐大，裡面什麼樣的人都有，還有他們的妻子。萬一她們說出強制調查的日子，被教會的人知道了，那我們就前功盡棄了。」

「可是，會那樣嗎……」

「絕對不能那樣，因為我們的機會只有一次，而消息一旦走漏，他們在兩、三個小時內，就可以銷毀掉所有的證據。這類的例子不勝枚舉。所以一定要在只有一次的機會裡一網打盡，才能確保所有的證據，否則難以在以後的漫長審判中制伏對方。一定要一舉擊垮日東第一教會才行。」

御手洗強調地說。

「是。」

「還有，請將朴的照片和他的護照資料，分送到所有的國際機場，防止他潛逃出境。明白了嗎？」

「明白了。對了，瀧澤老師那邊的事要怎麼處理呢？」

「瀧澤老師好像正往我們這邊來，會和我們一起調查關於攻擊教會的恐龍之謎。或許這頭怪物會是我們最後的依賴。」

「哦？」

「這段時間內請全力準備強制調查的事。後天下午開始突擊的行動。」

「了解。」

黑田說。

2

御手洗和瀧澤助理教授與我坐在忽那造船的會客室裡，一邊喝著冰涼的麥茶，一邊等待忽那社長現身。

會客室一角有一扇嵌著透明玻璃的窗戶，從那扇窗戶往外看，可以看到一艘正在建造中的漁船。這是一家只有一間可以進行組裝的船塢的小型造船廠。

窗戶的旁邊是仍舊以嵌入玻璃的門。那扇門被打開，一個脖子圍著毛巾，像作業員般的男人走進來。看到他進來了，我們三人便一起站起來。

「啊，您是忽那社長嗎？」

瀧澤助理教授問。

「是，我是。」

男人一邊擦脖子上的汗，一邊說著。

這個人雖然是社長，但看起來還相當年輕，大約四十歲左右的樣子。

「我是瀧澤加奈子，在福山市立大學教歷史。」

瀧澤助理教授遞出自己的名片，忽那社長點頭示禮後接過名片，看著名片上的字。

「是這樣的。聽野忽那島的忽那鷹光先生說了，他說村上水軍『岩流星籠』的文獻資料在您這邊……」

「『岩流星籠』？……」

忽那原地直直站著，眼睛看著半空中，想了好一會兒後，才一邊搖著頭，一邊坐在我們前面的沙發上。於是我們也紛紛坐下。

「搞錯了吧！」他說。

「沒在您這裡嗎？」助理教授問。

「我沒有那種東西呀。」社長說。

「那麼，忽那先生，您是忽那槽兵衛的後人吧？」

「是，我的先人是這麼說的。」忽那說。

「江戶末期的時候，輛這裡的忽那槽兵衛去了野忽那島，帶回那個……」

「啊！江戶時期的那個東西！」

忽那好像突然想到似的說。

「是的，村上水軍的武器圖錄。」助理教授說。

「那個東西不在我這裡。」他說。

「那會在哪裡呢？」

「在東京吧！聽說江戶末期的時候，先祖把那個圖錄上呈給江戶城內的大人後，就沒有再拿回來過了。」

「聽說有抄本。」

御手洗從旁插嘴地說。

「唔……」

忽那好像欲言又止。我也一樣，想說什麼卻說不出來。當時忽那鷹光並沒有說過有抄本呀！

御手洗繼續說：

「我們在找『星籠』這個武器。聽說那就是村上水軍擊沉信長大船的秘密武器。」

「請問你是……」

忽那看著御手洗問。

「我受到某政府機關委託，幫忙逮捕日東第一教會的尼爾森．朴。我是御手洗，這位是石岡君。」

御手洗也介紹了我，所以我便對著忽那點頭示意。

「哦？那樣嗎？」

瀧澤助理教授驚訝地說。

「是的，妳不知道嗎？」

御手洗滿不在乎地說。

「日東第一教會和村上水軍有什麼關係呢？」

忽那會長問御手洗。

「並沒有什麼直接的關係。不過，日東第一教會可以說是平成年代的黑船。你知道『星籠』吧？」

「請告訴我，那到底是什麼樣的武器？」瀧澤助理教授說。

「村上的那份資料是絕對不能外傳的，做為水軍的後裔，我……」忽那說。

「不能外傳是戰國時代的事吧！現在都快二十一世紀了。如果有抄本的話……」御手洗說。

「沒有那種東西。」

忽那立即說。

「那麼，為了學術上的研究，請你幫幫忙吧！」助理教授說。

「時代雖然不同了，但水軍的精神還活著。」忽那說。

「你這樣說，就表示確實有那份抄本的存在囉？」

御手洗這話，說得忽那無言以對。

「如果沒有抄本，你就不會那麼說了。」

忽那閃避御手洗的視線，無可奈何地說：

「雖然你們說很想知道『星籠』到底是什麼樣的武器，但我……」

「我已經知道『星籠』是什麼了。」御手洗說。

「什麼？」助理教授驚訝地說。

「『星籠』是潛水艇吧？」

聽到御手洗這麼說，忽那沉默了。

「被信長的巨大鐵船打敗後，村上武吉為了報仇而製作出用划槳的潛水艇。因為有水壓和呼吸的問題，所以不能像現在的潛水艇那樣潛入深海中吧！應該是利用伸出水面的吸氣管呼吸，然後貼近水面，在水面下航行的潛水艇。那樣的潛水艇可以趁著夜色或雨中接近大船，藏身在甲板看不到的船尾附近安裝彈藥，把船炸出一個大洞。」

「哇？」

聽到御手洗的說明，助理教授訝異得張大雙眼。

「信長的不沉戰艦就是那樣被擊沉的。」

瀧澤助理教授啞然得不知該說什麼了。

「那艘潛水兵器的名稱就叫做『星籠』。蒸汽船因為有外輪，所以『星籠』輕易就能讓蒸汽船無法航行。武吉把『星籠』的圖面，繪製在《岩流星籠》上。福田藩的忽那後裔聽說了這件事，其時又正好是幕府末期培里來航的國難時刻，便去野忽那島找到《岩流星籠》，當作能夠擊沉黑船的秘密武器，獻給在江戶城的阿部正弘。所以阿部正弘才會在《御出陣御行列役割寫帳》的黑船旁邊，用紅色的字寫了『星籠』二字。」

「哦？」助理教授再度發出感到訝異的聲音，問御手洗說：「老師，真的是那樣嗎？」

「波士頓舊州議會大廈裡，還留有類似兵器的紀錄。」御手洗說。「舊州議會大廈的陽台，就是首次宣讀美國獨立宣言的地方。美國曾經為了脫離英國的統治，發起獨立戰爭。當時美國還沒有海軍，和幕府末期的日本一樣，所以，為了擊沉停泊在海面上的英國戰艦，便在酒桶上安裝了腳踏車的踏板般的東西，把酒桶改裝成單人的潛水艇，利用那樣的潛水艇接近英國戰艦，把炸藥裝在戰艦上。不過，美國的這個行動失敗了，因為酒桶裡的人很快就無法呼吸了。」

「啊，聽你這麼說，我想起來了，我也聽說過這件事。」

助理教授說。御手洗繼續對著她說明：

「因為美國對美國戰艦的戰術其實也不過是臨時想到的行動，所以最後失敗了。但村上水軍有很長的海上作戰歷史，所以即使以前沒有使用過，也能夠想像出有效的潛水兵器。」

「既然你都知道了，何必再來問我？」

忽那抬頭問道。

「我就是想確認一下。」御手洗說。

「你要確認什麼？」忽那問。

「我想確認兩件事，其中之一就是圖面。我想知道『星籠』具體上到底是什麼樣的兵器。」

「是的，請您一定要讓我們看看圖面。」助理教授一再地說。

「我沒有正確的圖面，也沒有那個文獻的全抄本。但是……」

忽那陷入思考中，過了一會兒才又說：

「好吧。請等我結束工作。再三、四十分鐘我就可以結束工作了。」

忽那好像下定決心似的說。

於是我們就繼續坐在會客室裡，等忽那的工作告一段落，然後才和忽那一起離開忽那造船。

「我的家裡有一些資料。」

忽那說。他走在我們的前面帶路。

穿過巷子，來到可以看到遠處漁港角落的地方時，助理教授說：

「坂本龍馬也走過這裡。」

「哦。」

我說。這裡可以看得到常夜燈和雁木了。

忽那的住家在倉庫的二樓。爬上金屬樓梯後，忽那從口袋裡拿出鑰匙，打開門。

「請進。」

忽那先自己進入屋內後，就對我們這麼說。

脫了鞋子，踏上鋪著木板的地板後，就看到左手邊有一張餐桌。忽那一邊把鑰匙放在餐桌上，一邊說：

「不好意思，我家裡的室內拖鞋不夠多。我去泡茶。」

「啊，忽那先生，不必客氣了。」御手洗說。

「真的不必麻煩了。忽那先生。」助理教授也對要走向廚房的忽那說。「剛才我們已經喝過茶了。還是請您先給我們看『星籠』吧！」

於是忽那轉身，點了一個頭，說：

「那麼，請到這邊來。」

忽那再次轉身，打開隔壁房間的門。

那邊房間好像是寢室，因為裡面有一張床。房間靠牆壁的架子上有許多船的模型。剛才進門時，忽那家玄關旁邊的架子上也有模型。有許多和船有關的雜誌和圖面被散亂地丟在地板上。

忽那走到牆壁的架子前面，拿起其中的一個模型，走回我們的身邊，把模型放在旁邊的小桌子上。

「這就是村上水軍的『星籠』。」

忽那平淡地說。由於他的語氣實在太過平淡了，讓我有點吃驚。

「哇！還有模型呀？」助理教授興奮地說。

放在小桌子上的模型很像一隻蜈蚣。從船身左右兩側伸出去的槳，多得像蜈蚣的腳。我忍不住蹲下身體，靠近去仔細看。

忽那又是淡淡地說：

「這是我看著圖做出來的模型。」

「那麼，那張圖……」助理教授問。

「那張圖面的影印本到哪裡去了呢？請等一下，我找找。」

忽那說著，走到放在另一邊牆壁的櫃子前，然後從最旁邊的抽屜開始打開來尋找，很快就叫道：

「有了，就是這個！」

他拿著一張像圖面的影印紙回到我們身邊，然後把紙張放在模型的旁邊，說：

「從來沒有讓人看過這張東西。」

助理教授激動地說：

「太高興了！謝謝你。」

「比較圖面與依照圖面做出來的模型，你們就能明白了。」

「是。」

助理教授興奮地說著。

接著，忽那便指著模型，說明道：

「這裡是潛水艇的通氣管。然後這是艙口，每支通氣管就是這樣打開的。」

忽那打開模型潛水艇上部的蓋子給大家看。打開蓋子時，通氣管就會往旁邊倒。

「裡面有三個座位，呈縱向，可以乘坐三個人。這是櫓吧！有趣的是這櫓的握把，朝前進方向坐的槳手拉住櫓的握把時，櫓會固定不動，但櫓也可以往前方壓倒。這櫓是可動式的。這個潛水艇上有好幾支櫓，碰到船上的人員身體時，櫓就會倒下來。

「坐前面的兩個人從前方往後面搖櫓時，在船身外側的無數槳片，也會由前往後地划水，船就這樣前進了。」

「嗯，這是很有意思的機械裝置。無數的槳片在船身上繞了一圈嗎？」御手洗問。

「是的。槳片排成上下兩圈，如果船要往槳手的反方向前進時，槳片會倒下來，不能划水。右邊的槳手操作的槳片只有在要去船的右側時，才會開始划水。同樣的，左邊的槳手操作的槳片只有在要去船的左側時，才會開始划水。」

「很像蜈蚣呀！」我說。

「真的耶！」

助理教授同意地說。

「不過，船的上部是尖的，像角一樣。這樣好像可以降低水的阻力。」

「船內的櫓也一樣，船往反方向行動時，櫓是倒下來不動的。」忽那繼續說明道。

「嗯。因為是潛水的船，所以槳不能露出水面。」御手洗說。

「是的。坐在最後面的人負責掌舵，這個人不只要操控左右的舵，還要操控潛水的舵。舵手最重要的工作，就是讓船身保持在水面下的某一深度，且讓通氣管勉強露出水面上。」

忽那又指著模型說：

「維持船身在水面下與通氣管勉強露出水面上的槳片是這個。船的底部好像鐵板，但基本上是木製的，所以船不向前推進時，就會浮出水面。如果要繼續潛在水中，就要保持一定的前進速度，否則就不能控制舵了。

「還有，因為最後的船尾的地板變深，把滲入的水排出，就變成坐在後面的人的工作。不過，在潛水的狀態下時，不能做這件事。」

助理教授再三思考後說。

「忽那先生。」

「是。」忽那回答。

「可以影印一份這張圖面給我嗎？這張圖面可以和《御出陣御行列役割寫帳》那張圖兩相對照。這是幕府末期秘史的重大發現呀！」

「這東西嗎？」忽那問。

「是的。」

「這是我從小就看到的東西。」

「可以讓我影印一份嗎？」

「唔——」

忽那一臉嚴肅地思考著。

「拜託了！」

瀧澤助理教授頭低低地請求。

「好吧！不過，妳千萬不能弄丟了，因為只剩下這一張了。」忽那說。

「當然，當然。太感謝您了。」

助理教授開心地把圖紙抱在胸前。

「既然忽那先生這麼緊張，不如拿到附近的便利商店，馬上影印一份。」我說。

「啊，就這麼辦。」

「波士頓港的潛水船也是這樣的。不過，要操縱潛水船的人，如果力氣不夠大，應該很困難吧！」御手洗說。

「是的。」忽那點頭說：「即使是擁有眾多優秀槳手的村上水軍，大概也只能選出其中幾位來操縱這樣的潛水船。」

「如果有引擎之類的動力，就會輕鬆多了。」

御手洗說，但忽那卻沒有接話。

「幕府末期的時候，只送圖面到江戶嗎？」御手洗又問。

「聽說是的。」忽那回答。

「沒有在這裡打造出成品嗎？」

忽那一聽立刻就說：

「那只是傳聞。」

「哦。」

「傳聞說這裡打造了兩艘，江戶那邊也打造了兩艘。」

御手洗點點頭，說：

「那就是四艘吧？這和嘉永六年最早來日本的黑船數目相同。」

「是的。」

「那就需要優秀的槳手吧？」

「傳聞還說這裡派了好幾個優秀的槳手到江戶。」

御手洗離開「星籠」的模型旁邊，走到放在架子那邊，去看潛水艇的模型。

「這是核能潛艇的模型。」

御手洗先這樣對我說，然後轉個方向對忽那說：

「核能潛艇的話，好像持續待在海裡面二十年也不成問題。因為它能從周圍的海水中獲得大量的氧氣與淡水。」

「哦？那樣嗎？」我問。

「如果在『星籠』上安裝引擎，那麼操縱起『星籠』就會輕鬆多了。」

御手洗說，但忽那卻回答：

「不知道你為什麼會這麼說，不過，那是不被允許的。因為不管是造船還是航行，都必須獲得政府的許可才行。」

「那樣呀！」我說。

「剛才御手洗先生不是說要確認兩件事情嗎？」

忽那突然對御手洗這麼說。御手洗點點頭，說：

「是呀，還有一件事我也想請教一下。」

御手洗再次點頭後，開始說：

「我想問的是，如果黑船再度來襲，你會駕著它出戰嗎？」

「什麼？」

忽那說。我呆住了，瀧澤助理教授也露出驚訝的表情。

「幕府末期日本面臨國難的時候，『星籠』沒有出戰。不過，同樣面臨國難之際，『星籠』現在或許有機會出戰了。」

忽那聽御手洗這麼說，忍不住笑了，並且說：

「我不認為會有那種機會。現在的日本有海上保安廳，也有海上自衛隊。」

於是御手洗便問：

「如果他們趕不及到這裡來呢？」

「還有空軍呀！」

「假使其他的方法都行不通呢？」

「這是在問我嗎？」忽那說。

「是的，在問你。」

忽那又笑了。他說：

「為什麼？我不過是一個小小造船廠的老闆，我能做什麼呢？我什麼也不會。」

「是嗎？」御手洗說。

這時，電話鈴響了。不是手機的鈴聲，是忽那床頭小桌上的電話。

「對不起，我接一下電話。」

忽那這麼說，然後走向電話。他一邊伸手去拿聽筒，一邊好像想到什麼似的，回頭說：

「不過，事情若是發生在瀨戶內海，那我總不會默不作聲的。我不會讓任何人在瀨戶內海亂來。」

然後他就拿起聽筒，接聽了電話。

我覺得我從他剛才說的那段話裡，聽到了他的言外之意，他在說「這裡是星籠之海」。

「是……我是忽那。啊，岡本醫生，唔？那……知道了。我馬上過去。」

忽那說完，放下聽筒，看著我們的臉，說：

「對不起，我正在住院的朋友病情危急，我現在必須立刻去醫院。」

「這樣嗎？那麼我們先告辭了。」御手洗說。

「非常感謝您。」

瀧澤助理教授低著頭道謝。但忽那手靠著牆壁，茫然地站著，好像完全沒有聽到他們說的話。

3

然而，要求機動部隊兩天後就大舉從大阪來到鞆町，根本是不可能的事情。機動部隊五天後才抵達鞆町。

在通往横島的橋上，停著兩輛窗戶上裝有鐵絲網的巴士。戴著頭盔的全武裝機動隊隊員列隊前往日東第一教會的基地。

御手洗在度假旅館——Bela Vista的陽台上佈陣，用手機接聽黑田課長打來的一通又一通的報告電話。

「朴不在？」

御手洗坐在椅子上，表情嚴肅地說著。

「機動部隊的隊員已經湧入，控制了上岸的碼頭，並且地毯式地搜索了教會的每個角落，雖然找不到尼爾森．朴，但其他幹部成員都已經就逮，也把所有證據類的物件全部扣押下來了。」

黑田說。

「信徒們怎麼說？」

御手洗坐直身體地問。

「關於朴的去向嗎？他們都說不知道朴在哪裡。不過，一個小時以前他們還在教會裡看到他。」

「和國際機場聯絡了嗎？」

「聯絡了，都說完全沒有看到朴的人影。」黑田課長說。

「只有一個小時，他應該還沒走遠。但是就算是他湊巧外出，現在應該也聽說教會遭受警方強行搜索的事了，所以不會跑去國際機場自投羅網吧！」御手洗說。

「他現在會去哪裡呢？應該躲起來了吧！」

「除了鞆港外，福山有別的港口嗎？」御手洗問。

「有福山港。」

「是嗎？外國籍的船隻會在那裡停靠嗎？」

「那裡有日本鋼管公司，所以有很多運輸資材貨物的外國船在那裡出入。」

「這就對了！」御手洗說。「請馬上拿照片去福山港。他或許會變裝、改名，持用偽造的護照離開。一定要在他上船前逮到他，讓他上了船就麻煩了。」御手洗說。

「明白。」黑田回答。

「他如果能夠逃回他的國家，就會有各種逃脫的方法。事到如今，請務必在福山境內抓到他。他應該再也不會露出狐狸尾巴了，所以，這是第一次，也是最後一次抓他的機會。」

御手洗叫著說道，然後掛斷電話，站了起來，來來回回地在草坪上走動著。

「喂，御手洗，冷靜一點呀！」我說。

「好不容易逮到了朴的失誤，而且都追查到這個地步了！如果讓他逃了，我以後就再也不涉及刑事案件。」

御手洗憤憤地叫嚷著說。

他不再回到椅子那邊坐下，只是在草坪上走來走去，然後咚咚咚地走下石階，一圈圈地繞著下面廣場裡的游泳池。我忍不住也站起來，看著他繞圈子。

大概是走累了吧！御手洗一臉不悅地躺在有墊子的長椅子上，動也不動。

度假旅館——Bela Vista位於高台上，可以從游泳池邊，俯瞰散落著大大小小島嶼的瀨戶內海。我也坐在長椅子上，看著那樣的瀨戶內海。

手機的電話鈴聲響了。御手洗立刻坐了起來。

「喂，我是御手洗，怎麼樣了？什麼？船已經開走了？」

御手洗像被彈起來般地站了起來。

「一個和朴長得很像的男人上船了，但是沒有看到尼爾森．朴的護照？那是開往哪裡的船？北朝鮮？可惡呀！沒錯！果然是用了假護照。」

黑田課長站在福山港的棧橋上，一邊看著海面，一邊用手機講電話。

「現在還能看到已經開走的船尾巴。那是一艘貨船。但是，那是外國船，一旦出海後，船上就等於是外國的領土，不在我們的管轄內，我們就動不了手了。要把調查權轉交給國際刑警組織嗎？但國際刑警組織的人必須先來到日本，然後再上那艘船。那得花多少時間，無論如何，再快也要一整天的時間。」

把手機貼在耳朵上，在游泳池邊急躁地走動的御手洗走到草坪上，並且繼續向前走，走到高台的邊緣。他站定了，眼睛直視前方。

遠方海面上，一艘貨船從左手邊開始，慢慢地出現在他的視線中。

「看到了。是那艘船。」御手洗說。

「你看到了嗎？」黑田問。

「必須讓船暫停……」御手洗喃喃地說。

「可是，我們沒有那個權限。如果那是教會的船，或許還有可能，但那完全是民間團體的船，何況我們也不敢肯定朴一定在那艘船上。」

御手洗咬著唇，在高台邊走來走去；而遠方的那艘船持續慢慢前進著。

「我會有辦法的。」御手洗說。

「啊？」黑田說。「都已經這樣了，還能想到什麼辦法？」

「不知道。不過，絕對不能讓他就這樣逃走了。」

御手洗說，然後便掛斷了電話，把手機收進口袋裡，從與我有點距離的長椅子上站起來，然後叫喚著我：

「石岡君，走吧！」

「什麼？要去哪？」

我嚇了一跳地說。

第十三章

1

忽那坐在搖搖晃的小巴士中，巴士正行駛在爬坡的山路上。他的旁邊沒有坐人，他也沒有和任何人交談。

放在上衣口袋裡的手機響了。他慢慢地從口袋裡拿出手機，接了電話。

「喂，我是忽那。」

他閉上眼睛說。不管打來的人是誰，現在任何人的聲音都會讓他感到痛苦。因為他現在一點也不想講話。

「啊……是你呀。」

忽那說。他聽了好一會兒，才想到打電話來的人是誰。不過，現在他對那個人說的話，一點也不感興趣。是誰打電話給自己的？說的又是什麼事？他一點也不關心。因為少年智弘死了。

「唔……我現在無法做任何事，因為我正要去殯儀館。我要去參加一位重要朋友的喪禮，沒有心情做其他的事。是，是的，對不起，不好意思。」

他掛斷電話，把手機放回口袋。坐在心情沉重的忽那後面的，是智弘的級任老師土屋、岡本醫生、護士，和智弘的同學們。巴士艱難地爬著山坡，朝著位於山腰的殯儀館而去。

喪禮的會場裡掛著智弘的照片。捻完香，行過禮後，忽那朝出口走去。離開殯儀館後，從石階上下來時，手機又響了。忽那拿出口袋裡的手機，慢慢地接了電話。

「喂，我是忽那。啊！又是你嗎？確定尼爾森・朴就在那艘船上嗎？是嗎？⋯⋯好，好。確實。宇野君的母親死亡之事，朴的確有責任。他讓宇野君的母親接觸毒品，也和她有肉體上的關係，還見死不救。真的是一個可惡的人。如果早點叫醫生來，宇野君的母親會獲救的。我明白。可是，我能做什麼呢？」

忽那走在砂石路上。

「我對不起弘君，做了永遠無法彌補的錯誤。弘君被教會裡的一些孩子欺負時，曾經想要報復那些孩子，是我阻止了他，我告訴他，如果他做了報復的事情，以後他長大成人了，一定會後悔的。後來弘君也對我說了相同的話，說他長大成人後一定會後悔，幸好我當時阻止了他。可是，他不會長大成人了。與其這樣，當時真的應該讓他報復那些孩子。」

忽那說完這些話，就沉默了。他在聽對方說話。

「對不起，現在你說什麼我都聽不進去，可以暫時讓我靜靜嗎？我現在覺得全身無力，也不想和任何人說話。拜託了。」

忽那說著，便掛斷了電話，把手機收回口袋裡。接著，他慢慢地低下腰，坐在石頭上。他低著頭坐著，過了好一會兒，才緩緩抬起頭。

這時，他看到遠遠海面上貨船正在緩慢前進。朴就在那艘船上嗎？靜靜地看著那艘船一陣子後，他再度垂下頭，看著腳邊的小砂石。小砂石的顏色變暗，一個影子重疊在他的影子上面。忽那感覺到其他人的存在，所以抬起頭，接著又站起來。來的人是岡本醫生，就站在他的前面。岡本醫生默默地垂下頭，忽那也垂下頭來回禮。

「這個。」

岡本醫生說著，遞出一個白色信封。

「這是？」忽那問。

「在宇野君床上的枕頭下看到的。」醫生回答。

忽那一時還不想看，便把信封塞進上衣的內口袋裡，原地呆立著。他低著頭，就只是站著。醫生的身影從他的眼前消失了。他低下腰，又坐在石頭上，從口袋裡拿出那封信來看。是孩子的字體。信封上寫著：忽那先生收。他抽出信封內的信。打開摺疊起來的信紙，就看到歪歪扭扭的鉛筆字。是智弘發高燒時勉強寫的吧？

「忽那先生，謝謝您帶我去看海底，真的太漂亮了。瀨戶內海確實就像星籠呢！如果能夠再去看，那就太好了。」

忽那像在打臉一樣地把信紙狠狠貼在自己的臉上。

「可恨呀！」

他這樣叫了一聲。痛苦的呻吟聲從緊咬著牙的齒縫裡洩出。一直被控制住的淚水，再也控制不住地崩潰了。忽那把信紙從臉上拿開，轉頭看看四周。

「沒有計程車嗎？」

殯儀館的前面一輛計程車也沒有。於是他便邁開腳步跑起來。他面對下坡，全力奔跑起來。忽那的手裡還拿著信，他用盡全身力氣地狂奔，越過護欄，跳過草叢。腳下的雜草被他踢得到處飛揚，他在狹窄的山間小路上奔跑著。他繼續向前跑，波浪的聲音越來越大聲了。忽那已經跑到沙地的岩石堆前了。他跳上岩石，又往下跳到沙地上；他在沙地上跌倒，又在沙地上站起來，然後繼續跑，完全不休息。看到前方海岸邊的洞窟了。海浪打進洞窟中，發出了很大的回聲。

忽那穿著鞋子就跳進海水中，跑進洞窟內。洞窟內很暗，黑暗中有一間破舊的房子依岩壁而建。

一道鐵軌從廢屋下往前延伸，直到消失在海中。破房子的牆壁被從岩壁上往下生長的藤蔓糾纏，藤蔓幾乎遮蓋住了半間破房子。忽那喘著氣，拔出橫跨在靠近水邊的門上的大型門閂、挪開靠在門上的板子，和用來偽裝的招牌，然後把板子和招牌放在沙地上，再用手推開眼前左右對開式的門。

他踏進破房子。站在破舊的小屋子裡，打進洞窟的波浪聲聽起來越發地大聲了。一個被布蓋起來的物體，被放置在房子的中間。忽那從邊緣將布掀開，一個黑黝黝的鐵塊出現了。那是一艘小型的潛水艇。忽那取下船頭上固定絞盤的繩索，然後把小型潛水艇往海的方向推進。潛水艇爬上了往海中延伸的鐵軌，並且乘著打進來的海浪後退之勢，慢慢滑入水中。

他脫掉黑色的上衣，把衣服丟在小屋的架子上，接著跳入水中，追上潛水艇，打開潛水艇背部的艙門，進入艇中。忽那坐在操縱席上，開動引擎，柴油引擎發出巨吼般的聲響，螺旋槳開始轉動。潛水艇倒退著前進，慢慢地進入海上了。

忽那慢慢地改變潛水艇的方向，並且切換成前進的模式。潛水艇平靜地展開突擊，慢慢加快速度，往海面前進。坐在操縱席上的忽那轉動油門上的加速度。沒有時間了，現在必須全速前進。潛水艇劃開白色的波浪，緩緩地加速，前進的速度越來越快了。接著，潛水艇開始潛入水中。潛水艇的鼻子往下，慢慢地全身都浸入水中，在海裡全速前進。

2

我和御手洗搭乘著常石會長引以為傲的快艇，飛快地衝出境濱的碼頭，在水面上劃出白色的弧度，狂追載著尼爾森·朴的貨船。

風很大，颳起被波浪捲起的海水，水珠打在我們的臉上，快艇進入全速前進的狀態。不到三十分鐘，就模模糊糊地看到遠處舊貨船的尾巴了。

「看到了！」

會長叫道。因為風聲與引擎聲太大了，所以不用叫喊的方式說話的話，聲音就傳不進別人的耳朵裡。由於快艇一直線地快速前進的關係，本來只看到一小點的貨船，變得越來越大了。御手洗把會長借給他的望遠鏡貼在自己的眼睛上。他看著船尾，應該是在看船尾上的船名吧！

「可以追上吧！」我說。

「馬上就能追上了。」

會長驕傲地叫道。

如會長說的，貨艙已經近在眼前了。

「可是，追上了以後呢？」

我忍不住這樣低聲說著。只有我和御手洗追上這艘貨船，能做什麼呢？浮著紅鏽的巨大船尾像屏風一樣地聳立在我們的面前。快艇瘋狂的引擎聲慢慢平靜，會長讓船速慢下來了。

「接下來要怎麼辦？」

會長大聲地問御手洗。

「請把快艇開到貨船的右側，與貨船並行。」

御手洗大聲地說，然後拿起放在腳邊喇叭型的擴音器，用右手拿著。

「這個借用一下。」

御手洗說，會長點頭同意。接著御手洗便轉向我，把望遠鏡推到我胸前，說：

「石岡君，你拿著這個。」

說完，他就把上半身伸出操縱室，並把擴音器放在嘴邊，抬頭大聲地喊：

「喂，喂，那邊的貨船，聽到了嗎？立刻靠左停下來！你的船速太快了。」

我嚇了一跳，說：

「御手洗，你在說什麼？」

御手洗不理會我，他接著又以英語和朝鮮話講了相同內容的話。當然，對方的那艘貨船沒有要停下來的樣子。快艇不久就追過貨艙，領先在貨艙的船頭前方了。會長將快艇向左切之後，來了個大轉彎，把快艇開到貨艙的左側，然後放慢速度，在貨船的左側與貨船並行。

御手洗移動位置，在快艇的右側對著貨船叫：

「那艘貨船，快停下來。你的船上有一名罪行重大的嫌犯，他的名字叫尼爾森·朴。我們要立刻逮捕他。」

但是幾乎是在我們頭頂上的貨船仍舊對御手洗的喊叫不理不睬。

「喂，御手洗，你能想到的方法，就只是這樣嗎？」

我很訝異地問道。但是御手洗沒有理我，只是同樣地用英語與朝鮮話，對著貨船喊了相同意思的話。

「它不會停下來吧！」我說：「而且，你也沒有權力逮捕他。」

但御手洗仍然白費力氣地叫著：

「尼爾森·朴，你的信徒在等你，他們都在鞆署的拘留所裡。快從那艘貨船上下來。」

「你要他怎麼下來？現在是在海上耶！」

但御手洗又用英語與朝鮮語，說了相同的意思的話，還用德語、法語、俄語，也叫了相同意思的話。

「我知道你的語言能力很強。」

我這麼說時，抬頭一看，看到頭上的貨船的甲板圍欄處，露出了一張東方人的臉龐。

「他出來了！給我望遠鏡。」御手洗對我說。

御手洗把望遠鏡放在眼睛前，抬頭看著那個人。

我只能用肉眼看那個人。但還是看到了，那個人的臉上浮現好像吃定我們的笑容，並且悠然地舉起右手，以從小指到食指依照順序彎曲的方式，對著我們揮手。

御手洗放下望遠鏡，說：

「沒有錯。他就是尼爾森．朴。」

再抬頭看時，朴的臉已經不在那裡了。

常石會長駕著快艇，來來回回地繞著貨船。御手洗已經不再使用擴音器狂喊了，他立定原地不語，好像在思考什麼對策。

「我們能這樣追到他的國家嗎？」

御手洗問握著方向盤的會長。而對船完全不了解的我，直覺地認為那是不可能的事。

「用這艘快艇嗎？不可能，燃料無法持續到那個時候。」會長回答。

「御手洗，看來我們只好放棄了。」我說。

即使是御手洗，面對這樣的情況也只好點頭了。

「沒有別的辦法，好像只能這樣了。」

他無限懊惱地說。

「要撤退了嗎？」

會長問御手洗。

御手洗只是抬頭看著前方的貨船，不做回答。會長扭轉快艇的節流閥，讓速度慢慢下降。

3

這時黑田課長和三橋、石橋等等刑警，則是坐在警車上，沿著海岸邊的道路追朴搭乘的貨船。道路接著橋樑。警車在橋樑上跑著。貨船在橋下航行，貨船的後方是載著御手洗和我，窮追不捨的快艇。

「看來已經不行，要讓他逃掉了！」坐在副駕駛座上的黑田說。「就算追到貨船，也逮捕不了他呀！」

「可恨！鞆町署和福山署錯過這次揚名立萬的機會了。」

坐在後座的三橋十分懊惱地說。

「要撤退嗎？再追也沒有用了。」

穿著制服，手握方向盤的警察說。

「撤吧！可惡！今天晚上要借酒澆愁了！」

黑田嚷嚷地說。

4

御手洗無言，一臉失望的表情。貨船從他側著臉的眼前慢慢地追過我們的快艇，把我們拋在後面地對著黃海的方向揚長而去。

我不知道該說什麼才好。御手洗和我從橫濱搭著飛機，又從四國飛到吳市，在狹窄的瀨戶內海領域裡奔波，解決了好幾樁刑事案件，卻只能眼睜睜地讓朴溜走。

「能將他逼到這一步，已經很厲害了。」

我看不過去地說。

「把最大的敵人追到只差一步。這一次你已經進攻到極致了，至少已經摧毀了日東第一教會。」

我安慰地說。

「如果不是你，不管是綁架事件還是嬰兒死亡事件、瀧澤助理教授的事、辰見洋子和小坂井茂的事，恐怕都得不到真相，無法獲得解決。」

御手洗的頭髮在海風吹拂下飛舞。他喃喃地說：

「確實，已經進攻到極致了。」

然後就無言地看著貨船的尾部。滿是鏽垢的貨船尾部離我們越來越遠。御手洗的視線一直停留在貨船的尾巴，很久很久都不說話後，才說：

「孩子的時候，有一次我坐在河堤的草叢，看著河面。那是暴風雨過後的日子，河水高漲，河中央波濤洶湧，濁流滾滾。一直看著河面的我，突然看到一只木箱子漂流過來，箱子裡有三隻小貓。」

不知道御手洗到底想說什麼，我只能點頭表示聽到了。

「看到載著小貓的箱子後，我立刻站起來，在河堤上追著箱子跑。一直追一直追。因為河中央有亂流，所以箱子飄到河中央時翻覆了，並且打轉了一圈。那是一只狹長的箱子。不過，「所幸箱子恢復到原來的姿勢，小貓們雖然全身都濕了，卻還安然無恙地在箱子裡。不過，三隻少了一隻，只剩下兩隻小貓了。

「我停下腳步，目送小貓的箱子漂走。就像現在這樣。」

我們的快艇變得十分緩慢，速度就像手划的小船一樣。握著方向盤的會長看著御手洗的臉，好像想問他是不是要轉回去了。

「我坐在草地上，一直等著。因為我還是一個孩子，河水又很湍急，根本不是一個孩子能下去的地方。就算是大人吧！也不能下水去。

「直到現在，我還是覺得小貓們會游到岸上吧？所以當時我就一直在那裡等著，因為我想要牠們游上岸，我想擦乾牠們的身體，把牠們抱入懷裡，給牠們溫暖。所以，我一直握著手帕，等著牠們。可是，太陽下山了，星星出來了，月亮也出來了，小貓們還是沒有上岸。

「越來越晚，我覺得冷了，只好回家。可是那天晚上我睡不著覺。我想：人世就是這樣的嗎？得到兒童莫札特音樂大賞的冠軍，或奧林匹克數學比賽的第一名，那又如何？覺得那些都變得沒有意義了。總覺得：那麼努力，那麼堅持的結果，就是這樣嗎？」

「你解開星籠之謎了呀！」我說。

「哼，那又怎樣？」御手洗說。

「沒有抓到朴，其他的事情就變得沒有意義了。下一次的戰場會在卡達？還是莫斯科呢？誰也不知道，只知道一切又要從頭開始。」

「如果是莫斯科的話，那就到莫斯科再抓到他就好了。」我說。

「他還會像這次這樣露出狐狸尾巴嗎？好了，會長，我們回去吧。」

御手洗轉頭對會長說。駕著快艇的會長開始讓快艇慢慢地回轉。但，就在這個時候，我看到後方的海上有一個奇怪的東西。明明沒有看到船的影子，海面上卻有一道直直的白色波紋。白色波紋朝著我們而來，越來越接近我們。

白色波紋的速度非常快，不像船隻的速度。我不禁想到棲息在瀨戶內海的怪物傳說。

「喂，御手洗，御手洗，那是什麼？」

我指著那道白色的波紋，對著御手洗叫道。

御手洗也看到了。白色的波紋逐漸擴大，以很快的速度穿越了我們。

御手洗伸直了背脊，雙手一拍，興奮地揮舞著。

「來了！『星籠』出現了！」

御手洗大叫地向會長伸出手。

「會長，請停止回轉，還沒有到回去的時候。我們前進吧！『星籠』終於來了，還是來了。我們追！」

快艇起動引擎，開始加速追逐白色波紋的航跡。

「靠右航行，和白色波紋保持距離。不要妨礙到『星籠』的行動。只要跟著它就行了。」

御手洗迎著開始轉強的風，大聲吼叫著。快艇再次接近貨船的尾巴，我們的視線漸漸被貨船的尾端占滿了。白色航跡的前面出現了淡淡的黑色背脊的影子。黑色背脊緩緩浮出水面，變得越來越大，終於完全現身在水面上。因為水而潮濕的背脊發光，讓我想到年輕有力的鯨魚。

我們再一次接近位於鯨魚前方的貨船尾端。我們的視線完全被貨船的巨大船身遮蔽了。它大到擋住陽光，讓我們的眼前變得黑暗。船尾的中央下面，有些地方不時冒出白色的水花，那是螺旋槳。是像巨大的金屬風車般的螺旋槳，在水面下轉動著。這艘貨船可能是剛卸貨吧？因為船身並沒有大幅下沉。

那鯨魚的背脊突然被打開，一個人從打開的洞裡鑽出來。是一個穿著白色的襯衫，黑色長褲的男人。他關上艙門，站在背脊上。下一瞬間，他一躍，跳入水中，而那黑色的物體，則慢慢地開始往下沉。我屏息地注視著。貨船的尾部完全遮擋了我們的視界。黑色的物體猛然直直衝向持續轉動著的螺旋槳。

「請減速！」

御手洗高喊，快艇慢下來了。然後，就在那一瞬——

一聲轟天巨響之下，一道巨大的水柱在我們的眼前往上直沖。對一直待在水面上的我們來說，那水柱好像直達天際了般。

「停下來！」

引擎的聲音停止了，御手洗不需要再大聲叫喊了。

不過，沖上天際的水柱的水開始往下落，發出噼哩啪啦的聲音。巨大的水珠開始拍打著船身，但這不是雨，是剛才被炸到半空中的海水往下落了。

「停船。」

御手洗說，他的視線一直看著巨大水幕的彼方。

他一直維持著那個姿勢，動也不動。時間過去了五秒、十秒。

不久之後，他發出歡呼聲，並且擺出開心的勝利姿勢，說：

「停了！停下來了！朴的船停下來了！」

「停了嗎？」

我不自覺地也叫道。御手洗吼叫般地回答我：

「對！那艘貨船至少一個星期都動不了了！是『星籠』阻止它前進。雖然幕府末期的時候，『星籠』未曾出場亮相，但時至平成年間的今日，『星籠』終於現身了。」

爆炸之後的餘音在海面上咻咻地呼號，化成一種奇怪的風聲，像一條無形的龍，在空中飛舞。

御手洗的手機鈴聲，在那樣的風聲中響了。他從上衣裡拿出手機，接了電話，接著像是在對風聲挑釁般地叫喊著。

「啊？——什麼？……聽不到……啊！黑田先生！」御手洗說。「什麼？——唔？啊，看到了嗎？是的，我們現在正在暴雨中。被爆到半空中的海水降下來的暴雨中。」

好像是黑田課長打過來的電話。下一瞬間，御手洗說了一段奇怪的話。

「你問我發生了什麼事嗎？觸礁了。貨艙觸礁了。這一帶有很多淺灘。市面上的海圖並不見得都很仔細，如果不是熟門熟路的日本船，在這個地方航行，是有危險性的。最後的最後，果然瀨戶內海還是站在我們這邊的。請立刻聯絡國際刑警組織。總之，載著朴的船已經停擺了，我們必須盡快行動。」

「還有，請馬上封鎖貨船的四周，不要讓任何可疑船隻或直升機靠近貨船。」

5

警車內一片驚恐，車子緊急煞車，車內的人員都坐不住地挺起身體，看著前方。

「怎麼了？什麼事？發生了什麼事？」

刑警們各個專注地看著前方。

貨船的尾部爆起一股沖天水柱。黑田緊張地按著手機上的號碼鍵。

「御手洗先生，御手洗老師。」他叫道。

「御手洗老師，我是黑田，福山署的黑田。」

又喊：

「喂，安靜點，我聽不到電話了。」黑田對旁邊的人吼著說。

「我們看到沖天的水柱了。什麼事了嗎？嗯，是。看到了。在路上看到貨船了。那水柱是？……什麼？觸礁？船觸礁了？唔，觸礁……」

黑田用手掩了通話口，對著旁邊的人說：

「御手洗老師說貨船觸礁了。」

旁邊的人紛紛發出驚訝的呼聲。黑田再度對著電話說：

「啊，觸礁得真是時候呀！……唔，是的，這一帶的海域很複雜，海流會改變海底的砂石，可以說海底的狀況隨時都在變化中。不過，我們可真幸運，但也可以說是朴的不幸吧！原來朴那傢伙也有倒楣的時候。

「是，是。明白了。國際刑警組織是嗎？會馬上讓他們進行聯絡的，也會立刻知會廣島或吳市的水上警署，請他們立刻封鎖貨船的周圍，絕對不會讓朴逃走的。」

黑田掛斷電話後，對著安靜地等待他說話的刑警們，說：

「今天晚上可以喝慶功酒了，慶功酒！」

聽到黑田這番話，警車內的刑警全嗨翻了。黑田在一片歡呼聲中，又認真地按著電話鍵。他負有任務，必須馬上聯絡署裡和國際刑警組織。

6

已經不再轟隆作響的船上，我對御手洗說：

「你說貨船停止不動，是因為船觸礁了？不對吧？是『星籠』讓貨船停止不動的吧？」

御手洗點頭，說：

「沒錯，是村上水軍的秘密武器讓貨船停下來了。是『星籠』飛越了五百年的時空，完成了這個奇蹟，是瀨戶內海讓船停下來了。『星籠』就是瀨戶內海的一部分，不是嗎？」

接著，御手洗拾起放在地板上的擴音器，打開擴音器的開關，又對著貨船大聲發話。

「船上的尼爾森．朴先生，請你快去洗個澡吧！拘留所裡一個星期只能洗一次澡。」

「嘖！說這些話太多餘了吧！」我說。「不過，那是真的嗎？」

「什麼？」

「拘留所裡真的一個星期只能洗一次澡嗎？」

「不知道。」御手洗說。「監牢裡的話，洗澡的次數或許會多一點，但現在拘留所裡人滿為患，洗澡的機會恐怕不會太多吧！」

「不能洗澡這種事，我是受不了的。」我說。

「你確實是那樣。」御手洗說：「因為你很愛乾淨。不讓你洗澡的話，說不定你還會控訴他們侵犯人權。所以說呀！你最好不要做會被逮捕的事。」

「對了，剛才那個黑色的東西是潛水艇嗎？」我問。

「沒錯。那就是忽那先生悄悄打造的，裝著電動引擎的『星籠』。打造那艘『星籠』，原本是為了個人的興趣吧！」

「那麼，襲擊日東第一教會訓練船的……」

「就是那個。」

「可惜沉沒了。」我說。

「別擔心。他是造船公司的社長，再打造一艘就行了。」

御手洗說。這時常石會長走過來，拍拍御手洗的肩膀。御手洗一回頭，會長便指著海面上的一個小點。那是一個一邊游泳，一邊揮手的人影。

「喂，御手洗，那是──」我說。

「那是忽那水軍。」

御手洗回答我，然後馬上對會長說：

「趕快去幫忙他吧！這次能抓到朴，他是功勞最大的人。」

尾聲

黑田課長在福山車站內，對我們做了以下的說明：隔天，國際刑警組織的直升機飛抵貨船擱淺的三原沖海面上，日本海上保安廳的艦艇也迅速趕到，立刻逮捕了尼爾森・朴。

朴現在被安置在保安廳的船內，接受法國搜查人員的詢問，接著應該會被送到曼谷，接受更嚴格的調查，然後會被關在法國里昂的看守所中。

因為接下來荷蘭國際刑事法院的檢察官會到福山來進行調查，所以御手洗建議應該整理好這次和日東第一教會有關的案件資料，並且全部翻譯成英文。還說調查人員和訴訟部門的人員應該都會來。

御手洗又說了，英文譯稿完成後，可以傳送到他的個人電腦裡，他進行修正後，會再傳送回來。朴之後會以被告的身分被移送到荷蘭，在海牙接受國際法庭的審判。

福山車站的新幹線月台上，除了黑田課長和鞆町署的石橋、三橋兩位刑警外，還有好幾個不記得名字的制服警察、福山署的兩個妹妹，還有瀧澤加奈子助理教授和常石造船的會長他們也來了，連居比修三都出現在月台上了。這麼多來送行的人，讓我覺得無比惶恐。

「這次該怎麼說呢？總之，太感激你們了。」黑田說：「多虧了你們，鞆町變乾淨了。」

「課長，不只鞆町哦，整個福山都變乾淨了呢！真的，太感激了。」

三橋刑警說著，低下頭來對我們鞠躬道謝。他的動作帶動了其他人，大家紛紛低頭說謝謝。

瀧澤助理教授也低頭鞠躬。

「沒什麼，各位太客氣了。我們在這裡的期間非常開心，還讓我們搭乘了那麼棒的快艇。」

御手洗說。

「歡迎你們隨時來搭乘。」常石會長說。

「瀨戶內海是非常棒的海，我還想再來。」御手洗說。

「真的很愉快，還想再來的。」我也這麼說。

「歡迎你們再來，一定要再來。」黑田課長說。

「關於『星籠』的事，謝謝你們。」瀧澤助理教授說，又低頭行禮表示謝意。

「那個，這是……」

居比修三向前一步說：

「這是送給兩位的小錢包，是用最好的皮革完成的，請不要嫌棄，用用看吧！」

居比修三送給我們用漂亮的皮革製作的小錢包。

「嘩！太漂亮了。」

我們輕呼讚歎著。黑田課長這時說：

「啊，新幹線的列車要進站了。」

一看，從新尾道方向來的列車，果然正在接近中。沒有時間好好向居比修三表達謝意了。而御手洗又在和瀧澤助理教授說話，我只好做為代表，向在場的各位深深一鞠躬，表示謝意。

「這樣就要說再見了嗎？太快了呀！」

列車進入月台了。黑田課長很遺憾地說。進站的列車已經停下來，車門也開了。御手洗跨出一步。

「再見了。」

他站在門口，揮手對著大家說。

「您一定要再來喔，御手洗先生。」助理教授說。

「那個——御手洗老師，如果有別的事件時，可以再請教您嗎？」

黑田說。於是御手洗心情愉快地回答：

「可以呀。隨時都可以，我會再來的。」

御手洗說著，但踏上踏板的腳突然停下來，然後轉身對黑田說：

「找我當然是可以的，但是，請遇到困難的案子再來找我。因為我也是很忙的。」

然後，我們就進入車廂內。是綠色的特別座車廂。看來福山署對我們確實不錯。

瀧澤助理教授滿臉喜悅地揮著手，並且叫道：

「御手洗先生，石岡先生，我會給你們發郵件的，會去橫濱找你們玩的。」

「好，來呀！」我說。

「我想去參觀培里來日時留下來的遺跡。」

「我當妳的導遊。」我也叫著回答。

「喂，石岡君，你又想帶人去泰國餐廳了嗎？」

走在車廂內的通道時，御手洗這麼對我說。

「怎樣？不可以嗎？」我問。

「她很愛生氣，你對付不了她的。」御手洗說。

我們按著車票上顯示的號碼，找到了座位。坐下後，列車慢慢起動了。站在月台上，低頭為我們送行的人影慢慢地向後退去。

「御手洗先生，石岡先生！」

站在送行人群中最後面的福山署兩個妹妹，一邊跳，一邊大聲地喊著我與御手洗的名字。我連忙對著她們揮手。

月台上的送行人影越來越小了。我把額頭貼在冷冷的列車玻璃車窗上，一直看著他們。

不知為何，我突然覺得強烈地惆悵起來。我很難說明為什麼會有這種心情。或許是昨天起天氣突然轉涼，讓我感到秋天已經來了吧！但更深刻的感覺是：我感慨這難得的經驗，再也不會回來，會成為永遠的過去。

不管遇到什麼事件，都會有初見與告別的時刻。這次的告別不過是眾多告別中的一次，但剛才站在月台上時，我卻感受到難以忍受的寂寞感。是因為在這麼短的時間裡，發生了太多事情的緣故吧？

「新幹線真的很不錯嘛！」我聽到環視著周圍和天花板的御手洗這麼說。「這是經過重新裝潢的新車廂，這椅子坐起來非常舒服。」

「喂，御手洗君。」我說。「當然舒服了。這是綠色車廂呀！」

「哦？是嗎？」

御手洗說。因為沒有錢，所以不太有機會坐這樣的車廂的關係吧？給不知道普通車廂與綠色車廂區別的人坐綠色車廂，會讓花了大錢的福山署感到遺憾吧？

不過，我的惆悵情緒在御手洗缺乏常識性的發言下，竟然奇蹟似的不見了，心情也因此輕鬆了起來。

難得有機會享受綠色車廂的舒適座椅，御手洗很快地放下椅背，好像在說很累一樣，早早便開始閉目養神了。但我還沒有想要休息的心情。

「沒想到會在福山待這麼久。」我說。「本以為只會待兩、三天。」

「嗯。不過，不管是福山還是鞆町，都是好地方。」

御手洗閉著眼睛說。

「是呀！還有松山和野忽那島。真想再來。」

「還有興居島。」御手洗說。

是呀！我們在那麼短的時間裡，還去了那麼多地方。並且在短時間內全力為那個重大的國際案件奔波、進行種種調查。從旁觀者的角度看我們，大概會覺得我們就像一陣風吧！我現在感受到那種一陣風的反作用力了。

我的眼睛飄向窗外。福山北邊的市街正以越來越快的速度向後退去。

「啊！」我叫道。

「怎麼了？」

御手洗張開眼睛問。我快速地指著窗外，說：

「那個！」

車窗外某一獨棟大樓的屋頂上站著一個男人，那男人站得直直地，一直看著列車的這一邊。

「那不是忽那准一先生嗎？」

我說。御手洗的臉靠近窗邊，目不轉睛地看著，然後點頭說：

「是的。是忽那水軍。」

站在屋頂上的忽那准一也變遠了，變得像針頭一樣的小，並且消失在我們的視線裡。

御手洗的背再度靠在椅背上。

「村上水軍的驕傲，忽那的水軍呀……」

我感慨萬千地說。他們的後裔在幕府末期的國難時，已有為國犠牲自己的覺悟了。我獨自想著在歷史長河中的他們的情操。這次的忽那軍，又讓我們見識到了他們的情操。

這樣的情操，可以說是足以震撼人心的歷史浪漫吧！瀧澤助理教授想必就是被這種歷史浪漫所感動，而獻身於歷史的研究吧！我覺得我好像可以理解瀧澤助理教授對研究歷史的熱情了。

「他沒有去車站呀！」我說。

「想避開警方吧！」御手洗說。「不過，他還是為我們送行了。瀨戶內海水軍的靈魂還沒有死。」

我感慨地低聲說著。如果沒有他——忽那准一，我們就會看著朴從我們眼前成功逃脫，我們的冒險行動也會變得徒勞無功，御手洗的心情會和現在有天大的差別。

「嗯，是呀。」

我點頭，深表同意地說。不知何故，我覺得我嗅到了強烈的海潮氣息。

「阿部正弘的靈魂也未死呀！」

御手洗說，然後慢慢地閉上了眼睛。

我看著從窗外飛逝的福山街景，也讓背部靠在椅背上，放下椅背。

一旦閉上眼睛，我就感覺到一股痛快的疲倦感從腳底往上竄升。啊！終於結束了。我這麼想著。

【附錄】

海與人與星星的浪漫

島田莊司

瀨戶內海

瀨戶內海是世界少見的海域。這個像四方形泳池的內海，因為被大型的陸地圍繞，所以它的波浪平靜，水面一直也相當穩定。過去日本人從江戶下東海道或是前往九州，多會利用水路，因此瀨戶內海自古便是日本東西的交通大道。

瀨戶內海的海水出入口總共有三個方向，而且每隔六個小時就會流入、流出一次。但因為瀨戶內海的海域裡有無數個浮在水面上的小島，島與島之間的間隔有寬有窄，平靜的水面下所湧動的海潮與急流，會在某些地方形成漩渦，也成為海中的危險地帶；這些危險的地帶還會因為時間的不同，而改變海流的方向或地點。

所以，在操縱小船往來瀨戶內海的那個時代，必須有相當長的經驗累積，才有辦法詳細地了解並熟悉那些危險的地方。而在海戰中，最重要的就是要掌握海域中的危險地帶與潮流變化的知識。在海潮這個大敵之前，陸地上再怎麼厲害的猛將與大軍也會一籌莫展。西元一一八五年源氏與平氏在關門海峽「壇浦之戰」的勝敗結果，便是取決於海潮的變化。通過瀨戶內海從大阪前往九州，搭船時，首先就得要趁著海水流入時啟航。但是當海水進入內海後，潮流會在內海的中央停下來，此時船上的旅客就得上陸，等待潮水流出時再登船出航，時間大約是在六個小時之後。這段時間的等候便稱為「待潮」。潮水開始流出後，旅客便再度上船，乘著船讓流出的海水把船送往九州。瀨戶內海就像一條天然的自動輸送帶一樣，能夠非常方便而準確地把人員或物品送達目的地。

而位在這條便捷的水上交通大道，名為待潮之港的就是福山市的鞆町。從古代到江戶時代，往來中國地方的旅人都必須經過這條水上的交通大道，鞆町也因此成為了日本東西交通的重要樞紐，所有的文化、宗教、藝術、科學、戰爭等等，也都是通過這條路線，往東方的都城傳播而去。

無論是神功皇后、源義經、足利尊氏、最澄、空海、朝鮮通信使，還是要到江戶拜會幕府的荷蘭商人，甚至是蒸氣船時代的坂本龍馬等人，不分什麼身分地位，在航行的途中都必須從鞆町上陸。在瀨戶內海的海流面前，所有的人一律平等，即便是名留青史的閃耀明星及偉人們，也都要在鞆町「等待海潮」。

熟悉並擅用這個隨時都在變化的海流，而成為瀨戶內海霸者的軍隊就是村上水軍。村上水軍擁有先進的軍事技術，曾以海賊之名聞名於世。戰國時代，當戰國之雄織田信長攻打石山本願寺時，村上水軍與毛利元就曾經聯手，結果這個不可一世的織田軍隊，竟然也敗在村上水軍的手中。

吃了敗仗的織田信長於是命令九鬼嘉隆打造鐵甲船，並用它來對村上水軍進行報復。然而不知為何？這艘無敵的鐵甲船好像消失了般，在後世的歷史記載中竟不曾再見過它的蹤跡。雖然傳說中鐵甲船是被村上水軍擊沉了，但詳細的情況究竟如何，至今仍是個不解的謎團。

背負日本命運的藩主

江戶幕府末期，美國海軍將領培里率領四艘黑船艦隊出現在日本浦賀的海面上，當時必須著手去處理這個棘手局面的人，就是幕府的首席老中，當時三十五歲的福山藩藩主阿部正弘。

當時是嘉永六年，西元一八五三年。距英國人在中國開啟的鴉片戰爭已經過了十三年，身為幕府中樞的阿部正弘，非常清楚鴉片戰爭的來龍去脈。

若將本格推理領域的相關要素作為參考，並寫進這裡的話，那麼這個時代已經有推理小說出現了。愛倫．坡的《莫爾格街兇殺案》是鴉片戰爭的隔年，也就是西元一八四一年問世的。

很巧的是，這一年也正是土佐的漁夫中濱萬次郎在足摺岬海上遇難，漂流到被稱為鳥島的無人島，後來被美國的捕鯨船約翰．霍華德號援救，然後與船長一起前往美國的時候。

第一本夏洛克．福爾摩斯的探案《血字的研究》，是《莫爾格街兇殺案》問世四十餘年後的西元一八八七年，由柯南．道爾在英國普茨茅斯市的南海城完成的作品。當時要在世界地圖上尋找獨立的國家並不容易，歐洲也只有十個獨立國家而已，而亞洲和非洲等地，則大都已淪為白人國家的殖民地，勉強還能保有完全獨立狀態的國家，就只有埃塞俄比亞、泰國和日本三個國家。

今日我們或許早已忘了這段歷史，然而當時三十五歲的阿部所必須面對的國家困境，比我們後來從歷史上得知的更加嚴酷。那絕對是一個令人感到絕望的艱難處境。

嘉永六年六月，培里來到江戶，留下國書，表示明年將再度來日本詢問關於開國的答案，然後就回美國去了。從那一刻開始，阿部便在暗中急切地動了起來。他首先指示故鄉福山藩設立藩校「誠之館」，那是一所超越世襲與身分制度，崇尚實力主義的學校；然後還聘請從美國回來的土佐漁夫約翰萬次郎來到江戶，聽取他在美國數年生活的各種見聞，藉此收集國際情報。

阿部也向全國各地的藩國徵詢意見，尋問各藩對國家未來方向的看法，並傳達旨意，要求在江戶的四百二十五名福山藩士，一旦美日開戰，福山藩將會是先鋒部隊。他向各藩國宣告國情緊急，國家隨時會進入戰爭的狀態，要求各藩國開始積極備戰。

不像今日的我們所想，當時阿部的心中完全沒有要在開國之後，便要開始締結各種條約的和平想法。他所想到的是：日本將被迫買進很多鴉片，所以唯有武力才能阻止這樣的局面。然而一旦開戰，日本的勝算極少，自己也可能會失去性命。這是他心裡早就有的覺悟。

對阿倍來說，當時最可悲的事情莫過於日本缺少真正了解海外情報的專家，別說是日本各地的藩國之內，即使是在江戶城裡，也同樣找不到那樣的人才。圍繞在阿部身邊的親信，不僅沒有人真正了解敵我雙方的實力差距，而且還都是一郡害怕切腹、只知死守祖法、期望外國人只在長崎做做生意就好，還一心祈禱他們能忘了開國要求的人們。周圍親信不能幫助阿部解決外國人帶來的問題，而各藩國的意見則都以外樣大名的想法為中心。他們強力主張攘夷，也就是要開戰。可是，看看亞洲其他國家的情況，就知道攘夷的主張根本不可行。

阿部只好繼續孤軍奮鬥，他決定打破禁造大船的祖法，向荷蘭購買蒸氣船。他想，既然身邊這群身分崇高的親信們都靠不住，便決定從地位較低的旗本武士中來找尋優秀的人才，於是他陸續提拔了勝海舟、岩瀨忠震、高島秋帆、榎本武揚等人來為他所用；另外，他也廣納約翰萬次郎等見多識廣的平民人士的意見。就這樣，阿部組織了一支可以陪他共赴國難的實力派隊伍。

裝滿星星的籠子

阿部的故鄉福山藩，很早就已經有了與培里的美國艦隊一戰的覺悟。而福山藩的港口——鞆町，自古以來就是面對瀨戶內海的良港；而瀨戶內海更是從前村上水軍闖蕩的海域。

傳說村上水軍擁有如同培里那樣的大型蒸氣船，而且還用它擊沉了信長引以為傲的大型鐵甲船。如果事情屬實，那麼村上水軍一定擁有能夠擊沉大型鐵甲船，而且絕不可外傳的秘密。

黑船上擁有強力的火砲，它砲彈的飛行距離是日本大砲的四倍。和擁有這種武器的黑船為敵，阿倍知道與黑船之戰必是一場奮不顧身的戰鬥；然而他卻出奇地沉著，沒有讓人感覺到他的害怕。或許當時他早已想到要用先進的科學武器，並以瀨戶內海為自家軍隊的腹地來對抗黑船，並且擬定了類似村上擊敗織田信長鐵甲船的秘密策略，也把這樣的信息傳達給主君了，因此他才能夠以冷靜的態度來處理當前的國難。而這個空前的歷史浪漫，便成為了我筆下的這個故事。

我以這個歷史浪漫事件為核心，跨越時空，將這些如同銀粉從月光中撒落於地面般，孕生出了許多圍繞在這個事件周圍的小故事。因此我只用了兩、三個月的時間，就寫成了這部長篇小說。我寫作時幾乎沒有一絲猶豫，只是將收集來的材料快筆寫下，然後便完成了這個錯綜複雜的故事，就好像這個故事原本就存在於無形中一樣。

今日當我從整體宏觀的角度來看這部小說時，我覺得這部小說就像是一片嵌滿了閃耀歷史人物的星空，也像是因為月亮的運行而流入流出、處處布滿漩渦的瀨戶內海。這部小說是用將近兩千頁的龐大文字所匯聚而成的海洋。這片文字之海一邊承載著許多人的生活和思想，一邊緩緩地流動著。

從印刷廠送來的這兩本書中，記錄著生活在瀨戶內海的人們的悲與喜。現在它們靜靜地躺在桌上。當你翻開這本書時，就會發現它就像是一個，「裝滿了星星的籠子」般巨大的容器。這是我獻給故鄉的集大成之作。

希望許多喜愛歷史的讀者們，也都能以看小說的心情來閱讀這個故事。

謎人俱樂部

歡迎加入**謎人俱樂部**！為了感謝您對皇冠出版的推理、驚悚小說的支持，我們特別規劃推出讀者回饋活動，您只要按照規定數量蒐集每本書書封後摺口上的印花（影印無效），貼在書內所附的專用兌換回函卡上，並詳填個人資料後寄回，便可免費兌換謎人俱樂部的專屬贈品！詳細辦法請參見詳細辦法請參見【謎人俱樂部】活動官網。

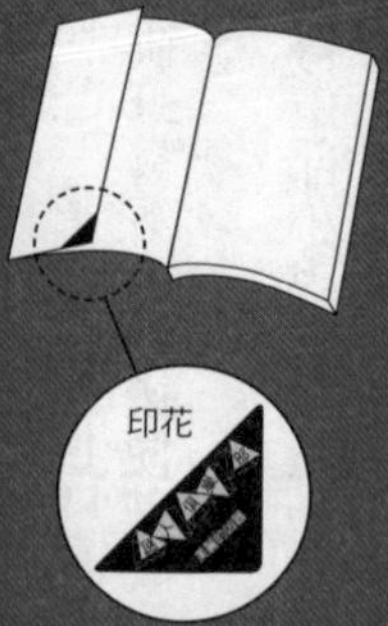

【謎人俱樂部】臉書粉絲團
www.facebook.com/mimibearclub

☐集滿4個印花贈品（二款任選其一）：

A：【推理謎】LOGO皮質燙銀典藏書套一個

（黑色，25開本適用，限量1000個）

B：【推理謎】吉祥物『獨角獸』圖案皮質燙金典藏書套一個

（咖啡色，25開本適用，限量1000個）

☐集滿8個印花贈品（二款任選其一）：

C：【推理謎】LOGO皮質燙金證件名片夾一個

（紅色，11.5cm x 8.6cm，限量500個）

D：【推理謎】吉祥物『獨角獸』圖案環保購物袋一個

（米色，不織布材質，41.5cm x 38.6cm，限量1000個）

☐集滿12個印花贈品（三款任選其一）：

E：【推理謎】LOGO不鏽鋼繩鑰匙圈一個

（限量500個）

F：【推理謎】吉祥物『獨角獸』圖案馬克杯一個

（白色，320cc容量，限量500個）

謎人俱樂部會不定期推出最新限量贈品提供兌換，
請密切注意活動官網和粉絲專頁。

【注意事項】

◎本活動僅限台灣地區讀者參加。

◎贈品兌換期限自即日起至2017年12月31日止（以郵戳為憑）。

◎贈品圖片僅供參考，所有贈品應以實物為準。

◎所有贈品數量有限，送完為止。如讀者欲兌換的贈品已送完，皇冠文化集團有權直接改換其他贈品，不另徵求同意和通知。贈品存量將定期在【謎人俱樂部】活動官網上公佈，請讀者在兌換前先行查閱或直接致電：（02）27168888分機114、303讀者服務部確認。

◎皇冠文化集團保留修改或取消謎人俱樂部活動辦法的權利。辦法如有更動，將隨時在【謎人俱樂部】活動官網上公佈。

國家圖書館出版品預行編目資料

星籠之海 / 島田莊司作 ; 郭清華譯 . -- 初版 . -- 臺北市 : 皇冠 , 2015.9
面 ; 公分 . -- (皇冠叢書 ; 第 4493 種)(島田莊司推理傑作選 ;35)

譯自 : 星籠 海
ISBN 978-957-33-3177-3(全套 : 平裝)

861.57　　　　　　104015029

皇冠叢書第 4493 種
島田莊司推理傑作選 35

星籠之海（下）

作　　者—島田莊司
譯　　者—郭清華
發 行 人—平雲
出版發行—皇冠文化出版有限公司
台北市敦化北路 120 巷 50 號
電話◎ 02-27168888
郵撥帳號◎ 15261516 號
皇冠出版社 (香港) 有限公司
香港上環文咸東街 50 號寶恒商業中心
23 樓 2301-3 室
電話◎ 2529-1778　傳真◎ 2527-0904
總 編 輯—龔橞甄
責任編輯—蔡維鋼
美術設計—王瓊瑤
地圖繪製—米署
著作完成日期— 2013 年
初版一刷日期— 2015 年 9 月
初版二刷日期— 2016(年 9 月
法律顧問—王惠光律師

讀者服務傳真專線◎ 02-27150507
電腦編號◎ 432035
ISBN ◎ 978-957-33-3177-3
Printed in Taiwan
上、下冊不分售．本書定價◎新台幣 550 元 / 港幣 183 元

謎人俱樂部贈品兌換卡

我要選擇以下贈品（須符合印花數量）：☐A ☐B ☐C ☐D ☐E ☐F

1	2	3	4
5	6	7	8
9	10	11	12

【個人資料蒐集、利用及處理同意條款】

您所填寫的個人資料，依個人資料保護法之規定，皇冠文化集團將對您的個人資料予以保密，並採取必要之安全措施以免資料外洩。您對於您的個人資料可隨時查詢、補充、更正，並得要求將您的個人資料刪除或停止使用。

本人同意皇冠文化集團得使用以下本人之個人資料建立該集團旗下各事業單位之讀者資料庫，做為寄送出版或活動相關資訊、相關廣告，以及與本人連繫之用。本人並同意皇冠文化集團可依據本人之個人資料做成讀者統計資料，在不涉及揭露本人之個人資料下，皇冠文化集團可就該統計資料進行合法地使用以及公布。

☐同意　　☐不同意

我的基本資料

姓名：______________________

出生：________ 年 ________ 月 ________ 日　　性別：☐男 ☐女

職業：☐學生 ☐軍公教 ☐工 ☐商 ☐服務業

☐家管 ☐自由業 ☐其他 ______________________

地址：☐☐☐☐☐ ______________________

電話：（家）______________________ （公司）______________________

手機：______________________

e-mail：______________________

◎請沿虛線剪開、對摺、裝訂後寄出

◎請沿虛線剪開、對摺、裝訂後寄出。

我對【島田莊司推理傑作選】系列的建議：

寄件人：

地址：□□□□□

北區郵政管理局登
記證北台字1648號
免 貼 郵 票

〔限國內讀者使用〕

10547

台北市敦化北路120巷50號

皇冠文化出版有限公司　收